每一座城，都有自己的记忆

王霞 著

路过心上的经典散文
邂逅一生的悦读，愿你翻过每一页

线装书局

图书在版编目(CIP)数据

每一座城，都有自己的记忆 / 王霞著. —北京：线装书局，2019.12(2022.7)

ISBN 978-7-5120-3736-6

Ⅰ. ①每… Ⅱ. ①王… Ⅲ. ①散文集—中国—当代
Ⅳ. ①I267

中国版本图书馆 CIP 数据核字(2019)第 160272 号

每一座城，都有自己的记忆

著　　者：王　霞
责任编辑：张　倩
装帧设计：宋双成
出版发行：线装书局
　　地　址：北京市丰台区方庄日月天地大厦 B 座 17 层(100078)
　　电　话：010-58077126(发行部)　010-58076938(总编室)
　　网　址：www.zgxzsj.com
经　　销：新华书店
印　　刷：唐山富达印务有限公司
开　　本：640mm×910mm　1/16
印　　张：19
字　　数：235 千字
版　　次：2022 年 7 月第 1 版第 2 次印刷
印　　数：10001—20000 册

定　　价：49.80 元

线装书局官方微信

在阅读中优雅老去

二十岁时，第一次去凤凰，不为古镇美景，只为能与偶居夺翠楼的黄永玉先生见上一面。

时逢雨季，沱江奔啸，烟波微茫信难求。苦待数日，仍没能等到想见之人。

在清冷的雨丝中独自徘徊，满心失落。无意走进一家书店，里面尽是沈从文先生的文本作品。无处可去，只好在僻幽的角落里翻阅旧籍。而后，一发不可收拾。

回程当日，总觉有重要东西遗落城中，寻思许久，才跑去那条巷子的书店里买了本周身泛黄的《边城》。这本有着深蓝小印戳的《边城》，至今仍安躺于我的书柜里——它不仅使我在未果的行程中找到些许补偿，更让我在之后的时光无比怀念二十岁的自己。

再后来，兴许命里所定，真与书结下了不解之缘。不但自己看书写书，更领着诸多热爱文学的人走上了自己想走的路。

我经常跟学生们说，阅读是写作的命脉，只有不断阅读，才能保持创作角度的新颖和思维的敏捷。然而，阅读所赐予的，又何止是这些？

不管在何时何地，只要手中捧着一本书，心里便会觉得安然。书不但能排遣无聊的寂寞，将岁月的伤痛逐一缝补，还能把心灵淬炼成一块玲珑美玉。

一个爱书之人，必是睿智且沉稳的。遇事不惊，处之泰然。古人所说的“腹有诗书气自华”，便是这意思。

生命本就是一次有限的跋涉。一个经常看书和一个经常沉迷在网游世界的人，心灵绝对是不一样的。前者，往往更能体悟一叶一菩提的真谛。

书本所给予心灵的力量，是不可言喻的。十年寒窗，说的并不是读书人的艰辛，而是意在表述读书人的坚忍和不懈。试问，有多少人可以在寒窗下十年如一日地重复做同一件事情？

正如北大教授曹文轩所说，世间最优雅的姿态，就是阅读。不论静坐还是倾卧，甚至在厕所里，它都是最美的姿态。因为这样的人，通常都会从骨子里散发出一种极具亲和力的书卷气。

阅读人物，通晓历史，可以从他人鉴知自己得失；阅读杂文，百味世事，可在辛言辣语中澡雪精神；阅读情感，温热肺腑，可居书香浓情里滋养心灵；阅读故事，体会人生，可于静谧岁月中倾情流泪……

每一种书，都是风景；每一本书，都是亟待窥破的秘密。

宋朝诗人黄山谷有一句名言："三日不读书，便觉语言无味，面目可憎。"这其中说的，就是每日读书的重要性。

本系列图书，所遵循的就是这个简单的理论。通过遴选当下不同类型的精华文章，给读者送去不同的心灵养分——成长的人生让你懂得如何珍惜青春，成功的智者让你明白如何把握自己的人生，真情的自我让你寻回本真的感动，感悟让你看到世界别样的美好……

为了能找到年度最精华的文章，为了给读者省去寻找的烦琐，我们几乎把本年度的期刊翻了个遍，目的就是为了去其糟粕，取其精华。

我们的宗旨只有一个，就是为这个时代的读者，奉献好书。

但愿我们可以放慢忙乱的步伐，一起在欢愉的阅读中，优雅老去。

一路开花

2018年12月书于云南曲靖

目录

第六辑　失落的故乡

第七辑　在书籍中旅行

第一辑

寂寞守望

已经四十年了，长睡于车流不息的路旁。她是怎样眷念着曾经的爱恋，而那份刻骨却无望的爱究竟又是怎样的美好，以致让她茕茕孑立孤独一生。漫长的离别也没能消减那累积的渴盼。于是，这位娴静的女子固执地选择这里，用另一个世界的岁月，等待一个游魂遥遥无期的归来。

寂寞的等候

绩溪旺川：

这个墓园太小太小，甚至比不上眼下那些富裕人家做的墓。以致车行那么缓慢，我那么专注地搜索，还是误过了。问过路人，复又回头。

路旁，小小的园，低矮的小小石栏。园子长方形，三米左右宽，纵深不到五米。她就静静地睡在那儿。

这里，是此次皖南行真正的起点。而终点，就是不远处那所古老、空落落不知可有魂兮归来的宅院。

轻轻走近，小屋一样的，是花岗石砌成的坟面，当中嵌着不大的黑色墓碑，上书：曹诚英先生之墓。之上是一方照片，她的面庞清秀，笑容很安静、很恬淡。你甚至看不出曾经的悲喜。再之上石条有书：江南才女。台阶最上方是墓志铭：曹诚英（1902—1973），乳名李娟，字佩声，美国康奈尔大学硕士。历任安徽大学、四川大学、复旦大学和沈阳农学院教授，九三学社成员，诗人，我国第一代女农学家。寥寥七十个字，平淡的叙述湮没了倔强哀婉的一世悲喜。

“阔别重洋天样远，音书断绝三年。梦魂无赖苦缠绵。芳踪何处是？羞探问人前……”这阕“临江仙”，写尽三年离别的思苦念深。可是，可是，她又怎知道，这之后三十年的望眼欲穿又是怎样的折磨，还有身后遥遥无期的等待……

已经四十年了，长睡于车流不息的路旁。她是怎样眷念着曾经的爱恋，而那份刻骨却无望的爱究竟又是怎样的美好，以致让她茕茕孑然孤独一生。漫长的离别也没能消减那累积的渴盼。于是，这位娴静的女子固执地选择这里，用另一个世界的岁月，等待一个游魂遥遥无期的归来。

轻拭那笑容上的蒙尘。我似乎读懂了她柔弱之下的倔强。

虽说佩声在学术上极富建树，但知道她的人寥寥。我知道她，源于另一个赫赫有名的人物。

伫立良久，心中默问：你可安好？你是否已等到了所等之人，携手叙话？还是夜夜徘徊杨林桥上，形单影只地重演曾经的温柔？曾拥有的一切：不论是短暂的西湖相伴，还是天涯海角的分离，似断非断的相恋。如今的你可都放下？

我无法想象，亦不敢猜度。那必是一段人间天上的美好，才会让你刻骨铭心，以致死后，你要在这条他若归来，则必经过的路旁，继续那无望的等待。

好吧，我替你去找寻、去叩问……

是否有来生的相约，我不知道。可是一生的相望，墓穴中无尽的等候，此刻就化作车轮下转瞬即逝的九里长途。

绩溪上庄：

中午时分，艳阳洒满这个宁静的村庄。这里似乎没有节日的痕迹，街上少有行人。车停在村口一块空阔的停车场上，侧面就是胡开文故居。大门闭锁，透过墙上花窗，看得到院落深处轩敞的三开间迎面墙，正中的大门有罗马风格的石柱，支撑着砖雕的半圆额饰，上方有一匾额，看不清字迹。最顶端为尖形，中间为一空心圆，据说这意味着零的突击。陈旧的房屋犹存当年繁华的印迹。突忆起那一年去歙县，曾在一家胡开文墨店购置过一方松烟墨，搁在书橱至今没有动过。传统文化的式微，可见一斑。如今，键盘、触屏输入已经取代了绝大部分的书写，人们都快遗忘了笔的存在，更何况用毛笔写字，那研磨写字怕是快成为一种行为艺术了。这位徽墨的领军大家，若泉下有知，当是何等的寂寞！

轻转身，后面有一座不高的雕像。转到面对，是他了。小小的石围栏，小小的乌砖基座，小小的铭牌写着他那耳熟能详的大名。雕像也不高大，正常人的身量，长衫飘逸，清秀的面庞上薄唇紧抿，金丝眼镜下有安静的笑意。眼眸深深，凝望远方。心，怦地一跳。他侧对广场，遥望的方向，就是我来的方向，她安眠的地方……

他就是被誉为“智德兼隆”的胡适。

胡适（1891—1962），字适之。少时在家乡私塾读书，后至上海求学。19岁考取官费留美，先后就读于康奈尔大学、哥伦比亚大学，26岁毕业回国任北大文科教授，参与陈独秀等创办的《新青年》杂志的编辑和撰稿工作。其时发表了《文学改良刍议》等革新文章，推动了波澜壮阔的“五四”运动。37岁成为中国公学校长，41岁接任北大文学院院长，47岁出任中国驻美大使，为中国的抗日战争争取外援。1946年，55岁的他出任北大校长。此后，在台北任中央研究院院长等职。

胡适一生中获得35个博士学位，是一位著名的学者、思想家和教育家。因其政治立场和学术研究以及教育思想之“买办性”，内地的读者对他一直持批判的态度。直到改革开放后，人们才渐渐看到了一个比较完整的胡适。

胡适与国共两党错综复杂的政治学术纠结，多数人不甚了了，我亦如是。倒是他毕生倡言“大胆地假设，小心地求证”“言必有征”的治学方法深入人心。我了解他，是源于读师范时。我的现代文学史老师应该是一个胡适迷，那时已经言论开放，老先生常津津乐道胡适之的种种，除了教科书上的第一部白话诗集《尝试集》，第一个白话独幕剧《终身大事》，确立了现代话剧的新形式。小说《一个问题》开启了中国现代小说的第一个流派“问题小说”，还有种种生活情感逸事。

当满大街传唱“我从山中来，带着兰花草。种在小园中，希望花开早。一日看三回，看得花时过”时，胡适的形象才真正生动起来。这是他作词的一首歌，那时已是20世纪80年代。等到知晓了“醉过方知酒浓，爱过才知情重。你不能做我的诗，正如我不能做你的梦”所包含的无奈和疼痛时，佩声的身影才浮出历史的尘埃。

拉回飘忽的思绪，回转身，广场临路面水，漫步过去，一条清溪淙淙有声，穿行在石阶或卵石间。溪边数株老树有几人合围粗细，华盖亭亭，均倾俯着巨大的身躯，似在临水照影。向左，约百米距离，一座古朴简单的小桥，静卧溪上。

小桥秀气、细巧，简陋的桥面，低矮疏落的石栏，大小三个桥洞，一为大大饱满的圆拱，另由一个尖尖船头样的石柱，将剩余的水面一破为二。倚在桥栏凝眸，常溪水无休无止地奔流着，不知它可把此地的凝眸送到那小墓园的等候？

杨林桥，胡适所居上庄的一座老桥。当年这座古桥被山洪冲毁后，佩声出资修复了它。此刻桥上栏板上模糊的字迹记载了她的善行。而我想，当年二人一定并行过此桥，又或许是爱屋及乌。乡人感其情重，除立碑以志善举外，又叫这座桥为“连心桥”。我不知道，这颗痴痴等了一生的心是否已连上那颗漂泊在外的心呢？

回眸处，“万山不许一溪奔，拦得溪声日夜喧；到得前头山脚尽，堂堂溪水出前村”。这一阕，是这个小镇的真实写照。只是，这一溪出了前村，是否要到那人的脚下呢？

徜徉良久，复回身至广场，沿胡开文故居旁的窄巷，走上了适之路。这巷弄狭窄而悠长，满铺青石条，两边的民居都是白墙黑瓦的徽式建筑，沿袭了古朴大气的徽风。墙面斑驳，仿佛写尽岁月沧桑的水墨画。幽深逼仄的街巷里寂静安然，没有一个行人。路面洁净，墙角石缝已然长满青苔。

左折右拐，沿着墙上小小路牌指示的方向行了良久，一路上只见到一位老人，静静地坐在一扇门旁的小凳上，一只猫，也静静地偎在老人的脚边。这座建于光绪二十三年的老宅，简洁朴素，一如隔壁民居。大门也不大，浅浅地缩进一个梯形，门扇两开着，门楣上一款素气的匾额：兰蕙书屋。一个女子坐在门旁的桌后，织着毛衣卖着门票，也没有多余的言语。

迈进大门，是一个不小的庭院，纵深长长，最尽头立着一尊胡适的塑像，这一座塑像上，他身着西装，外罩风衣，神采斐然。与之前广场上的那一尊的沉静安然截然不同。东侧的胡适故居是一幢结构严谨、精美典雅的徽派建筑。门前，立有一块“全省重点保护文物单位”的石碑。故居为三开间，前后进，通转楼式，共13间，石库门楼雕梁画栋。大门楼上镶嵌着精致的砖雕和门楣飞戗，砖雕上刻有“三顾茅庐”“黄鹤楼宴”“寿星弈棋”等戏文典故，栩栩如生。进门是客堂，全木质结构，红漆大柱，典型的徽州人家格式。墙上挂的都是胡适结婚时亲友送的条幅对联，浓浓的书香。迎面照壁上一幅山水画卷旁，“揽月春云常得句，山光水色自成图”的楹联正是上庄秀丽风景与荟萃人文的凝练概括。抬眸，黑底匾额上“胡适故居”四个烫金行楷大字耀眼夺目。下方是一席古色古香的红木八仙桌、太师椅，桌上老旧的座钟与东瓶西镜依稀是那些古老日子的痕迹。

细细端详，屋内门窗、栏板的木雕刀笔流畅，镂刻精致，清一色的兰草主题。“兰为王者，香不与众草伍”的清静和房主的立世风格油然复现。“我从山中来，带着兰花草”，是适之先生铭心刻骨的怀乡之情吧。

客堂左侧是胡适母亲冯顺弟的住房，这是一个我所敬仰甚于胡适的女子。正是23岁丧夫的她以温婉包裹的坚韧，遮弥风云举重若轻的母爱，塑造并成就了一代文化巨擘。

右侧是胡适结婚时住过的房间。据说，这些均按胡家的原样布置。站在简陋的婚房，想着胡与小脚女子江冬秀的一世婚姻，想着那路旁小小墓园里的没有尽头的等候，无以分辨的纠结复杂心绪让人窒息。

穿过狭长侧门，是正房后厅。摆设一如前厅，只是木墙上方悬挂着1941年胡适50大寿，由著名书法家程宗鲁书写的“持节宣威”横匾。持节宣威，能换来内心的安宁与慰藉吗？

西厅屋是“胡适纪念馆”，陈列着胡适生平事迹，墙上挂满胡适与家人的照片，还有胡适友人的照片。客厅正中，摆放着一尊胡适的汉白玉头像。两边的对联是“新文化中旧道德的楷模，旧伦理中新思想的师表”，横匾是“智德兼隆”。这是蒋中正给胡适的题词，也是对胡适一生的评价。

复杂的心境中，悠悠走遍了整个院落。出得门来，日已西斜。

据说，上庄有99条巷弄，似迷宫，初来之人是进得来却出不去。我们并不辨方向，只是沿着曲曲折折的长巷，阡陌纵横的石道，穿过素白的马头墙，黝黑的屋脊瓦，在清一色徽派建筑里，感受时光的温暖和毫不容情。

背着夕阳，走出了迷宫样的村落，心绪却还在那座墓园、那座石桥、那座眺望的塑像上。

晚餐在上庄一家酒店，事前预订了适之先生大加推崇的绩溪一品锅。大大的一锅，春笋打底，一层红烧猪肉、一层油豆腐包、一层鸭肉、一层圆子，最上面是均匀排列的黄灿灿的蛋饺，上面点缀着鲜红的腊肉和红烧鸡块。据说适之先生不论是在北大做校长，还是客居美国，每有贵宾到访，他必亲自下厨，张罗这道家乡名菜。成菜后，又亲手端上桌，并向大家介绍说："这个菜是地地道道的中国菜、徽州菜、绩溪菜、家乡菜，大家不要客气，务必要尝尝。"这种对家乡的眷念，怕就是佩声一直固执地认为他定会回来的原因吧。

夜宿在一家新开的酒店，不只是因为房间整洁条件好，更因为这是上庄最高的一座建筑。我要了五楼最靠里的一间，推窗，整个上庄尽收眼底。远处青山呈环状，把一个小小的上庄护佑在胸怀。那些黛瓦飞檐马头墙，在渐暗的日光下，高低起伏着，我望向西面深处那一点，那里可有游魂归来？

潺潺声吸引住我的身心，左侧，一条巷道不远的尽头，就是杨林桥。它一如修复它的她一样，静默地卧在那里。任凭常溪之水无休无止地在身下流淌……

没有合窗，尽管春深处的山乡还是那样的寒凉。我听着水声在暗夜里渐渐膨胀，渐渐溢满我整个心灵，渐渐在室内铺陈一地银光……

梦中惊醒，悄然起身，复至窗前。星河璀璨，银晖匝地，一钩残月如同一只弯眸。我依稀看到，杨林桥上，有一个伶俜的身影，徘徊着……

“醉过方知酒浓，爱过才知情重。你不能做我的诗，正如我不能做你的梦”，今夜，她和他，谁醉了？谁爱过？谁又在谁的梦中？

古风古韵“贵白蒲”

年初四，忙完了年里的繁文缛节，准备出行。

目的地——素有长寿之乡美称的如皋。

第一次去如皋，是借调在市文联工作的时候。也是一个初春吧，时日久远，去干什么，见到了什么全都忘记了。印象中只有白墙灰瓦的精致农舍，错落有致地点缀在泛绿的农田中，不论大小，屋脊的两端都高高翘起，宛若象鼻。甚至有的房子不大，翘起却极高。陪同的地方同志说这都是有讲究的。印象之二是路边的茅厕，就像一顶戏剧中的小轿子，“轿门”却是半截，只挡住下方，如厕的人在里面，露出上半身，竟然还和外面的人聊天。还有一个印象，就是酒馆里，一个铁皮大油桶，架在灶上，桶里是滚开的水，沿着桶壁，挂着一圈铁皮提子，提子很深，大半截浸在滚水中，里面装的黄酒就被烫得热乎乎的。酒客付了钱，就把提子里的热酒倒来吃。还记得当地的一个黄姓女子，酒量甚大，酒后就会一曲接一曲地唱歌。

之后，走过千山万山，再没见过这样的吃法、这样爱唱的女子了。

一早从梦境中走出，已是七时有半。启程时都过了九点。漫天寥窸窣窣的碎雨告诉我，前几日如春的晴暖只不过是暂时的假象。

高速上，车辆稀落，直到进了京沪线扬州段，才看到车辆拥挤，不过也就是一小段。

车行迅疾，路旁景色次第变幻。当视野渐宽、水网纵横、白墙灰瓦的农舍小楼重现时，我知道进入里下河地区了。

此时，雨消云未散。随意的目光在车窗外，透过急速掠过的行道树，广袤的苏中大地已泛出浓浓淡淡的绿。寒冬未尽，春已将至，季节逼迫得如此之紧，怎不令人唏嘘。

说话间到了此行目的地——如皋市白蒲镇。这座千年古镇始建于东晋义熙七年。如今号称华夏长寿第一镇、中国民间艺术之乡。

两年前的这儿，是长江边一片土壤肥沃的芦荡。西晋时，一些游民为了躲避晋王朝横征暴敛，聚居于此。当时的镇北将军司马毛璩带兵前来征讨，焚火驱逐，游民无法躲藏，只得投降。毛璩把其中的青壮年补充军队，留下老弱病残就地垦荒种植，成为白蒲人最早的祖先。起起落落的世事，消消涨涨的海潮，使这里建了、湮没、重建，直到宋代，源于那些盛开如雪的蒲草，得名白蒲。南宋德韦占二年三月初，从京口逃脱的文天祥，“变姓名，诡踪迹”，辗转来到这里，留下“此去通州号畏途，固应孝子为四年。海陵若也容羁客，剩买菰蒲且寄居”《过白蒲》一诗。

白蒲镇虽弹丸之地，却民风淳朴。名园花圃、亭台楼阁，分布全镇。官河之水穿镇而过，风景秀丽，气象万千。明清以来更是人文荟萃，明河南按察司佥事傅商佐曾四游白蒲，清代郑板桥、袁枚等名士均慕名游蒲上，都留下了诸多逸事佳句。

进镇不久，路左前方隐隐高塔更兼黄瓦灿灿，映衬着铁灰的天空。近了看清，是一座禅寺。入口处是高大的牌坊，上书法宝禅寺。驶入驻车，先在外梭巡，看白墙灰瓦，将内外隔成两个世界。至大门，四角飞檐门楼，高檐两端竟是两个巨大的、黄灿灿的龙首，衔着横脊。横脊之上有“风调雨顺”四个金色大字。之下，法宝禅寺的匾额端端正正。只是黄墙之上的大小山门都紧紧闭合。唯左侧一小门开启可进，并不收门票。

入内，庙宇房屋重叠整齐，殿宇巍峨，飞檐翘角，气势雄伟，如其他寺庙一般无二。而左侧却是人字顶的黑漆长廊环绕成象鼻状，入廊口上方匾额上书：象鼻湾长廊，下面是捐建者的名讳。走进去，缓步细观，廊顶层层，均嵌有一幅幅的书法作品，廊下长长的美人靠空待，沿廊两边悬挂着两排大红灯笼让这冷清的寺庙多了几分喜兴。廊左是一汪碧水，这是放生池了。这池好大，四周栽种了极多的垂柳与花卉。这早春之时，它们都还静默地孕育，用嶙峋的枝条给这里增添了一丝凝重。放生池边有长廊、水榭、船舫及佛塔等建筑群。每一个既是独立单体，又相互映衬。池中央有假山、盆景、仙鹤小像，环绕着一座六角飞檐、玲珑尽致的小亭，亭边曲桥连岸，宛若江南园林。出了象鼻湾，就看到一座石拱桥，俨然赵州桥的缩影，桥下净水凝碧，桥上有名：万安桥。桥栏上刻有蒲塘十景和名人诗句，每个桥栏柱头都有一尊小石狮子坐像。桥的两端各有一对石狮，最吸引我的是石柱上镌刻着“愿天常生好人，愿人常行好事”。

登桥东望，画舫前有一观音大士塑像站立在莲座之上，净瓶低垂，眉目慈祥。可惜莲座之上撒满了硬币，与大士的笑容格格不入。

过了桥，至各个大殿不入，寒风中随意行走，并不辨东西。左手一小山丘，上有四角草亭一座。并有一座比丘尼的墓葬，看亭外，迎春已绽，黄灿灿的，煞是可爱。想必这位比丘尼也是兰心蕙质，向往美好吧。走下层层石阶，见一碑，方知这为多宝山。

出门前,看到寺院介绍:法宝寺是白蒲最大的寺庙,位于白蒲镇西郊,为省级文物保护单位。法宝寺原位于南街,建于唐太和四年。在宋代修建中,掘得一白龟,献于朝廷,赵祯皇帝赐名为“法宝寺”。寺内象形建筑在国内实属罕见。中华人民共和国成立初,该寺改建为白蒲中学,大雄宝殿保存完好。1998年经如皋市政府批准易地迁建,保持了原有风貌,成为沪、通、皋旅游环线景点之一。清代文士冯棣昌有《法宝楼台》一诗:凡界豁空明,楼台放眼晴。树疑天外插,人讶镜中情。寺古霏烟气,风迟出梵声。一弯成象鼻,法宝久传名。

离开寺庙,一径到了镇上,停车在一座桥上。赫然“万安桥”,就是比寺内的大了许多。这里少有车辆,桥面中心行车,两边都是摊贩,有的长桌,有的就是打开车厢栏板,各种水果、杂物、旧书。

我和家人弃车步行,沿最宽的路走去。

早知白蒲人文荟萃,历史上素有“贵白蒲”之称。明清两代,白蒲学子赴京赶考,屡有金榜题名;东乡的清左都御史沈岐,曾当过嘉庆皇帝的老师;更有岳飞、袁牧、文天祥、郑板桥等历代名人留下的足迹。

说话间左手一拐,走入了白蒲镇市大街,瞬间就阻隔了外面的喧嚣热闹。这一条古老的街巷,多数房屋形成于明清代。古旧的、布满沧桑的黑瓦白墙还能看到明清建筑群黑白分明、条线流畅、古朴典雅、结构严谨的风格。前行不远,就见一二层小楼在巷道的顶端,铭牌上标注:顾家私塾。想必这后面就是顾家宅院了。这顾家老宅建于明朝洪武二十一年,距今已有600多年历史,仍保存完好。明清时期,仅顾家老宅就走出进士三人、举人八人、贡生六人。透过斑驳的墙面和紧闭的木门,耳边似乎还能听到“僻巷高楼,书声琅琅”。想象着“一门之中,父教其子,兄课其弟,均童年就读,皓首穷经,春诵复弦,咿唔之声不辍于朝暮”。竟神悠悠不知身在何处。

折身右行，脚步轻而慢，仿佛怕踏破了这份寂静。随处可见一些小小的铭牌，告诉你这些旧陋的小屋，都是省级保护文物，多数是明洪武年间的建筑：葆春堂、吴氏宗祠，等等。眼前这些古老的建筑仿佛散发着魔力，平静着我曾在忙碌生活中的浮躁。伸出手，抚一抚那些裸露的红砖，似乎有一种沁人心脾的厚重与古朴，透过掌心，直抵胸臆。

只是，那些老旧的木门上，鲜红的春联告诉我，这里的人们，同我一样，在充满热望地生活着。不经意间，与三两位缄默的行人擦肩而过，就到了巷口，看到一对老夫妇正在修缮门窗，大娘用笤帚扫去灰尘，大爷用毛刷细心地涂上油漆。我略略诧异，小心询问，大爷大娘和善地告诉我：年前好忙，这才有时间，要把自己的房屋整饬得好些。

与老人挥手作别，重新走入喧嚣。

我从资料上知道，这整条大街曾拥有经销杂货、百货、粮油、木竹行、花行、水烟、茶叶、中西药店、衣店、瓷器、金银店等众多商家，还坐落着不少的酒坊、糖坊、粉坊、豆腐坊等手工作坊，更有数家茶馆，供人们消闲度日。

这里旧时的茶馆，有一样独特之处，那就是用“天水”煮茶待客。

“天水”，就是利用下雨天收集的干净雨水。取水方法有两种：其一是用一个支架，一大方洁净的白布，四角用绳子系在架子上，形成兜状，水桶在布兜的下方，下雨时，雨水经过白布的过滤，再在桶内沉淀，之后收藏在大缸里储存备用。第二种方法是选用上好的毛竹，去根梢，劈为两半，根部竹节封口，其余竹节全部打通，平行置于屋檐下，略微倾斜，低端下有缸、桶等容器接水，之后沉淀、储存亦如前者。古时节，天空澄明，没有污染，里下河地区常年雨水丰沛，这天水也就常有。用这天水泡茶，壶不生水垢，杯不染茶痕。

写到这儿，想起《红楼梦》中妙玉搜集梅花上的落雪，烧来泡茶。此二者真是异曲同工。在妙玉是雅事，而在白蒲镇，这份生活的精心已成为生活的常态。

写到这儿想起个小故事：郑板桥寓居白蒲期间，一日，他沿着狭窄的青石板小街，信步走进一户小院，与户主拱手施礼，坐下来叙家常话。说来也巧，这户人家也姓郑，且按郑氏族谱论起辈分来，板桥为叔，户主为侄。一时间，郑家院里欢声笑语，热闹非凡。板桥异乡认本家，乐不可言。户主恳切地挽留板桥在此用餐，板桥欣然入席就餐。饭桌上除了青菜、粯子饭之外，并无其他菜肴。其侄请他将就着吃饭。饭后，又用天水泡菊花茶，留板桥继续叙谈。临别时，板桥题写对联一副：“瓦壶天水菊花茶，白盐青菜粯子饭”，以谢主人盛情。

可惜我此行无暇得遇茶馆，即便是遇到，现如今的环境污染，怕也无人敢用天水，或者江河之水来煮茶了。翻翻中医古籍，也有天水的记载：这样的水被称为无根水，有清肠排毒，去结石之功效。《西游记》中，朱紫国国王患病，孙悟空为其“悬丝诊脉”，诊断国王为“双鸟失群”之症，开的方子里，就有此水。

茶不得喝，其余两样稀罕物是一定要寻到的。绕回大街，走不了几步，就见到马路对面的白蒲黄酒厂的大门，过去一问，正是被授予“中华老字号”称号的白蒲黄酒，厂里的师傅把我们带到展示室，向我们一一介绍各种种类包装的黄酒，收获了两坛八年扣陈。

还有一样就是白蒲镇的茶干了，这茶干已有350多年的生产历史，是久负盛名的传统风味土特产，乾隆爷南巡时得以品尝，并大加赞誉和褒扬。路旁一问，人家就指明了去处——太平桥下，只此一家“三香斋”，只此一家金字招牌。不大的门脸，走进去，30平方米左右的店堂，柜台边围满了人们，都在大包小包地购买茶干，一个老板模样的人，满面笑容地忙着给顾客往门外的车上送货。买了真空包装的和简装的各种，还买了馅黄皮白的包蟹鱼丸。老板娘细心地告诉我：简装的只能放到第二天。回到车上，迫不及待地打开盒盖，寸方的豆腐干用蒲丝一扎扎捆得整整齐齐。解开了，拈一块尝尝：细腻不失柔韧，鲜香中绵绵的醇厚，想必这里面也浸染了岁月的滋味。

所寻俱已得到，日已偏西，就启程了。车行无声，迅捷地把那座老镇留在了身后。可是那一种静谧与稳重，却永远留在我心里了。

再见，白蒲。

诗意水绘园

知道如皋水绘园，源于“秦淮八艳”的董小宛。这一位奇女子将终身托于明末四公子之一的冒辟疆，舍艳名，着素装，归隐田园，低眉敛息，操持炊厨。人人都知道董糖、董肉，赏识她的孝、顺二道，钦佩她的蕙质兰心。可远离俗世的日子，却只过了短短的九年。一部《影梅庵忆语》，写尽了小宛的温良聪慧。可我却怎么也没有感受到小宛的幸福：“病眼看花愁思深，幽窗独坐抚瑶琴。黄鹂亦似知人意，柳处时时弄好音。”由是，那座天下名园就笼上了淡淡的愁雾了。

走进飞檐高挑的牌楼大门，就进入了主题公园。

过拱桥，置身一个开阔的广场。冒辟疆的雕像就矗立在那里，宣示我们已经抵达了演绎中国文人的气节和女子贤德奉献的舞台。

冒襄，字辟疆，号巢民。先人为蒙古贵族。出身文学世家，后游学董其昌之门，苦学钟繇、王羲之、李邕、颜真卿、米芾书法，娶秦淮名妓董小宛为妾。明崇祯十五年副贡，入清不仕。

水绘园，风格独特，被称为“天下第一园”。这里是如皋古城东北隅。“绘者，会也”，古城南北东西的水道都汇集在这个园子里面，由于地势高低不一，水流在地面上蜿蜒曲折，自然而然地形成了大小不一的区域。当初的建设者依此地理原貌，得体的地方建了些亭台，种植了杨、柳，等等，这些景物儿倒映在水面上，恰如画儿一般，因此得名。

冒巢民在《水绘庵六忆歌》中写道："水绘百年称隐谷，主人旧是先祖叔。"这里的先祖叔指的是巢民的祖父冒梦龄的从叔冒一贯。水绘园曾是冒一贯的别业。《如皋县志》（清·嘉刻本）等志书载："水绘园位于江苏如皋城东北隅，建于明万历年间，原是邑人冒一贯的别业，历四世，到冒襄时方臻于完善。园中构妙隐香亭、壹默斋、枕烟亭、寒碧堂、洗钵池、鹤屿、小三吾、波烟亭、湘中阁、镜阁、烟树楼、碧落庐等十余处佳境。"

自然，历经着许多年的岁月变迁，这种种的佳处，早已无存。此刻，这大大的广场只是主题公园的外围，离水绘园还有着些路途。就是那园子里的很多建筑，怕都是后来复建。可是毕竟是这块土地，土地在，根就在，魂就不会远。我每走一步，或许就重合了那三百年前的脚印。

这样想着，沿着右手的路向前走。冬天的水绘园，静静的。流水无声，垂柳不语，也无鸟雀，似乎不染烟尘。

过小石桥，看水中残荷在寂寥地守望。

三明堂是一座仿古建筑，门前的山石奇异，石上有树，也是有年头的树了，石抱树，树缠石，相依、相克、相生。这里正在举办东海堂师生书画展。进门细看，虽然多是些孩子的作品，但功底着实不差。

三明堂外就是洗钵池。大石之上的这三个字是郑板桥所书。这原是唐代中禅寺的放生池。宋代著名文学家曾巩的三弟曾肇，幼年随父亲来如皋，在此读书，常在池中洗钵，得名"洗钵池"；也有传说取自王羲之"临池学书，池水尽黑"之意。不管传说如何，它早于这个园子的存在是可以确定的。临池伫立，看小池不大，却也可容三五小舟徜徉其上，岸边脚下，就停着这样的船儿。池边遍植垂柳，风细细，弱柳不飘。牵一枝在手，惊喜地发现都已有了鼓鼓的芽苞。要不了几日，春风一吹，想必就是满池春烟了。

边看边走，不辨方向。年里，游人稀落，倒更添了几分清幽古静。不经意间，就到了一座小石桥边，右手园门上书古瞻园，内里是盆景博物馆。左手走过小桥就到了狭义上的水绘园了。依旧是廊檐优美地高挑着，褐色匾额上，“水绘园”三个绿漆大字是冒辟疆的手书，极其典雅。

沿长廊一直走，曲曲折折，只顾看廊上石刻。边走边瞧，见路就转。忽而见到一处宽阔的空场。一排端庄大气的房屋坐落在土山、竹林、树丛中。这些自然景观合为天然的庭院，更显独静。这便是壹默斋了。

这里曾是当年冒辟疆主要的会客场所。廊前两根柱子，镌有楹联：“名士名园亦文亦史；半村半郭宜画宜诗。”这是对水绘园精准的概括。

壹默斋之“壹”为专一，稳定之意，“默”有缄默、静观之味。遥遥当年，清兵南下，南明王朝土崩瓦解。大势已去之下，一介书生冒辟疆空怀报国之心，却无逆天之能，只得仿效阮籍陶渊明归隐皋邑，更园为庵，寄情于故园山水。这壹、默二字，正是冒襄为明守一、蓄养待时的心意写照。

走进大厅，迎面的中堂红木条案之上，是一份工笔立轴，高梁上是黑漆金字的匾额，上书“壹默斋”三个遒劲有力的大字。左右两方的红漆立柱上的对联格外耐人寻味：人逢沧海遗民少，语听开源旧事多。沧海桑田，开源旧梦，浓浓的感叹伤怀扑面而来。另有两副楹联也极有趣味：其一，清代王士祯的“澹如秋水闲中味，和似春风静后深”。其二，冒辟疆的好友钱谦益的“遗民老似孤花在，陈迹闲随旧燕寻”。三副对联让我凝眸良久，这三副对联的内容、格调截然相反，却那么巧妙地写尽了巢民彼时此地的境遇和心境。毛泽东曾这样评价冒辟疆：“所谓的明末四公子中，真正具有民族气节的要算冒辟疆。清兵入关后，他就隐逸山林，不事清朝，全节而终。”

轩敞的大堂内陈设着明清样式的桌椅。壁上有冒董书画作品陈列，只是不知真伪。整体看去端庄方正，突出了义、情二字。可以想象，当初高朋雅士会集在此，诗酒茶话的风雅，那里面一定也有小宛斟酒奉茶、笑语莞尔的曼妙身影。所以才会别称“妙隐香林”吧。

穿过壹默斋大厅，来到临水的月台。一泓静水，映衬着周遭的亭、阁，苍柳和碧空，水中的倒影，随着微微的涟漪缥缈着，幽清之气悠悠地弥散。回身看，门楣上匾书“茂树清流”，想着到了春夏，这里柳荫匝地，鸟鸣婉转，清水红鲤，佳人对月歌之，该是怎样的闲情。

一贯没有方向感，也不愿识记辨别道路。出了壹默斋，就继续沿周围的曲径随心漫步，处处所见，均是景致。一一观赏了悬溜山峰、湘中阁、悬留山屋、镜阁、小三吾亭、碧落庐、波烟玉亭等十多处佳景。这些山阁亭庐各有风情，却又和谐地呼应着，组成一幅带有诗意的立体画卷，让人流连其中，怡然忘返。

只记得又过长廊，左拐登上悬溜峰。

悬溜峰本是湖南衡岳72峰之一，因爱其景，冒辟疆令造山师张南垣仿而堆之，“假山悬溜一重重，南垣妙手无多让”。这假山着实得了衡岳的真味，悬崖巨壑，列戟森奇。

悬溜峰底是悬溜山房，峰腰处有湘中阁，北部有波烟玉亭、小三吾亭，西边有镜阁。

悬溜峰由黄石堆砌而成，堆叠自然，气象雄浑。绿树、奇峰、妙阁、山房，整个悬溜峰就是一幅绝妙的画卷。

悬溜峰下，三面临水，一面依山是因树楼。“因”者，依意，这是冒辟疆为董小宛因树而造之楼，与山上的湘中阁遥相呼应。悬溜山房就在不远处，资料记载：“远眺无形，近看有骨。”这是湘中阁下，三间两柱，二室四牖的茅草小屋。

湘中阁在悬溜峰中部。《扬州画舫录》中一句“歌儿紫云捧砚于湘中阁”，可见这里就是冒辟疆的书房了。这座小楼，是水绘园中位置最高、最为富丽的建筑，算得上是水绘园之象征。登临此阁，不用极目，即可尽览满园景物。

沿着池边，傍着山脚，拾阶而上，悄然入内。阁内宫灯高悬依旧，一副写意山水中堂左右，也有楹联：“月照松间觅诗痕；泉鸣池畔听雨声。”临阁俯瞰，一方小池、一株老松、一道溪涧，想象着巢民先生依窗望月，方觉得这对联的贴切。只是，他或许更想听到小宛抚琴吟唱吧……

景点很多，每一处都有自己的特点。

黛瓦粉墙，月洞四面，朱栏环绕，水中倒影通透袅娜。可以想象，小宛那一曲幽幽——“病眼看花愁思深，幽窗独坐抚瑶琴。黄鹂亦似知人意，柳外时时弄好音。”敲击着水面，随波荡漾开去……这是那玲珑剔透的镜阁。

“月漉漉，波烟玉。莎青桂花繁，芙蓉别江木。”小宛生前最爱李贺的诗，冒辟疆曾忆述：“董小宛每诵此三字，则反复回环，日月之精神光景尽于斯矣。人以身入波烟世界之下，眼如横波，气如湘烟，体如白玉，人如月矣。”吟诵这几句，我无以描述，只想着那柔弱的小宛，斯年、斯时，身在何方，心安何处？这五角娟秀，可以放置心上的烟波玉亭。

窈窕的小浯溪畔，小巧的小三吾亭。是冒辟疆仿唐代诗人元结在湖南祁阳浯溪上的浯亭所建，三吾为拆字法，暗合浯溪之名。

匿峰庐，如今的“如皋长寿博物馆”，一组茅草敷顶的建筑。登楼四顾，茅檐错落。虽然园外高楼合围，但仍不失安静。这如皋历来是著名的长寿之乡，百岁以上老人常见，想来和这儿的环境以及人们舒缓悠闲的生活环境及心态相关吧。

终于走到了月明楼。狭义的水绘园被行家誉为“是融徽派风格与扬州风格于一体的画舫式园林建筑”。它就是由一楼两院（雨香庵和隐玉斋）组成。这一楼，就是水明楼了。

清朝乾隆二十三年，盐运副使汪之珩恢复水绘园故楼。楼成之后，他夜间登楼赏景，见月光倒映于洗钵池水面，由是，想起杜甫的名句“残夜水明楼”，遂名之。此楼，南北长约 42 米，宽不超 5 米，由南而北依次构筑有前轩、中轩、阁楼，它们之间以九曲三弯的回廊相衔，轩阁之间缀以蕉石竹树，显示一种空灵之气。

一叠青砖细瓦明式平房、一座木格绣楼，衬着周遭粼粼碧波，恰似一艘航船停泊在明镜之上。“缥缈云边罨画楼，空蒙雨外木兰舟。”似乎眼前就漾起了迷蒙的烟雨，这座楼船上，小宛的笑容伴着泠泠的琴声，也是那样的迷蒙。

一个精通琴棋书画却命运乖蹇，沦为一代歌姬的奇女子，倾尽全心，追随所爱，那一颗玲珑心中，有多少无人能述的情思？在这座避世的园中，她以无限的包容付出换取的怜爱和认可撑起了九年的岁月，也算得上心有所爱、情有所托。

经由回廊，进入一个较大的天井，迎面可以望见敞厅，厅前两株巨型盆景分立左右，恭候游人的到来。

步入敞厅，中堂横匾书“瞻古”二字，蕴含着瞻仰冒辟疆的气节，是著名画家查士标的墨宝。敞厅中堂悬挂的《苍松翠竹老梅图》是李鱓的作品。两侧对联“偶耽翰墨衣云阁;小按笙歌水绘园”是张謇所书。这些书画让这座厅堂满溢着翰墨的香氛。

“偶耽翰墨衣云阁;小按笙歌水绘园。”衣云阁在浙江绍兴,是明末礼部尚书倪元璐宴请黄道周一同观竹的地方。二者都是冒辟疆的好友,国难之时,这两位均以死明节。张謇以“衣云阁”对“水绘园”,也道出了冒辟疆的民族气节。小按笙歌诠释了冒辟疆的高雅才情,也再一次让我又思及小宛的婉转歌喉。转身见侧墙上有一幅吴湖帆的《水绘园图》,瘦石秀松,茅檐低垂,小溪婉约,鹤舞翩翩。

穿过敞厅,真正进入了水明楼。几间小厅过去,就到了前轩。这里陈列着现存唯一一件小宛用过的器物——古琴台。它由黏土烧制而成,像一块巨大的青砖,正面是流畅的卷云图案。琴台中空,弹琴时起共鸣作用,在上面弹琴有金石之声。

在这琴台前,我分明听到低回悠长而不散的阵阵丝鸣:《高山流水》《凤求凰》《平沙落雁》《梅花三弄》。这琴声,讲述的是伉俪深情的爱?是国破家亡的哀?是两情相悦的恋?是生死为伴的依?

走入中轩。

中轩凭借隔景窗,巧妙地形成内室、内道与外廊三个相连而又各自独立的空间。内室由红木竹照所隔成。竹照,就是床前的屏风,雕刻成秀竹的模样。这件清代传下来的宝贝是由四块红木整板雕刻而成,有九层竹叶。由于采用漏雕的手法,所以从正反两面观看,都一样的精美——刀刀分明,叶叶清晰,细枝镂空剔透,形态生动逼真,真是巧夺天工的精致。据说当年的工匠花了三年的工夫才得以完成。

出了中轩,抵达阁楼。无缘登楼,就站在楼前,看楼上红漆门窗扇扇紧闭，想那曾经的苦难、曾经的深情，是否都锁在了岁月的深处？

向西走，就是雨香庵。这座旧时的庙庵由敞厅、黄杨厅、流光殿组成，原是清朝时，在毁于元末的原隐玉斋故址上重建的一座古建筑。走进去，里面布置成冒辟疆和董小宛私家书房场景，中挂冒、董二人画像，上悬"得全堂"三字匾额，笔力雄劲俊逸。

把目光转向冒、董的画像上。一老一少，妩媚与苍老，这大概是遗像了：小宛故去时只有28岁，而冒公却活了82岁的高寿。他们画像的年龄都定格在各自的岁月里，年轻时的旖旎倜傥，只能凭想象了。

私下里酌量：冒与董的爱情绝非传说中的浪漫与美满。28岁就夭亡的生命，如何对得起完美？这廊外的九曲盘桓，曲折短暂真如小宛的一生。

而庭中那株苍老的古黄杨树，虽是深冬，却依旧枝叶青翠，唯形态扭曲着挣扎向上。这三百多岁的树，俨然如三百年前的小宛那温婉的执着。"飓尺黄杨树，婆要枝千重，叶深圃翡翠，据古踞虬龙。"小宛的悲喜，从此盘踞了多少人的心与梦。

雨香庵西侧便是隐玉斋，曾为曾巩读书处，现有"宋曾文昭公隐玉斋故址"的石碑嵌于院内墙体中。院内古桧苍劲挺拔，枝叶茂盛，相传为曾氏亲手所植，至今有千年历史。在隐玉斋西侧有一尊关公像石刻，碑身青石石质，两米多高的石碑历尽沧桑，至今保存完好。两侧的题联是范曾书的"千古之英，万人之敌"。门上有康有为手书的"竹径通幽"。旁边墙上嵌有陈维崧《水绘庵记》全文石刻。而过道门上的"染香"，则是翁同龢的墨宝。走廊上还有不少书法石刻。最喜吴梅村《又题董君画扇二首》。其一："过江书索扇头诗，捡得遗香起梦思。金锁涩来衣叠损，空箱须记自开时。"直让人唏嘘不已。

“俨成高士宅，半作老僧居。竹径通禅梵，花窗枕道书。龙蛇忽变幻，烟水定如何。苦忆来年事，飞沙卷白鱼。”水绘园，这座用水墨绘就的园林里，有太多的故事、太多的传说、太多的联想。

走出水绘园，又匆匆浏览了古瞻园和胡瑗纪念馆。随后，拣了一处向阳的地方，坐在岸边的石栏之上，看暖阳之下，垂柳、飞檐在水里的倒影，神思渐渐飘远……

“江左烟霞，淮南耆旧，写入残编总断肠。”就让那悲喜交集的江淮旧梦，在这个宁静的冬季，在江淮平原风韵犹有几分残存的水绘园，次第上演吧。

香溪岸，最是遥念情归处

从宜昌，边走边看，日行百余里，穿越了美丽的西陵峡，前方目的地——秭归。

抵达这座有着两千多年历史却崭新的小城，已是黄昏。

第一次过这个小城，是三峡截流前。我从金陵，乘船逆江而上，最终抵达奉节。过此地是在船上，只有凭栏遥望，想象面江而歌的三闾大夫，还有临溪浣纱的落雁女。

如今，那座古城，已经沉睡在这江水之下。不知道这里的人们，在行走于堤坝之上，是否会凝眸这江底，想念曾经温暖的家……

酒店临江而建，三楼，从阔大的窗口望去，远远的三峡大坝，安卧在薄薄的雾霭中。眼前是一脉辽阔平静的水面，这就是高峡出平湖的湖了。

走下堤坝，在半坡的环堤小路上漫行，身边三三两两的人们，多是一家家在散步乘凉。直率的鄂音说笑，给这个静夜添上了几丝灵动。

天空是纯净的深邃，有着淡淡的云雾，似在一块巨大的蓝宝石上覆了一层轻纱，月儿出来，是半月，朦胧得看不清边缘，临于平湖之外，不见江中月影。

一路走，一路想，看紫色、绿色、黄色的镭射灯光高远地在湖面扫过，衬着不远的大坝，以及岸上的楼房的霓虹灯彩，有了光怪陆离之感。

深夜入睡前，依窗看去，坝上灯火如桥，只是不知道那桥的两岸，连接着哪里。忽地，又想起从这里走出去的昭君。“一去紫台连朔漠，独留青冢向黄昏。”塞外的那座青冢空空，她会不会也舍不得这片清秀的故土，日日夜夜在桥上徘徊？那薄纱之下的月儿，是否是她的脸庞？

“群山万壑赴荆门，生长明妃尚有村。一去紫台连朔漠，独留青冢向黄昏。画图省识春风面，环佩空归夜月魂。千载琵琶作胡语，分明怨恨曲中论。”

再一次默默念诵这一首诗时，我正站在昭君村中的楠木井旁，俯视清澈见底的井水，渴望着明净的水面，能幻映出两千年前，那张寂寞的落雁之容。我想，若有，上面一定写满了幽怨。这位同姓的女子，生于斯长于斯，却殁于荒远的塞外，那一腔去国之怨，又有谁能得知、能体会呢？

昭君村，在秭归西北方的兴山县。早上驱车离开秭归，沿江上溯，近午时，抵达香溪渡口，车与人一同过江，专程寻访那位和亲的奇女子。

前行一弯，猛然见到一带碧水，精神陡然一震。之前，见惯了一路江水混浊如黄河，心中渐渐滋生着遗憾。此刻才见到心仪的水，颇有些欣喜若狂。这是香溪了，一脉清澈和两岸青山如黛相互映衬，顿显灵秀，真是“绿于品，色碧如黛”。提到香溪，又想起昭君。据说，是昭君在溪口边洗脸，无意中把颈上项链的珍珠散落溪中，从此溪水清澈，水中含有香气，此水才得名香溪。香溪里还有一种奇异的桃花鱼。桃花鱼的传说也与昭君有关。传说昭君出塞前，从京都返乡探亲，泣别乡亲之时，正值桃花盛开之际，一路弹着琵琶，念及从此永别故土，不觉泪如雨下，那泪珠与水中的桃花漂聚在一起，化成了美丽的桃花鱼。每逢桃花争妍时，香溪河中可以看到一种形似桃花、分身四瓣、晶莹透明的鱼，这就是香溪河特有的稀有鱼类——桃花鱼，又叫桃花水母。它与桃花一起出现，也同桃花一起消逝。只可惜我是在仲夏行走，无缘得见这美丽的精灵了。

之后沿香溪而行，山路逶迤，不多时，就见到路旁有巨大的标识：昭君故里。这就是新建的昭君镇了。新楼林立，沿河而建，好在不高，白墙黛瓦，倒也显着几分大气。河岸垂柳依依，更是添上了几分幽静。车向左拐，过昭君大桥，继续前行。水流渐窄，碧色不减。两岸山林愈加葱郁，丝丝缕缕的白云，忽而浓，忽而淡，曼舞在山腰林梢。没多久就看到前方隐约的村子。近前，一座高大的牌坊式门楼，两侧如塔楼高耸，架着宽大的横匾，白底灰纹，通体雕花，上书“昭君村”三个金色大字。这，就是宝坪村，昭君的娘家了。

车子驶上曲折的村道，在一个拐弯处，看到了一座寺庙样的建筑，只是极为破败。想下车，家人阻止，说还未到昭君纪念馆。左方前行，须臾间停在一座更宏大的牌坊式建筑前的广场上，这里就是昭君纪念馆。

常说物是人非，可我看着这崭新的建筑，大大的园子内葱郁的竹林树丛，掩映着的亭阁、塑像，心中却是十分的失落。因为知道，那与那个娟秀的女子有关的一切、一切，早就在岁月中化成了烟尘，飘散殆尽。只有这块土地，和生生不息的草木，和人们的想念中，还蕴藏着那如花的面容，那嘈嘈切切的琵琶，那绵延不绝的乡思……

入大门，循青石台阶而上，迎面可见洁白的山墙上绘有大块黑色的图案和纹饰，古朴庄重。正中巨大的大理石匾上刻着郭沫若的手书“王昭君纪念馆”。

走马观花，几乎没有游人。人们根据传说以及想象所构建的一切：青石台阶，黑瓦尽头，飞脊翘檐，白墙青饰，极是古朴庄重。这个纪念馆俨然是一个村落，前庭后院，三进五出，错落有致。庭院正中是高大的昭君塑像，丰容靓饰，端庄飘逸。

纪念馆西侧是紫竹院，四周的回廊中，尽是历代有关昭君的诗词碑刻。杜甫的《咏怀古迹》自然也在其中。院北有个小门，通往“昭君书院”。在院内有一亭，亭中另有昭君弹琵琶的汉白玉塑像，容颜雍容妩媚。院内的紫竹，枝青叶绿，唯主干色紫如墨，微微泛着紫光。轻抚紫竹，想着那一个美丽的传说：相传当年昭君作画，引来天上赤、橙、黄、绿、青、蓝、紫七色霞仙帮她着色。后来昭君离村入宫，七色霞仙依然常来村里。其中的紫霞仙女认定昭君总有一天会回村，便旷日持久地在竹林里等待，身躯渐渐地化在竹身之上，形成了这一片紫竹园。昭君出塞后，日夜思念美丽的家乡，曾写有“莺啼绿柳弄，春晴晓日鸣。香莲碧水动，风凉夏日长”的诗句，来描绘家乡的妩媚风光。我想，这痴心的紫霞仙女啊，你既为神仙，就当知道，那个聪颖的昭君已然去之千里！为何不追随于她，生前相伴，死后相守，倒也能尽知音之义，慰其思乡啊！

在故宅后院，藏书楼前伫立良久。这是幢汉居风格的二层小楼，楼上为当年昭君父亲王穰读书的地方。据考，小昭君喜读诗书，常上楼向父亲请教诗赋。一天，其父约来村中私塾里的王先生，共同吟诗作赋。昭君当时正在楼上作画，看见私塾的王先生在庭院中吟诗：“莺啼绿柳弄春晴，柳弄春晴晓日明。”父亲王穰却皱眉捻须，吟不下去。小昭君在楼上接着王先生的诗句，朗朗吟道：“明月晓晴春弄柳，晴春弄柳绿啼莺。”二位王先生在楼下听见，击掌叫绝。回文诗也由此而起。少小昭君尽显才华，终生却少有知音，这，也算是一憾吧。

其后，脚步匆匆。这些终究是复建的，难以看到时间长河的点滴痕迹。倒是始终惦记着那所寺院，于是原路返回。

到了，这是一座似庙非庙的建筑，三层角楼高耸，黄墙灰瓦，镶红门窗。院内，修竹丛生，已探出墙外。可惜的是，墙面斑驳，窗棂门框开裂扭曲。最为奇异的是面南的院墙，竟有一段是建筑在一座拱桥之上。只是，如今长拱之下已堆满杂柴，两侧的双耳拱洞，也长满野草，有野花娇羞地开放。桥洞正上方的院墙上是个月亮门，走过去，仰头探望，里面小楼红门紧闭，上面的匾额斜斜地垂落，几个金色大字清晰如刻：昭君祭祀堂。这儿，才是纪念昭君的原址啊！

绕到冲北的侧门，斑驳了红漆的大门紧闭，门楣之上的匾额书有"楠木井"三个斗方大字。两侧的楹联却只残留一副：掘井思源济众生。想来那口楠木井就锁在这深院里了，又是一个咫尺天涯？那么，这座祭祀堂，这一座小楼，该就是望月楼了？

传说昭君出生时恰逢皓月当空，出落得脸似银盘，肤似月光；而昭君也喜爱月亮，常登宅前一吊脚楼，对月理妆，望月歌唱。故村人称此木楼为望月楼，将楼上一层称为昭君梳妆台。后来望月楼已不复存在。只是在楼前有一如菱花镜般的水井，是昭君小时与女伴担水洗濯之地，名楠木井。

正寻思着，听到有人招呼。是旁边民居门前的大娘，她比画着、说着。我略约懂得了她的意思：让我们转过去，可以看到井。热了，可以买她家的矿泉水。

谢过老人，带着惊喜绕到东面，寺院后果然有个小小的敞开院落，浅浅地嵌在缓坡里，院里西北角上一座红栏灰瓦的四角廊亭，四根立柱的红漆已剥蚀殆尽，迎面横栏上的匾额也不知踪影。亭中，两位年过半百的老人，围井而坐。一位，在浣衣；另一位，似乎打好了水，坐而闲聊。细看那口井，与青石地面相平，青石条的井台只有十来厘米高，围住了六角井的五边，条石大概有二十厘米宽，上面是半圆的花纹，整齐地排列。许多取水的管子，从去掉条石的一边伸进井里。井后，一块石碑依墙而立，不大。碑座白底黑纹，长宽都在四十厘米左右；碑身略窄些，高约一米，黑底白字，碑文为楠木井记，概述了此井的情况；落款时间是2002年的九月。我比较关注碑座上的三个字——楠木井。因为这是由郭沫若夫人于立群老人题写的。字迹圆转，略有古意。

趋身向井，诧异陡生。此井和常见的大不一样，井深不过米余，清水满注。井底一根粗粗的横木，静静地横卧，两端被石锁紧紧扣住。这就是那根出自峨眉，千年不朽的楠木了。

相传此井为昭君当年汲水处。原先水量微少，稍旱即枯。昭君出世后，井水陡增，澄碧清亮。村人纷传是昭君出世惊动黄帝，令黄龙搬来龙水所致。后昭君之母忽梦黄龙欲逸，井水将涸，村人即从西蜀秀山采来楠木，嵌于井口，锁住了龙头，而使井水丰裕，长年不竭。楠木井也因此而扬名。

问老伯借来水桶，俯身取水，探手掬捧敷面，凉意入骨，暑热顿消。二位老人，笑意满面地和我相谈，又得知这井水清甜可口，冬暖夏凉，且不枯竭。夏日炎热，水凉消暑，倒也罢了；奇异的是，寒冬之时，井水会热气蒸腾，至井旁，倍感暖意融融。这井里的水管都是村里临近的村民取水所用。若不取，井水就会满溢出来，终年不涸。井底的楠木坚硬如磐，火烧不燃，斧砍无印，井水因其而散发郁香。用楠木井水做饭烧汤，特别香鲜；酿酒泡茶，分外醇美。更奇特的是，每遇雷鸣大雨，山洪暴发，井水出奇的清冽；更有趣的是，每逢初秋时节，雨后初晴，夕阳斜照，井水面即现出一道美丽的光环，真是妙不可言。

离开楠木井，漫步村道，依山而成的村落，多是二层小楼，错落间都是矮矮的橘林。浓绿茂密的枝叶间，坠满了绿得泛亮的累累果实。常见年老的农人倚门而坐，脸上一派的宁静祥和。

车子绕村而行，悄然停在香溪河边。碧青透绿的溪水，淙淙不息地流淌。回首，那不大的村落，依偎在纱帽山的怀里。环顾四周，群峰林立，崖壑含翠，白云缥缈，想必，昭君的乡泪滴滴和琵琶声声，都融合在这里，绵延千古了。

离开时，日已偏西，在山峰的背后，露出半张嫣红的笑脸。

暮霭中抵达兴山县城，入住在临河的酒店。依窗东望，窗外应该还是香溪一脉，沿河垂柳，美景依旧，美人却已成烟。此时，外面飘起了细雨，渐至雨炽，所以酒店下小食肆简餐，价格便宜，口味极好。饭后，沿街巷漫步，细细端详这座获称为“中国人居环境范例奖”的小城，不由得赞叹巧夺天工的设计建设：小城坐落在高山怀抱，城东南是碧波荡漾的香溪河，城西北是灵秀耸立的鸡笼山，真可谓山环水绕。所有的建筑风格均倾向于汉代，白墙黛瓦，且没有高楼大厦，让人的视觉格外开阔舒畅。更难得街道宽敞洁净，人少车少，植物茂盛。白云朵朵片片，就在半山缠绕；一条香溪穿城而过，碧绿的河水映衬着白云和不时掠过的一群群白鹭，宛若仙境。

走到酒店门前的河岸广场，又见昭君：一座高大的汉白玉雕像，在仙境一般的背景前，傲然屹立，端庄的面容不露悲喜。

望着，想着。这位天仙一样的女子一生、一世，入宫、和亲，背井离乡，魂归塞外。幸与不幸由不得我们评说。只是不管如何，都是这位纤弱的女子，用不长的一生，给汉匈带来了长达四十年的和平。也是她，把刺绣、琴棋书画、五句子山歌及深厚的农耕文化带到了塞外，把匈奴的粟谷捎回宝坪村。之于这个意义，所有的小女儿的思乡幽怨，显得渺小而苍白。可是我终究不能明白，泱泱大国，为什么常常把一国的安危胜败，维系或推诿到孔圣人语中难养的弱女子身上？

眼前又闪过另外三张姣美的面孔：沉鱼落雁、闭月羞花的昭君、西施、貂蝉、玉环。不同的故事，却有着相似的因由和结局。在封建时代男权社会中，她们的美丽或许不是幸运，当国难家仇之时，她们便成为牺牲品，被供奉于历史的祭台之上。又有谁能顾及、在意她们的个人情感呢？忽略了男权社会中所谓的国家、民族大义，换个角度看，她们虽贵为妃子，却不及明末的青楼女子陈圆圆，尚有吴三桂的冲冠一怒啊。

是夜，万籁俱寂之时，悄悄拉开窗帘，闪烁的是人家的霓虹灯火。而香溪那一脉碧水，却是沉静的。沿河的灯，也少，且是单一的，在水中微弱地颤抖。遥遥的月又满了几分，又想起昭君满如银盘的脸。“一去紫台连朔漠，独留青冢向黄昏。”我知道，塞外的那座青冢空空，是你厌倦了这浊世万丈，不愿让自己的清灰白骨遗留烟尘。

“昭君本楚人，艳色照江水。楚人不敢娶，谓是汉妃子。谁知去乡国，万里为胡魂。”轻轻吟诵着苏子的这一首《昭君村》，心中无尽的感慨。

安静的兴山之夜，应是我今夜的信笺，期待昭君，走入我的梦中，写下不为世人所知的细节……

传奇德令哈

最开始，德令哈是带着空寂的质感和思念的重量进入我的心灵的。因此，它是诗意的、唯美的。

那是因为海子的那首《姐姐》。

当车子离开碧海般的小柴旦，一路南行时，我的心跳也随着车轮加速。而人却更加沉默。我把自己扔在座椅中，缄默着。车厢里只有黄金刚的歌声反复回环，可我心里，却执拗地跳跃着那两句：这是唯一的、最后的，抒情。这是唯一的、最后的，草原。

路旁景色几乎没有改变。如果不是那些路标上迅疾掠过的地名，我甚至会以为就在原地。

安静的沙漠，没有生灵，只有一团团的茅草。一直一直是这样。

看过碧玉般的小柴旦，过饮马峡收费站，标牌表明直行，前方德令哈。路左的不远处有了山岭，不高，广阔雍容地绵延着，山脊上的沟壑都朝着一个方向，看起来整座山都是积压得一层层的。路右是一望无际、安静的沙漠，没有生灵，只有一团团的茅草。这些茅草团看起来干枯，却中有参差的绿意，由不得你不佩服它们骨子里的顽强。我想这沙漠中宁静的隐约生命的律动，就是因为它们吧。渐渐山势逶迤到了路的两侧，离得近了，才更清晰地看到山上也边生着这样的草团。草团多的山势完整些。之后的缓坡，草团渐少，那些山就风化得更荒凉些。德小高速如同一条酣睡的乌龙，蜿蜒在这片荒漠中。

我看着一个又一个德令哈的路牌悄然在车顶掠过，上面的公里数越来越少。心情却突然莫名紧张起来。

“瞧。”我随声望去，路旁一块绿色标牌：外星人遗址，2 千米。

德令哈，除了海子的那首著名的诗，还有这个神奇的外星人遗址。

我一直不曾怀疑外星人外太空生命的存在。不要说浩瀚的外太空，有着无数莫测的奥秘，就是我们脚下这赖以生存的地球，又有多少秘密不为人所知呢？

就说这德令哈的外星人遗址，自从 20 世纪 70 年代被发现其神秘后，一个荒漠中的小城，瞬间蜚声天下，也许正因为这个，才吸引海子停留这里吧？

于是，先去遗址。也许就不经意间重合年少时，所仰慕的那位诗人的履痕。

20 分钟左右，车到景区门前。说是门，其实就是一所简易板房，一道电动拦车杆挡住。标识牌上注明，旺季门票 20 元/人次。看着栏杆前那熟悉一如路旁的景色，心中说不出的滋味。国内的旅游就是这样，每一个美丽的或是有些典故的地方，远远地就被拦上，必须购票才能进入，多数还是高额的票。而很多的景区要不基本荒芜，要不就修建了极多、极大的建筑。这两者都令人不以为然。特别是后者，那些簇新的楼堂桥廊，根本无法让人产生历史感。这些大自然的馈赠原本属于全人类。理应向倾慕它的人们敞开无私的怀抱。不反对收费，只是要收得合理，并且能真的维护、保护这美丽，在为当地谋福利的同时为游客提供良好的服务。

经过这道拦挡，依旧前行。我已经遥遥看到远处的那一脉水线，在斜晖之下烁烁。那是可鲁克湖。她的前方应该还有一个湖——托素湖。我没写错，是她，托素湖是他。她和他是一对情深的佳侣。

他们俩，一南一北、一咸一淡、一大一小。一个水草密布、丰美天然而又美丽恬静，另一个辽阔博大、烟波浩渺。无风之时缄默深邃，风过时浪涛拍岸撼人心魄。他和她两手相牵，静卧在怀头他拉草原上，似乎是悲悯的天空两滴晶莹的眼泪，在这浩瀚的戈壁滩上，熠熠生辉。

相传，托素和可鲁克原本是一对青梅竹马的恋人。当他们决定结婚时，按当地的风俗，去部落头人家乞求准婚，没想到头人见可鲁克天生丽质，就心生邪念。他假惺惺地说为了考验托素是否真诚，必须要让托素到柴达木盆地一个名叫“盐泽”的地方背回一袋盐。

为了和心上人成为眷属，托素当天晚上启程。盐泽遥远而荒凉，托素背回盐，却没有走到家，就累死在了路上。一只好心的大雁将托素的死讯带给了可鲁克。悲恸欲绝的可鲁克决定找回托素的遗体。但历尽艰辛的她在找到托素倒下的地方，也累死了。临死前，她拉住了托素的手，幸福地合上了双眼。于是托素和可鲁克的遗体就化作两个湖泊，日夜相守在怀头他拉草原。由于托素背着盐，所以就成了咸水湖。

此刻，我就站在了可鲁克湖岸边，午后四点多的阳光下，风儿阵阵掠过湖面。清澈的湖水涟漪微微，岸边草泽丰美，我蹲下身，掬起半捧湖水，小啜一口，冰凉中带着甘美，应该是克鲁克那与恋人相伴的甜蜜吧。

走出依恋，继续前行。我知道托素在前方呢。

路并不远，路况却差。颠簸中看身旁景色变幻异常。刚刚草木茂盛，转眼就是荒漠了。

到了，荒凉的湖滩寸草皆无，砂石嶙峋。

下车，风过，卷起我长长的围巾与裙袂。逆风前行，略有艰难。穿过那些大小、形态俱不一致的石块石堆，择一处坚实的高地站定，看湖水由碧色而至墨绿，由目力不及之处，随风而来，浪涛汹涌，拍打着岸边的砂石土地，飞沫如雪，猎猎有声，动人心魄。

我细细感受这雄性的湖泊，这风声似乎是托素的呼吸，沉重而有力地起伏着。我想，托素的灵魂一定还沉睡在湖底。他一定不甘于这样的结局。都说两湖相连的小河是二人相牵的手臂。可我想那一定是托素有力的手臂。他想把可鲁克揽在怀中。

环顾左右，看到河边那些石块，或者石堆，都状若站立的人儿，俱都面朝湖水。这遍布湖边、不计其数、小小的玛尼堆，每一个都包含着一个深沉的愿望吧。

回身，不远处，那一座山，不高，夕阳映照下呈金色。整体外形有点像缩小的金字塔。这，就是那座传奇的白公山——外星人遗址了。

1996 年，两位青海作家到柴达木盆地采风时，偶然在托素湖边和附近岩洞中发现了数十个类似铁管的管状物，有的直通洞底，有的直通湖边，有的直通地下，有直管、曲管，还有纺锤形、交叉状等，外形奇特，构造巧妙，两位作家就称之为“外星人建造的管道群”，托素湖“外星人遗址”之说开始慢慢传开了。

近身至山下，一道围栏把山体圈了起来。找到门，并无人。也无售票处。心中无比失落，难不成总是这样？越想见到的越没有缘分？哪怕是咫尺？心有不甘，不愿离去，彷徨再三。却见那边过来一个人，当地人模样。家人过去打问。他告诉我们围起来是要整修。或许我眼里的希冀与渴望的交织打动了他，竟然说，可以让我们进去看看，不过要快些。惊喜来得太突然，我诺诺连声中就往里冲。

白公山没有植被，裸露的山体是一层层的，向侧面倾斜着，像是极大的平台向后坍塌了。

我已经看到那个岩洞了，走过沙砾遍布的漫坡，就到了洞口。三角形的洞口两人多高，很规则，细看洞外两侧，岩面有像浮雕一样的花纹，这分明像熔岩凝固的样子。家人指给我看洞口左上方，一个足球大小的洞，圆圆的，发红，和铁锈的颜色一样。这就是那神奇的管道之一了。因之太高，我看不清。于是走进洞里。一股臭味扑面，地上有着排泄物。我不由得退了出去。定定神，屏住呼吸，重新进去细瞧：洞五六米深，最高处有三四层楼那样。洞内上下左右都是灰蒙蒙的砂岩。可是那灰白色的洞壁上，却有着铁锈样的痕迹。右边的墙壁上那道锈痕清晰笔直，一直到洞顶。我拧亮手电，上面是圆圆的洞孔，应该是个管道，有40厘米粗细。这洞孔和洞壁浑然一体，地下也有相同大小的管子，在地面上露出管口，黑黢黢的管内，无法知道它的长短。在洞口处，还有十余根直径大小不一的管洞穿入山体之中，管状物之间距离不等，管壁斑驳，但与岩石完全吻合，像是直接将管道插入坚硬的岩石之中。这些管洞无论粗细，都呈现铁锈般的红褐色，分明就是锈蚀掉的铁管。这种排列，有点像大型机器的管道。可在这荒漠中，就是现在有修了又修的路，进来依旧是艰难。又何况上万年前。来之前，我查阅过资料。这里的一些管片曾被送到距这里不远的中国第二大有色金属冶炼集团——西部矿业下属的锡铁山冶炼厂进行化验。管片样品成分中氧化铁的成分占30%以上，二氧化硅和氧化钙含量较大，这与砂岩、沙子与铁长期锈蚀融合有关，说明管状物存在的时间已很久远了。此外，样品中还有8%的元素无法化验出它们的成分。也许正因为此，才被猜定为外星人遗址吧。我拍了拍手，洞内没有什么回声，可我似乎听到遥远的回应，这应是一种心灵的邀约。

出了洞，遥遥西望，夕阳如血，涂抹在托素湖湖面。那个师傅还等在那里。道谢后闲聊几句，方知，洞内那些管洞原本都有锈蚀的管子。是来看的人们，你掰一点，我掰一点，就成了现在的模样。他一指前面的湖滩，喏，那片滩上，原来就有管子的，湖底也有的。现在少多了。

再一次回到托素湖湖边。天光昏暗，之前清澈见底的湖水，此刻已是幽深一片。不过，我知道那些管道就在那里。它们是通往另一个未知世界的道路。

我从来没有怀疑过外星智慧生命的存在。不要说浩瀚的宇宙，就是我们所栖身的这个小小地球，不依旧有着很多无法诠释的奇异吗？就像我身后的白公山和面前的情人湖。

驱车离开，赶往德令哈市区，今夜住宿在那里。其实内心十分渴望能在这托素湖湖边停留一晚，我不仅渴望邂逅外星人，更希冀走入情人湖的梦中。

抵达市区时已是夜暗，街上空旷异常，只有灯火静静地善良。

进城不远处，看到路边一家饭馆。隔着玻璃窗看到里面还有一个人就餐，就进去点餐。菜肴简单，滋味也不特殊。只有那一壶甜奶茶，香气浓郁醇厚。我抱着一杯，让那温度透过掌心，传入我冰冷的身躯。突然对隔壁座位上那位孤独的食客产生了兴趣。他，看上去有几分落拓。非藏非汉的长袍裹着魁梧的身躯。长发齐肩，浓眉连鬓，双目深凹。没见他抬头，却觉得一束清亮的目光投射过来，一股笑意从那不动的眉目间传出。我不由得抬了抬手中的杯子。他竟站起身，径直走了过来，坐在我的对面。

我倒了杯奶茶推到他面前。他举了举手中的杯子，清亮亮的，是酒。

看过托素湖？

是，还有遗址。

听过故事？

是，可鲁克，情人湖。

他深深地望了我一眼，低低地唱起来。不，是吟。

“那是个漫天星斗的夜晚，璀璨的星光惊动了湖底灵魂的安眠，他开始呼吸，湖水是他的胸膛，起伏着命运的不安……”

我渐渐痴迷，这是个奇异的传奇：

一群在太空旅行的异族人，在途经这个蓝色的球体时，突然感知到一种神秘的信号，这信号里的复杂让他们迷惑。那信号让他们感到暖、感到酸、感到疯狂。迷惑的他们寻迹而至，他们的飞行器在一个大湖边降落。他们沿湖巡行。走过大湖，沿着小河，他们看到茫茫戈壁中突现一泓清澈，周遭草木葱茏、鸟蝶翻飞。这群异族，围拢了，运用他们的心目，看到了湖底酣眠的那个少女。那美丽的容颜让异族的首领心动而痴迷。于是，他运用法力，唤醒了可鲁克的灵魂。然而，可鲁克拒绝了他，那首领又给托素湖上了三十三道禁制，托素将永不能离开寒冷。坚贞的可鲁克歌唱着走入咸涩的湖水中，融化在托素的灵魂里。却只见一道彩虹从湖中升起，把克鲁克湖和托素湖连在一起。之后化作彩霞飘浮在两湖上空，风来则散，风过则聚。超能的首领也只得无奈离开。飞行器离开时，盛怒的异族人，摧毁了发射台，就变成了白公山……

歌声停止了，我却依然沉湎其中，无法自拔。我看着那个歌者离开，高大的身影顿时淹没在门外的黑暗中。

黎明时分,我从客栈温暖的床铺上惊醒,悄悄来到窗前。此刻德令哈的天空是深深的如丝绒般的蓝,群星如钻。我把目光放逐到情人湖所在的东南方。隐约可见一片彩霞在曼妙地舞动……

“这是雨水中一座荒凉的城。除了那些路过的和居住的。德令哈……今夜,这是唯一的、最后的,抒情。这是唯一的、最后的,草原。”

镇淮楼上看沧桑

我站在川流不息的人群中，隔着不算太宽的马路，将目光专注地投射在那座闻名遐迩的鼓楼上。

这座楼不高，砖木结构，单体，也不雍容庞大。三十几米宽的台基高高的也很厚重，中有城门。一束光正从那看起来幽深如眼的门洞中透过来，明亮异常，使得这个黄昏有了特殊的韵味儿。

台基之上是二层山楼，从我这个角度看过去，青砖红窗处，飞檐高挑，有了几分睥睨天下的味道。

这座楼，始建于北宋年间，原为镇江都统司酒楼。

淮安（现淮安市楚州区）“扼江北之要冲，为南北交通之孔道”。纵贯淮安全境的大运河，便是当时南北交通的命脉。南粮北运，要从运河穿长江，越淮河，才能北上。漕运船只均以抵达淮安视为安全。彼时，无论文武官员、显宦世家、巨商富贾、文人墨客和僧道名流，都要登楼祭酒，以庆幸运。至元代，淮安“置总管府，用以控制南北舟车转输”，楼上便悬挂“南北枢机”“天澈云衢”的金字匾额。到了明代，楼上置有“铜壶滴漏”用以报时，故又名“谯楼”。后又置大鼓专司打更、报警，故又称为“鼓楼”，清代为镇压淮河水患，始名镇淮楼。

这些年，风风雨雨。在这座因漕运而著名的江淮名城中，它雄踞水城要地，已然成为古城淮安的象征性建筑了。

从楼西侧拾级而上，过二层，直抵最高一处。幽暗的室内，临窗北望，热闹的遗址广场后是新修复的“总督漕运部院”。中国目前规模最大、规制最高、影响最深远的漕运府衙机构，正在呈现历史应有的本来面貌。

遥遥看过去，雕梁画栋，飞檐翘角，虽在周遭现代高楼的包围中，依然还有着大气恢宏的气势。

据资料介绍：这府衙原有房213间。门前有宽大雄伟的照壁，右边有票事房；照壁右有吹亭，左有鼓楼，门前两旁有一对两丈多高的巨型石狮。中轴线上建有大门、二门、大堂、二堂、大观楼、淮海节楼。东侧有官厅、书吏办公处、东林书屋、正值堂、水土祠及一览亭等；西侧有官厅、百录堂、师竹斋、来鹤轩等。大门前又有照壁，东西两侧各有一座牌坊。可惜这些建筑都在20世纪40年代被逐步拆毁，曾经的威严消散在历史的脚步下。

“凡湖广、江西、浙江、江南之粮船，衔尾而至山阳，经漕督盘查，以次出运河，虽山东、河南粮船不经此地，亦遥禀戒约。故漕政通乎七省，而山阳实属咽喉要地也。”这是《重修山阳县志》中的记载。山阳，现江苏省淮安市淮安区，在民国以前称山阳县，为唐代楚州治所所在，明淮安府治所。

当时，千万艘粮船衔尾而至淮安楚州，由末口入淮北上。粮船卸载之后，再从河下装满盐运往南方各地，何其浩浩荡荡。南粮北调、北盐南运都要途经淮安楚州，使淮安楚州成为漕运、盐运集散地，客观上形成了在漕运史上的特殊地位。

这座坐落于古淮河与京杭大运河交点的古城，九省通衢，七省咽喉，南船北马，交会于此。古淮安因此而日益兴盛起来，这座水运码头成了店肆酒楼鳞次栉比、“市不以夜息”的繁华闹市。

“十里朱旗两岸舟，夜深歌舞几时休。扬州千载繁华景，移在西湖嘴上头。”这首七绝是明代诗人邱浚当年为繁华的河下而写。诗人笔下的西湖嘴，就是淮安的河下码头，离我所在的镇淮楼向北，车行20分钟即可到达。

淮安的繁荣得益于淮安特殊的地理位置，自然就是得益于漕运。

漕运是我国历史上一项重要的经济制度。据《辞海》释：漕运者，水道运粮也。用今天的话来说，它就是利用水道(河道和海道)调运粮食(主要是公粮)的一种专业运输。水与粮是人生存不可或缺的，所以，漕运也是王朝兴衰的命脉。

自隋起，朝廷就在淮安楚州设了漕运专署，到了宋代又设江淮转运使，东南六路之粟皆由淮入汴而至京师。明清时期，朝廷在这里设总督漕运部院衙门，以督查、催促漕运事宜，主管南粮北调、北盐南运等筹运工作，也就是我此刻远观的这所署衙。

署衙之后，是漕运博物馆。它气气派派地向世人展现着“运河之都”淮安，厚重的漕运文化以及漕运古迹和历史。

转身下楼到二层台基，这里有一古一新两口大钟。明代所铸古钟静置在一角，钟上有“国泰民安”四个大字铭文，清晰端庄。管理员向我介绍：这口钟被称为许愿钟，据说摸钟许愿能百病皆除，逢凶化吉，早生贵子，官运亨通，健康长寿。听了莞尔，但我还是将手轻轻放在了钟体之上。丹心澄澈，唯愿尽如钟文所示：国泰民安。

沿阁楼转过，另一侧架有大鼓一面，悬钟一口。手扶钟杵，缓缓荡起，重重落下。洪亮的钟声悠扬远送，把我的祈愿传播开去，祈福天下苍生、安宁。

下得楼，继续我的行走。

这座古城因水而生、靠水而荣，城市文化中处处都脱不了水泽之气。

智者乐水。因水而生的城市里，临水而居的人们智慧而豁达，就这不大的古城已是名人辈出。

往西北方向，穿过一条古色古香的小巷。此刻，我已经站在了驸马巷内周恩来故居的门前。这个青砖灰瓦的院落，和它当年走出的主人一样，沉静而内敛。

故居由东西相连的两个不大的宅院组成。大门向北有三间西房，是周恩来童年读书的地方，里面陈列着简单的笔墨纸砚。大鸾翔宇，那为中华崛起而读书的意念应是从这里诞生。

时间卷走了一切，再深的眷念也留不住永恒。伟人已远去，此地空余春与秋。在这些房屋中穿行，那一帧帧发黄的照片、书画，一件件的什物在无声地叙述着曾经的岁月。

我对故居里不起眼的厨房印象极其深刻。时值仲春，厨房门前两侧是两块方方的菜地，矮矮的竹篱笆围着，里面种满了各种蔬菜，我熟识的辣椒和茄子都已开花，不大的小花白白紫紫的，清新着、淡雅着。它们是这所老宅里最有生命气息的象征，似乎院子的主人还在那口老井里汲水浇地。

在院子中那两棵老槐树下，我再一次停住脚步。据说这是恩来总理童年手植。那粗壮的树干有些倾斜，枝叶却是苍然葳蕤。

是这一方水润泽被的厚土滋养，成就了淮安人精明而不失大气的气质吧。

到了淮安，不能不品尝淮扬菜。说起淮扬菜，不少淮安人都会如数家珍地说出许多特色菜肴：软兜长鱼、朱桥甲鱼、平桥豆腐、码头羊肉、开洋蒲菜、蒋坝鱼圆，等等。这十之七八都是水产品，名字也总和这桥啊、坝啊、码头啊相连，这自然是淮河慷慨的馈赠。这条温情脉脉的大水，不仅承载了皇家王朝的兴衰命运，也哺育着两岸的乡民和来来往往的商贾们。

"蒲菜佳肴甲天下，古今中外独一家。"这才是我最感兴趣的一道特色菜。听闻它的大名，源于我仰慕的一位古代女将。

南宋建炎年间，淮安籍的巾帼英雄梁红玉与丈夫韩世忠一起镇守淮安，被金兵围困淮安城中，粮草不济。百姓担忧粮食紧张，梁红玉把粮先给百姓吃。百姓大为感动，就把饭菜送到士兵面前。宋兵越打越有劲，金兵寸步难进。支撑了两个月，粮食、蔬菜吃光了，树皮、野菜也都吃光了。梁红玉和大伙儿一起商量。有人说，城内月湖里长满了蒲草，蒲根也能度饥荒。蒲根月湖里有的是，这下不怕了。金兵终于被打败了。这蒲根就是蒲菜，蒲菜成了抗金菜，和梁红玉这位抗金女将的大名一道流传了下来。

当那盘蔬菜放到我面前时，竟然有种一见钟情的感觉。一茎二寸左右，素白中透点碧色的蒲菜整整齐齐地码放成半圆，橙红色的虾仁一律优雅地弯曲着，盘成一朵花样在最上面，深盘中乳色的汤汁中，星星点点的葱花是洗眼的翠绿。

蒲菜入口，清脆清香，尝尝汤汁，鲜美异常。水草的清和虾仁的鲜全在其中。细细品味，那脆中的纤维使得口感有些硬。突然觉得这蒲菜有些像此地的乡民，敦厚纯朴中不乏硬骨铮铮的耿直。

回程时,天色已暗,那夜空深邃的蓝如同天鹅绒。虽然都市的灯火闪烁,暗淡了星光,但那轮金黄的美月却高悬在镇淮楼之上,柔软了镇淮楼的剪影。

第二辑

真实金陵

一同湮没的还有街口右前的红霞布店、鼓楼食品商场、鼓楼百货商店，还有路对面的曙光电影院、马祥兴清真菜馆……这些典雅大气的老建筑，带着各自曾经的时代烙印，永远消逝了。这个世界真的没有什么物质可以永恒，唯有思想和热望可以久久远远地留存在同样恒久的记忆中。那些语言、文字、影像，都只不过是这些记忆的承载。

子午线上的回顾

从梦中走出，已是辰时中。

简餐毕，出门，要沿着中山奉安大典的迎榇大道，走一遭。

起因源于与朋友的聊天：聊到江南、三月、梧桐、初夏、民国……朋友戏曰：可穿上旗袍，擎油纸伞，在中山路沧桑的老梧桐树下，缓缓行走。蓦然想起去年，曾徒步金陵，拍摄民国建筑。就有了小小心愿：沿这条先生最后行走的道路，徜徉。

6月，烟雨江南。

雨丝细密如绵，丝丝无形地渗落。

没有旗袍，一袭绣花藏青细麻长裙，外罩米色线衫，心情也似乎一下子回归了：宁静，淡淡不惊。

先嘱驾车的家人：略慢些。因此车行无声。家门前一条阔阔的梧桐大道，少车。薄雨湿地，路面如镜，映衬浴后洁净的梧桐，新鲜而滋润。

因家居城东北，索性逆向而行。

环陵路，顾名便知是绕着中山陵的路途。这一条路，由原先的小路拓修而成，树木森森，花草蓊郁，沿途景色雅致，直觉得幽静贵气。

进山，沿山中林荫道，直取中山陵——总理长眠之地，也是迎榇大道的终点。

迎榇大道，是它的乳名。你所知道的，应该是它的学名——中山路。其实，中山大道才是它最初的名称。它是专为迎接孙中山先生灵榇由当时的北平（今北京）西山碧云寺南下奉安中山陵而建造的。据《迎榇大道建筑纪略》记载："南京市本有建筑道路之计划，因奉安总理，赶筑迎榇大道……"

想来，在中国，怕是有无数条中山路。这充分体现了总理在人们心中的分量。所以，那一场举世为悲的葬礼，那一场旷世之典，都使得这条路成为这座城市的标志，奠定了这座城市的重量。

然而，岁月的流沙，销蚀了人们的记忆；疯狂的发展，让这座老城改变了面貌。每每走在相貌相似的阔大马路上，很少再有特殊的记忆了。

胡乱想着，车至中山陵外，却被处处阻隔，只得绕上陵园路，取道中山门。

这条路，两侧种植着我最熟悉的行道树——法桐。这种悬铃木是产自云南，只是因为当年是法国人首次将它移植到上海的法租界，才得了这样一个名字。我却有几分喜欢，因为觉得多了几分异国他乡的艺术气息，也适合初来金陵时安静、从容、略有些慵懒的城市印象。

有些恍惚，似乎重又走在那些粗壮而并不高大的树下，身旁无轨电车无声地驶过，那些临街的店铺躲在树后，也是安静的……

转瞬间，就见到了中山门。1366 年朱元璋向东北两面拓展南京城时修建了这座门，也是南京明城墙的十三座城门之一，因其位于南京城东，最先迎接太阳，所以原名朝阳门。当时城门为单孔券门，门外还有一道。此门是瓮城连接城内的宫城和城外的明孝陵的通道，太平天国和曾国藩的湘军曾经多次在此激战。辛亥革命时江浙联军也是从这里进攻南京城。民国时，因迎奉中山先生灵柩归葬中山陵，国民政府将门洞狭小的朝阳门拆除，挖低门基，改筑为三孔券门。1928年7月，国民政府将七处城门改名，并加以整修，其中朝阳门即改名为中山门，并沿用至今。门楼上“中山门”三个大字是由孙中山的得意弟子、当时的国府首要汪精卫所书。

我看着，那稳稳重重的青砖三孔门，在我的车顶上悄然掠过，眼前豁然之后，是一片的车水马龙，陡升穿越之感。

至此，正式踏上中山路，开始回忆的旅程。

中山东路，厚重民国风

从中山门起，直到新街口这一段，是中山东路。客居金陵许久，却没有在这路上徒步行走过。所以这一段是不熟悉的。但是，我知道，它和中山大路的其他段落一样，应该有六排高大的梧桐树：大道两侧，人行道左右各有一排。一年四季，它们都默默伫守，用四季不同的姿态演绎着这座城市的美丽。

五公里，全路宽广笔直。中间绿岛已是窄窄的一条，不见两排高大的悬铃木。道路两旁也只各有一排，在高大林立的楼房的衬托下，虽依旧郁郁葱葱，却没有遮天蔽日之感。

此时，雨渐炽。透过布满雨滴的车窗向外望，深黛浓绿，调子沉郁雅致，偶尔打着艳色雨伞的行人匆匆，点缀其中。

车靠右行。我凝神于车窗外。因为还知道北侧，在法桐树影的掩映中，那些大气的民国建筑将次第展现在我的眼前。

321号，南京博物院，原中央博物院。这是一座仿辽建筑，透过迅疾掠过的树影，只能见到大门的轮廓。但是，带着学生游览过的我，似乎看到了大殿屋顶下的承重斗拱，殿前的露台钩阑，廊腰缦回，檐牙高啄，衬着清脆的笑声稚语，多了几分灵动与亲和……

313号，军事档案馆，原国民党中央监察委员会。不知何故，车缓，恰巧在门前，只见一座大大的三间牌楼式的高大门楣，三楹四柱。庑殿顶，雨水的冲洗，使得上覆的深绿色琉璃瓦泛出幽幽碧色的光泽，隐约地闪烁；旋花彩绘的额枋也是蓝绿色调为主，延续了一脉的端庄大气；隐约可见如莲花一样的柱座。中门两边那一对仿古壁灯，此刻，暗沉沉的。

车行又疾，路边，景色变幻。我知道，在这许多炫目的现代化的霓虹灯火的招牌与牌匾中，隐藏着许多珍贵的民国建筑：309号，原国民党中央党史史料陈列馆，现为中国第二历史档案馆馆舍；307号，原国民党励志社总社所在地，现为钟山宾馆，是由三幢清代宫殿式建筑构成的幽静院落；205号，原中央医院，现为南京军区南京总医院探视接待处……这许多大气典雅的建筑中，我却只独钟三处，前两处自在其中，还有一处就是中山东路另一端的，中山东路1号交通银行南京分行旧址，这也是新街口地区最早的民国建筑，更是我来到金陵后，最先见到的民国建筑，于心底多了几分亲切。

那是一段陈旧的往事，略过，不提。

车行已至此段的终端，那一栋坐北朝南，深卡其色的大楼，依旧稳重地矗立在广场东北角上。它的门口矗立着四根据说高达九米的爱奥尼亚式巨柱，气势恢宏，绽放出一种西方古典主义的粗犷与细腻微妙衔接的完美风格。这栋民国建筑1935年7月竣工，足足78年的历史。然岁月的风尘,却只给它增添了更厚重内敛的风韵。

将视线移回到广场中央的中山先生铜像上。

同样,源于周围楼房的不断拔升,雕像显得很矮小,已然不见当初时的宏伟。

但就是这座雕像,承载着先生与这座城市的渊源,演绎着城市的历史:

1925年3月12日,先生遗愿"归葬紫金山"。

1926年6月,国民政府在南京紫金山第二峰茅山南麓开工修建陵墓。

1929年3月,支持孙中山革命活动的日本友人梅屋庄吉不惜变卖家产铸造了孙中山铜像,一共铸造了四尊。除了南京的这一尊外,其余三尊分别安置在广州黄埔军校、广州中山大学和澳门国父纪念馆。南京的这一尊孙中山先生铜像最初安放在南京国民党中央军校。

1929年6月1日,孙中山灵柩奉安南京紫金山中山陵,梅屋庄吉参加了奉安大典。为奉安大典,南京城修建了从下关码头(现在的中山码头)到新街口的中山路,就是现在的中山北路,路两边种植六排法国梧桐。

1942年11月,孙中山诞辰七十六周年前夕,汪精卫下令将孙中山铜像移到南京市中心新街口广场。

1966年,"文革"开始,南京市委按照周总理保护铜像的指示,将铜像从新街口广场移走,运到中山陵收藏保存。

1968年6月,铜像被移到中山陵广场南面的宝鼎石座上,供游人瞻仰。

1985年3月12日,孙中山先生逝世六十周年,中山陵藏经楼被辟为孙中山纪念馆,铜像被安置于楼前的石阶上,至今。

1996年,新街口广场治理,南京市制作了另一尊身着西装大衣、马甲领带，右手执手杖的孙中山铜像，竖立在南京新街口广场上。铜像含基座总高度 11.12 米，寓意着孙中山先生的诞辰之日 11 月 12 日，也恰巧接近座式基座的 1 : 1 比例。

2001 年，因南京修建地铁，新街口广场暂时拆除，孙中山铜像被搬到了城北新门口的一个部队仓库里，半年后又被迁移到了浦口老山的一所军营里。

2010 年 5 月 19 日晚，孙中山铜像被运至新街口广场，重新矗立在广场正中央，身披红绸静待揭幕。5 月 23 日上午，孙中山铜像回迁揭幕仪式在南京新街口隆重举行。至此，先生将永远守护着这座他心目中最完美的城市。

先生的铜像坐北朝南，关于这个，听过一个逸闻：最早矗立在广场的铜像是坐南朝北。这大概是因为，中山先生从北边的中山码头登陆，北伐战争的目标也是北方。

1996 年 11 月 12 日，新铜像安放在新街口广场中央。铜像设计者——雕塑家戴广文认为，按照中国的历史文化，坐北朝南是一种传统。之前由于北伐战争的原因，铜像坐南朝北；现在时代不同了，南京的城市大门就在南边，而坐北朝南也可以望向中山先生的家乡。

回望故乡，怕是所有人最原真的愿望了。

绕过广场，就走上新街口到鼓楼这一段，是为中山路。

中山路，恍惚了记忆

长长的中山大道，这一段该是我最熟悉的。无数次地行走，熟稔了路旁的商铺书屋，学校邮局。还有一次规模浩大的集体散步。应该说，这场散步也改变了我的人生。可是这一切都取代不了,也改换不了我第一次踏上这条大路的原初印象——

初至金陵,是20世纪80年代初。那是一个多雨湿冷,却又透着丝丝暖意的初春。我从实习单位所在的郊区,乘坐绿皮小火车,到达南京火车站。转乘一路车,目的地是终点站夫子庙。这路车从火车站行进到中央门,左转向南,沿中央路行进,路旁的梧桐树不高,却极为粗壮,枝干恣意地舒展,已绽开了嫩绿的鹅掌叶。车速缓慢,乘客也不多。临窗坐着,看车窗外青砖红门,灰瓦白顶的楼、房、院墙无声地出现,又隐去。耳边厢是售票员直率的南京话报站。直行到了鼓楼大转盘,再向左前方,就上了中山路。

当时的这条中山路,是南京城的中心,虽是处于闹市繁华地,却没有喧嚣的烟尘之气。双向四车道,被两排经年的梧桐护卫着,那枝条,遮住大半路面,小手掌般的叶片,还有褐黄的,如龙眼般大小的果实,在轻风细雨中微微摇摆。而两侧的慢车道外,还各有一排老梧桐,枝叶在空中交错成廊。可以想象,待到盛夏,新绿葱茏,必是华盖相衔,这该是如何美丽的风景。行进不久,就到了新街口广场的北端,就是我现在的地点。回忆戛然而止!我悲哀地承认,那座曾庄重气派的深卡其色的大楼,在林立层叠的高楼背景的怀里,矮小得那么委屈。或许,社会、历史的发展就是这样,如果心中没有了挽留的不舍,那新的浪潮就会无情地呼啸而过,终将淹没旧的岁月,即便有所遗漏,也必将支离破碎。就像此刻,尽管我再三要求家人放慢车速,这四公里的中山路也将从我的眼前消失,成为记忆的背景。

于是,二十年前的中山路,和眼前的这一条,交叉着、重叠着,车轮和思绪在两条路上并行行驶,时时又撞击,溅出烟花般的回忆:右手不远，就是胜利电影院。可惜这幢有着近七十年历史“非文物近代优秀保护建筑”的优秀民国建筑在2004年的“十一”，一夜被夷为平地。并在之后的两年时间里，始终是一片废墟，今日这里是南京顶级购物中心——德基广场。

可是，所有的南京人，是无法忘记这所电影院的前世今生的：1936年，时名新都大戏院的它终于在著名的建筑大师李锦沛的设计下问世。李锦沛是近代一位多产的优秀建筑师，其设计风格多样，笔下的上海广东银行（1934年）、杭州浙江银行（1935年）、上海武定路严公馆（1934年）等作品，奠定了他在现代建筑史上的地位。戏院当年向美国最著名的约克冷气制造厂订购了最新款的“福利安”冷气机，保证了戏院的冷暖气供应。这在当时的中国，只此一家别无分店。戏院的放映机、发音机、吸音纸板都是从美国进口，图像、音质和吸音效果极为完美。因此，新都大戏院在民国时期成为中国最时尚的娱乐场所之一。

噩梦一般的1937年12月，南京被日军占领。因为新都大戏院位于日军划定的“日人街”内，日军看中了新都大戏院的优越条件，于是在1939年，日本人强行霸占了新都大戏院，并改名“东和剧场”，专门放映日本影片，成为日军和日本侨民的专用娱乐场所，这是新都大戏院一段屈辱的历史。

1945年，抗战胜利后，“新都大戏院”改名“胜利电影院”。因为地处市中心新街口，这里逐渐又成为南京人最熟悉的娱乐场所之一。除了放映电影，这里还举办过一些话剧、戏曲，甚至小型交响乐团的演出。

我在南京市文联工作期间，无数次在这里观看电影，各种节假日，文联发的电影票多数是这家的。那时，在门前，常常见到很多文化名人，以及后来在中国文坛上颇具影响力的，当时的文学青年，比如叶兆言、苏童、王心丽，等等。这所承载着南京、民国历史悲欢的影院，也同样镌刻在我的心里。

与胜利电影院隔着一条马路，还有一座同名的饭店——胜利饭店，是当时南京品尝西餐的最佳处。我第一次真实接触到西方餐饮文化就在这一家。那香浓的牛尾汤、鲜嫩多汁的牛排、红酒焗蜗牛至今还在回忆中飘香。如今这家店倒是恢复了民国时期的名号——福昌饭店，可是，你看那小小的门头夹在这幢重建后无比庞大的建筑物的一角，像极了落伍的小家碧玉。

可你知道吗？南京福昌饭店，是南京著名的“老字号”饭店，始建于民国二十一年（1932 年）饭店主楼为 6 层，为当时南京最高建筑，也是当时西方现代派建筑代表作之一。饭店内拥有当时世界最先进的、国内少有的 OTS 手摇式电梯，开业伊始就是上流社会和达官显贵聚集的场所。日军攻陷南京，福昌饭店因为有德国洋行的股份，而得以完整地保存下来，作为日军招待所。抗战胜利前夕，重庆方面代表就在福昌饭店与日军的松井石根密谈在华日军的受降事宜。抗战胜利以后曾作为李宗仁官邸，为军政首脑宴请和议事的地方。中华人民共和国成立后，作为重要内外宾的接待场所，这里先后接待过黄炎培、华罗庚、溥仪、溥杰、杜聿明以及卢森堡大公等中外贵宾。“文革”时期它改名为胜利饭店，直待改革开放以后，才脱下神秘的外衣，成为大众休闲的理想选择，许多南京人的第一顿西餐、第一杯咖啡都如我一样，是从这里开始的。

在福昌饭店的左边，曾有一条小巷，进去百十米就是延安剧场。民国时叫作“世界大戏院”，这座始建于 1930 年的剧院，曾多次翻修和大规模改造。我初见它时，它是三层六厅结构，很端庄的模样。记得最后一次来，是带儿子去看了场儿童电影。这之后繁忙的工作让这些能为生活增添色彩的处所淡出了我的生活。近二十年的时光流逝，让这所可容纳国际水准的大型文艺演出，曾在南京演艺市场掀起过多次历史高潮：一代京剧名师梅兰芳曾在此演出过；1988年上映电影《莫斯科保卫战》，连续放映62天，观众达30万人次的“延安艺术影剧院”先是成了一家夜总会，艺术、电影与它已是隔世了。而如今，从匆匆掠过的路口注视，只见高楼林立，昔日那个躲在深闺的大家闺秀似的建筑，已杳无影踪了。

车窗外，微雨中，新式气派的各种建筑迅疾闪过，熟悉的陌生感让我陷入茫然。那些脑海深处的印痕，在这条路上，几乎荡然无存。本就不善识记方位，更是无从对照而判断。好吧，这条路还在，这些记忆还在，我就走走记忆中的那条路吧：就在前方，右手路口，应该是长江路南北货商店。这家20世纪60年代初建成的长江南北货店是在南京淘全国各地土特产的好去处，也是南京颇具知名度的“老”名片，更是南京人记忆犹新的老字号，是老南京人都知道的一家商店。店铺是一长排平房，走进去，迎面一排长长的柜台后是身着白衣的营业员，他们操着南京味儿的普通话，用南京人特有的热情大声招呼着进店的客人……我曾在这儿给远方的兄姐买过南京特产，也为母亲买过胶东的咸鲅鱼、锦州的虾油小黄瓜。每种食品，都不仅仅是美美的味道，更是浸染着思念的乡愁。

稍前路左，是人民中学。它的前身是1887年创建的沙小姐学堂（因首任校长沙德纳得名），1902年更名为汇文女子中学。

那是什么？一座民国风格的门楼，孤零零地在鼓楼隧道入口的西侧，通体米黄，中门阔绰，两侧小门灵秀、方正、稳重，虽孤立却并不突兀。这座门楼就是原国民党中央青年部大门，曾在2009年入选市首批近现代建筑名录。门楼在鼓楼医院建设中一直保存完好，近日才重新修整露面。门楼上有黄埔校训“亲爱精诚”。

车行靠右，环岛而行。这片显得逼仄的绿地，就是那熟悉的曾经的广场吗？那一段激越的岁月，年轻的自己，满怀的花束，绣满郁金香的长裙，广场上众多年轻的面容。纯真的青春、清越的热情……都随岁月浅淡而消逝了，了无痕迹。

右手大钟亭，左前是鼓楼公园，钟鼓遥遥相对，却缄默在时光流年里。

一同湮没的还有街口右前的红霞布店、鼓楼食品商场、鼓楼百货商店，还有路对面的曙光电影院、马祥兴清真菜馆……这些典雅大气的老建筑，带着各自曾经的时代烙印，永远消逝了。这个世界真的没有什么物质可以永恒，唯有思想和热望可以久久远远地留存在同样恒久的记忆中。那些语言、文字、影像，都只不过是这些记忆的承载。

中山北路，与一水相亲

我已经置身在中山北路了。从鼓楼广场开始，它就将长长地延伸，一直到那座同名的码头。这一路依旧要穿行在梧桐的长廊中，透过那些繁华时尚的高楼新店，你依旧可以找到两侧那如珍珠般散落着的那些漂亮的民国建筑——原中央银行，32号——国民政府外交部旧址，40号——熊式辉公馆旧址，81号——华侨招待所旧址，101号——国民政府最高法院旧址，105号——国民政府监察院、立法院旧址（最高检查署），50-1号（西流湾9号）——周佛海公馆旧址，58号——《新华日报》驻京办旧址，174号——土耳其驻中华民国大使馆旧址，178号——首都饭店旧址，200号——国民政府资源委员会旧址，212号——原国民政府联勤总部大门，249号——国际联欢社旧址，252号、254号——国民政府行政院旧址，抗战以前为国民政府铁道部，今解放军南京政治学院，全国重点文物保护单位；行政院长官邸，江苏省文物保护单位301号、303号、305号——国民政府交通部旧址，今解放军南京政治学院，全国重点文物保护单位408号、599号、576号……

太多的珍宝，数不胜数。那一个时代的辉煌与沧桑，和这条路纽结、交织在一起，成为这座厚重而不失典雅的历史名城的一条中枢神经。行走其上，时刻能感受到彼时的脉动。

思绪翩跹中，行人渐渐稀落，前方是高高的明城墙。高高的挹江门上，城楼巍巍。登楼而望，墙内墙外，树木扶疏，薄雨如雾，烟笼长墙，绿意盎然中寻不到一点沧桑。可我知道，这脚下，六朝历史叠加着民国的风云，已经镌刻渗透在每一块墙砖之上了。

穿门而过，迎面一棵老松，华盖巨大，静默稳重，将大路一分为二。遥想当年，先生灵梓行过，都舍不得动它，它是何其幸运。而今，它依旧和这城门、和身边无数的行人一起，遍数每一个日升日落，感受这座城的悲欢忧喜。它心中的年轮一定有数不清的秘密。

思绪跟不上车轮的速度，一座高大的纪念碑近在咫尺：渡江战役纪念碑，就在此地宣告了那个仲春，民国的钟摆定格。滔滔长江绝不会成为哪一朝哪一代的护命甲。

走过这一程就到了这条路的终点。远远地，两侧雪松掩映着的民国风建筑——中山码头。整座建筑为“山”字形结构，两侧辅楼为二层，中间主楼为三层。红砖墙面，衬着乳白的修饰线条，大气而端庄。这座码头之所以扬名中外，当然与中山先生有密不可分的关系。它是1928年为奉安先生灵梓而动工兴建的一系列“中山工程”之一，是灵梓过江的必经之路。同时,这还是一座具有历史价值的码头:它的前身是南宋时期长江六大名渡之一,时称龙湾渡。遥想彼时,两岸数里之距却曾是多数人终生不能跨越的长度。只有一叶扁舟,飘摇于怒涛之上,一橹一桨的艄公是跨越天堑的勇士。如今虽然长桥横卧,它依旧是连接南北的重要渠道。

先生奉安大典后,码头基本闲置了。到了1933年,经市政府批准,铁路局改建中山码头,造百米长趸船一艘、钢制栈桥三座和城堡式候船室。接着又拓宽码头至挹江门马路,修建大型停车场等,于1936年3月15日正式营运。两岸乡党才得以常相聚。然而好景不长,1937年12月,日寇的铁蹄踏进这座古老的城市,中山码头也不能幸免。它沦陷为日本海军码头,并更名“安宅栈桥”。民用轮渡被迁至下关老江口,直到抗战胜利后,中山码头才恢复原名和轮渡营运。

客居金陵二十余载,到此不过寥寥三次。第一次是刚到文联工作时,需要到南通出差。同行四人,当时的带队老师决定坐船前去。那是一个冬天的傍晚,急匆匆赶到码头,乘上去往南通的客轮。模糊的记忆里,通往船上的栈桥是带孔洞的钢甲板,上面中间铺着人行木板。我穿着一双新的小羊皮薄靴,因为怕人多,尽量靠边行。结果一个不小心,细细的靴跟插进洞里,顾不及其他,上了船才看到,包跟的皮革已经卡破翻卷起来,心中懊恼不已。第二次、第三次是儿子5岁时,带他长江三峡游,从此地乘船出发,也从此地归家。所有的注意力都在儿子身上,全然忽略了身外的一切。

如今,这第四次,我专程赶来,就为细心体会这一处还存在的历史温度。

走进宽敞的售票大厅,只有三两人购票,俱缄默无语。单程票两元一张，两张小小的船票引领着我们，经由检票口，踏上依旧的栈桥。只是脚上如今是软底平跟皮鞋，纵使我缘栏而行，也再不会出现当年的故事，一如再也无法复现当时的心情。

时光流年，磨去了青春的焦躁，也苍凉了热切的心境。趸船为长廊，下面就是幽幽缓缓涌动的江潮。凝视水雾茫茫的江面，回眸码头客运处尖塔之上凝固的时间，物是人非之感油然袭来。

汽笛长鸣，击碎思绪，船已到身前。趋步上船登楼，直到最高处。汽笛再次扬起时，船已驶离堤岸。船头劈开波浪，飞沫如雪，之后，浅褐色的江水缓缓涌动，渐远……一如我的思绪。这浩荡的不息，承载了多少沉重，又从多久之前，悠悠地流到现在，又将流到遥遥无期的将来。那些历史的痕迹，丝毫不能改变它坚忍的本质。而中山先生身上所具有的中华民族那种博大、包容亦如它一般大相无形，平等而无私，恒久地润泽着这片土地上的人们。

再一次被汽笛惊醒，已至北岸。随稀落的人群走下铁架桥，出了服务大厅。不宽的马路对面，就是那有名的浦口火车站广场，如今叫南京北站。

浦口火车站，依稀远去的背影

读过朱自清的《背影》，知道中山先生的奉安大典，今天却是第一次细细地观瞻这里的一景一物。在料峭的春风细雨中，想象他们的旅程……

越过行驶的车辆、行走的人们，这座当年清代李鸿章投资兴建的老火车站广场尽入眼底。尽管经过岁月无情的洗礼，但依然可以感觉到它当年的风骨和气势。

右边是候车大厅西首通向码头的拱形雨廊，钢梁柱结构，黑白的弧形线条优雅大气，长长宽阔的，一直延伸到马路。据说以前是横穿过马路直通码头，旅客从火车上下来，一路无须打伞。这样体贴的设计，让今天的我依旧感到温暖。在那个年代里，曾从这里走过的有多少让我们耳熟能详的名字？怕是数不清了。

广场右侧是一座二层连体、尖顶老虎窗的老房子，给人的感觉就像是教堂。此刻它也正如教堂般安静。两座拱门之上赫然写着“售票处”三个大字，只是墙面斑驳残旧，让人知道它已荒芜多时。

广场中间，一座六级五角平台上，五根古朴的石栏围成的石基座上，是一颗巨大的石球，这就是当年中山先生灵柩从北平运抵南京浦口停放的地方，又叫停灵台。

1929 年 5 月 28 日，中山先生灵柩由北京运抵浦口火车站时，国民政府及其所有重要领导人就在这里举行了盛大的接灵仪式。后来，这里就建了“中山停灵台”，以示纪念。

据说停灵台原台基是汉白玉的，四周曾经烫金雕刻着孙中山先生的遗书及三民主义的部分内容。台基上有大石球和石质国民党党徽等。“文革”前停灵台就有破损，“文革”时被彻底破坏，大石球等石件被埋入地下。直到 2004 年复建，才部分恢复了原貌。

迎风走近，拾阶而上，轻轻触摸那石座、石栏、石球，触手寒凉中似乎感受到微微的轻颤，遥遥地传来历史的回响。

走下停灵台，站在了砖红瓦顶米色墙壁的火车站大楼前，这是一幢坐西向东，分为三层的建筑。经历过三次大火，历经沧桑的它仍然巍峨挺拔。伸出的单柱伞形长廊，修饰着淡绿色，和广场右侧的雨廊相连，呵护、迎送南来北往的旅客。

1918 年冬，朱自清在这里与父亲话别，写下了《背影》。

1919年春，毛泽东就在这里，送湖南留法学生去上海。

1919年，孙中山的《实业计划》里，这里是建设重点。时隔八年，先生灵柩由北京运抵这里，然后过江至中山陵。完成了他伟大的一生。

1927年，郭沫若从这里中转渡江，到南昌去寻找革命同志。

1949年4月25日，邓小平和陈毅由合肥到达这里，当夜过江，驱车进驻总统府，迎来南京解放的曙光。

一个个身影在眼前叠加，给这座大楼增添了传奇色彩。可如今售票窗口关闭，候车大厅关闭，右侧雨廊尽头进出站口也关闭着，只有一个小小的铁门敞开着。

走进去，楼前的雨廊一直护佑着，身畔所有的门窗都紧闭着，那里面就是工作大厅和候车室。找个门缝扒着看看：黑黢黢的空旷，隐约可见墙皮斑驳，各个门上有标牌，还模糊可见“行李间”等字样，一派荒废，让人唏嘘。

这里从2003年底，8084次南京北至蚌埠最后一班班车停开那一刻，就成了被喧嚣遗忘的角落。我不知道，那座候车大厅墙上挂着的停摆的大钟，是不是也标注着这个时间。

“我看见他戴着黑布小帽，穿着黑布大马褂，深青布棉袍，蹒跚地走到铁道边，慢慢探身下去，尚不大难，可是他穿过铁道，要爬上那边月台，就不容易了。他用两手攀着上面，两脚再向上缩；他肥胖的身子向左微倾，显出努力的样子。这时我看见他的背影，我的泪很快地流下来了。”

寂静，空旷。只有这段文字，在脑海一遍遍回旋。

是的，我已经抵达那著名的背影月台。

一溜淡绿色饰有鹅黄条纹高大的方形罗马柱，支撑着同雨廊同风格的阔大棚顶，形成典型英国风格站台长廊，宽敞而又气派。沿长廊边走边数:1、2、3……一共有39根柱子。家人大约丈量下,估计全长超过400米了, 显得非常宽敞和极有气势。这怕是中国现存最完好的老火车站了,所以有很多影视剧组来拍戏。比如较有名气的《紫蝴蝶》《国宝》《一江春水》,等等。

沿着生锈发黄的铁轨,踩踏着被荒草淹没的枕木,登上那列停靠在车站里的老式列车。车厢里老旧的墨绿色靠椅,暗红色地板,忽然让我产生出时光倒错之感。

想想这一路走来,这一水之渡……一江,有多宽?彼岸,能跋涉多久?又要多少次的擦肩,才能有一段相遇的缘?盘桓在这恍如旧日的场景中,凝眸车窗外铁轨那方,父亲爬上去买橘子的货台,忍不住一遍遍地问自己……

不舍地离开,脚步迟滞却无法停住。恍然间似乎听到客车车厢关闭的声音。随之,那月台上的灯灭了,幽深的长廊暗了下来,远行的路也看不清去处了。这雨雾茫茫软烟罗的江岸处,岁月的尘埃渐浓,一场历史大戏缓缓闭幕。这月台也只是一个人去楼空的舞台。

至此,走完了这一条民国轴线。过去的故事,成为今天的回忆。愿这份记忆与这条子午线一样,恒久。

后记:

时隔一年后,“胜利电影院”重现新街口。2014年7月11日:我独自走过中山路,在德基广场二期西侧外,一块崭新的红砖墙面上,熟悉的“胜利电影院”几个大字清晰可见。这座民国首都四大影院之一,如今只以这座镶嵌在商场外墙上的电影院门头,告诉人们:我,曾在这里辉煌过。那座载满岁月记忆的电影院永不复存在了。

闹市里的大钟亭

白云苍狗。不经意间，来南京已20年有余了。然而，之于我，南京仍旧是一个陌生的城市；之于南京，我也似乎还是一个落寞的过客。

自己的家在这儿；最亲的亲人——母亲、丈夫、儿子在这儿；朋友，多数也在这儿。何来如此的感受呢？

细数过去，也不能说自己和南京有多疏远。毕竟，这儿还有我所熟悉的、亲切的人、景、物。就比如说大钟亭。

大钟亭在鼓楼。繁华的街道、林立的高楼、穿梭的车辆，在这幅喧嚣的现代都市风情画中，它实实在在是个不起眼的角落。

我也不知道，为什么独有它，留给我那么深的印象。

……

那是1988年，我借调到南京市文联作家协会工作。当时的市文联机关借用了高楼门66号干休所一幢小楼。从鼓楼下车，沿一条幽深的巷子走进去就到了。

我家在远郊，交通十分不便，每日里早出晚归。午休的时光常常是最难打发的。我本身又是个喜静懒动的人，在街上游逛也是我不堪忍受的。终于有一天，我发现了大钟亭——一个能包容我，让我憩息心灵的地方。现在，当我提起笔，一种无法挥去的记忆便清晰而亲切地浮现在眼前。

那时的大钟亭是个不收费的小公园。沿着中央路走到鼓楼广场，路转角处就是当时南京较大的食品商店——鼓楼食品百货商店，我会进去买个面包。折回头过了马路，就是大钟亭公园了。一长溜雕花的青瓦红墙把园里园外隔成了两个世界，圆圆的拱月门如同一只幽幽的大眼。进了去，沿鹅卵石小径逶迤前行，拾阶而上，是小巧精致的回廊。廊下陈设着石几、石墩，廊上爬满了粗粗的藤萝，周遭还有高高低低别致美丽的树。回廊曲折，郁郁葱葱，古色古香，就仿佛是古时候官宦人家的后花园。廊外就是钟亭了，六角飞檐重叠，灰瓦红栏。算不得高大，可衬着周遭玲珑的山石，着实精巧得让人怜爱。

这里整天都没有什么人，更何况是大中午。常常只有几位老者在茶室的内或外，或静坐品茶，或闲赋棋子。也没有什么语言，至多是棋子落盘的零落声。我通常只是静静地坐在廊下，一杯清茶、一卷宋词。静默间似乎随时光的流水漂出很远、很远……眼前的一切，宛如吴道子的画：清茶、小轩窗、青灯古卷、纤弱的仕女。这俗世间难觅的纯粹的清雅，甚至是倦慵，渐渐地、渐渐地渗透到心灵。心静时，眼中的《雨霖铃》《一剪梅》伴着耳边枝叶的婆娑声，常使人恍惚起来，总觉得有一个身影：斯文、儒雅、满身的书卷气，着长衫、步鞋飘飘地走来。这种梦幻般的感觉，常常使得心中涨满了酸酸的伤感与甜蜜。而心烦意乱时，就一个人伏在石几上发呆，看天空淡蓝、深蓝、碧蓝，渐渐地蓝下去。云彩如丝绢般舞来舞去，渐渐地薄了、浅了……天空的高阔、宁静的气氛。茫茫然中也有了别样的感悟。

可惜，我从未去看过那口大钟。甚至都未走近它，只是每日里远远地望着钟亭的飞檐想象：那里的钟有多大？是谁修铸的？什么时候鸣响过？为谁而鸣响？如果在暮色黄昏时钟鼓齐鸣，该是何等壮观？……

后来，离开了文联，就再也没有去大钟亭的机会了。也不是没去过，只是每次都成了匆匆的过客。在疾驰而过的车上，扫一眼在林立的高楼的拥挤下、在商业化广告的覆盖下更显局促的它，不由得心中充满了怅然。

前几天，在网上看到一则消息说：大钟亭因屋面木制结构老化，楼内渗漏严重。近日在进行大规模的维修。这愈加勾起了我对它的思念，也许是对逝去的那一段时光的眷恋吧。

我想，等大钟亭修缮好，我一定会再去的！

不知那古老的钟声是否会再度扬起。

另注：据资料介绍：大钟亭位于鼓楼广场东北角，原名钟楼，重檐六角攒尖顶，灰筒瓦屋面，高 14.5 米，大钟悬挂在梁下，钟形精美，古色古香。大钟亭与鼓楼构成犄角之势，素有“晨钟暮鼓”之说。大钟系铜浇铸，高 3.65 米，口径 2.3 米，重 23000 千克，是南京最大的一口铜钟，为明洪武二十一年（1388 年）九月吉日铸成。

城南旧市寻梦

源于前一阵子常说起秦淮河边的茶座,加之今日正值腊八,南京的毗卢寺每到这一天都是要舍腊八粥的,我常常念叨,却总无暇前去。因此家人安排趁今日假期,开始金陵行走。

说得堂皇是环保,更主要的原因是城里停车难。所以我们开车到了不远的大学城,弃车,乘地铁出行。

第一站,大行宫。这儿算是金陵城中民国建筑保存较多的地方,中央饭店、总统府、梅园新村,还有年轻人喜欢去的1912。走走看看,过了总统府旧址百余米,便见黄墙朱阁,巍然耸立,这就是汉府街4号——有着500年历史的古刹毗卢寺。

走近,看到寺门上书"毗卢寺"三个字的匾额,这是1988年由全国政协副主席、中国佛教协会会长赵朴初居士题写。

这座寺院始建于明嘉靖年间。因寺中供养毗卢遮那佛,初名毗卢庵。原为一小庵,清咸丰年间毁于兵火,后有僧量宏创一佛殿。后来,曾国荃游南岳衡山齐公岩时,与海峰法师有戏约"如我督两江,为您造庵"。海峰即立誓代他管理天下名山。清光绪年间,曾国荃任两江总督，招海峰至南京择地造寺，经与量宏商量，在原毗卢庵址建寺。湘军诸将捐巨资建大雄宝殿、万佛楼和藏经楼等，将原毗卢奄旧址周边扩大，东至清西河，西至大悲巷，北至太平桥，南至汉府街，改庵为毗卢寺，遂为南京第一大寺。

人很多，络绎不绝，有虔诚的香客，有结队的乞丐。

据说今天很早就有人来排队领粥。腊八粥的来历略知一二：这一天，是释迦牟尼的成佛日。由于他在苦修的六年中，每日仅食一麻一米。后人为了不忘他所受的苦难，就在这一天吃粥以作纪念。而我国在南北朝时，就将农历十二月初八固定为腊八节。宋代民间已开始流行吃腊八粥，至清朝变得更为普遍。每年农历十二月初八，佛教场所大锅煮腊八粥，并请僧人诵经。

可是，民间却另有说法：腊八粥是从“打斋饭”发展而来的。古代寺僧用箩筐沿门乞食，挑回寺内。食之有余，则将饭菜晒干收藏。到腊八节早上，用以制成粥，回报信施者，并为之祝福。故而，民间有“千年冷缸饭，一日腊八粥”之说。

金陵诸多名刹，唯毗卢寺舍粥成为盛观，大概是因为用以煮粥的是寺内百年古井水，辅以红豆、花生米等30多种原料用微火熬制，所以吸引众多市民前来品尝。看来，到毗卢寺去喝腊八粥，不只是喝粥，还是在传承民族的文化，更是在感受一份高尚的德行。

写到这儿，忽有疑惑：1.今年进寺，需买15元一张的门票。既是花钱买票，又怎能算舍呢？ 2.门前的乞丐众多，一见香客，就手擎瓷缸重重颠簸，发出阵阵有节奏的响声，并高宣佛号来行乞。为何不进寺讨粥果腹？是意在钱财而不在温饱，还是15元门票阻止了他们？是行乞的目的不端，还是佛门慈悲的不诚？

寺院内，与其他佛寺一般无二，只是到处是端粥喝粥的人。家人排了半天队，领取一碗端给我。接过细瞧，很感失望：粥太稀了，这样的粥若是舍给饥饿之人，是不管饱的。想起昨夜家中自煮的一锅软糯、香甜、稠厚的粥品，就是那样，捧到儿子口边，也只是略微尝了半匙，就丢下了。

尝过了腊八粥，打车，直达夫子庙。

夫子庙，闻名遐迩，绵长的岁月间，吸引无数文人墨客的除了贡院、烟花巷，怕还有那条穿城而过的秦淮河了。

"秦淮河的水是碧阴阴的；看起来厚而不腻，或者是六朝金粉所凝吗？我们初上船的时候，天色还未断黑，那漾漾的柔波是这样的恬静、委婉，使我们一面有水阔天空之想，一面又憧憬着纸醉金迷之境了。"

十里秦淮，桨声灯影，早已随着朱自清这娓娓的文字沁入了人们的心底。

缓步走进老街，瞬间就湮没在熙熙攘攘的人流之中了，这热闹原本就是夫子庙的本相。可我，却怀念起那一年随文联诸多名家来此采风写秦淮时的安静淡然的感觉了。记得因为不是节假日，街上游人很少，特别是当时的东西市，那些卖古玩、丝绸的店铺都装饰得古色古香，店家都坐在柜台后安闲地做着自己的事，偶尔抬头用询问的眼神打量一下顾客，看没有需要，就又低下头去做事。如今这些街市时时、处处都是摩肩接踵的人们，你在人群里，就只有随波逐流了。

时间不早，家人询问午餐。抬头看已到奇芳阁了，就是这里了。这家近百年的清真老店，如今一楼也只剩下一个小小的外卖窗口和一条抵达二楼的楼梯。落座二楼，服务员催着点菜，说点晚了就没了，这让人哑然。匆匆点了有名的素什锦包子和两样菜肴，然后就静坐那里等候，看窗外尚绿的樟树掩映着雕漆红栏灰瓦的建筑，依稀又穿越到了过去。

当年这家的素菜包子，雅名“翡翠”，足见其精致。店家根据时令选购鲜嫩的菠菜或青菜，先用沸水烫至八成熟剁碎，再掺和芝麻屑、豆腐干、木耳、面筋，拌以糖、盐、麻油，即成清香爽口的素馅。未及包好上笼，已是令人垂涎。

包子送来了，品相就不如以前，再尝一口，馅儿过于甜腻而烂，皮儿有些粘牙，不是当初的味道了，不由得几分失望。

这又让我想起来另一个令人沮丧的地方：魁光阁。

其实，魁光阁和文庙大成殿、东西市一样，属于20世纪80年代再现的新的旧建筑。之前这儿是一家小杂货店，零乱而灰暗。

百年前的魁光阁茶馆是一家清真茶社，历史上曾是科举考场夺魁的象征。复建的魁光阁有三层之高，雕梁画栋，凌临秦淮河而立，兼具古朴与豪华之异彩。一直被视为秦淮风光的标志性景观，当年也是一家专营茶与秦淮“八绝”风味小吃的民俗餐厅。

第一次在这里就餐，就是采风那一次。当时，在品尝这里造型美观、选料讲究、新鲜小巧、风味独特的小吃时，还有服务小姐介绍与本店有关的秦淮历史，以及每种小吃的来历、风味特点及相关的趣闻逸事，了解了秦淮小吃所蕴藏的丰富的文化内涵。那是一个黄昏，饭后我们来到这里的后院喝茶：一条设计巧妙的回廊，临河弯弯地绕着阁子。坐在里面，捧一杯香茶，静静地看着夕阳缓缓西下。透过花窗，不远处的文德桥似乎是镏金的，而桥上匆匆往来的行人身影，使得这条金线起伏着、流动着……

之后十数年没有到这里。今年深秋，有朋友来金陵，约在夫子庙聚首。原本想尽地主之谊，请他尝尝魁光阁的秦淮小吃。结果进了魁光阁，才发现这儿只卖茶了……

午餐后，又来到魁光阁。我们穿过卖茶的前厅，发现回廊已被堵死，阁子成了茶室。沿楼梯上了房顶，看到魁光阁二层、三层的飞檐，飞檐上的红灯、风铃，依旧如昨……

家人惦记我念叨的临河茶座，就一直沿河寻找。过文德桥、平江桥、文正桥……看流水、看画舫……一直到了桃叶渡口的雕刻时光咖啡馆，发现这里才是我喜欢的临河、静谧的所在。一定是严冬的缘故，长廊里一个人也没有，似乎也听不到不远处街市上的声音，当然也没有奉茶之人。

坐下来，看身边的河水悄无声息地流淌，间或，一只画舫嗡嗡地驶过。船里的人看着我，我也看着他们模糊的影子……

家人催促着，也确实太冷了，说着春天再来吧，我们就离开了。

之后，家人询问，是否打车回程。想了一下，这一条路是太平南路，有不少民国时期的建筑。最近，这里在拆迁。拆完了，怕就没有了。问了一下，说要走半个多小时。想想，就走吧。

一路，走着、看着、拍着：交通银行、圣保罗教堂、中华书局……这些建筑虽不高大，却大气而端庄。它们静静地矗立在那里，无声地述说着岁月的厚重和沧桑……

这样，一路行来，并不觉得多么劳累。我们一直走到科巷，在鸿福面馆买了他家代销的汤山梓贤阁散养黑猪肉的香肠。然后地铁，取车，回家。

很累，稍事洗漱就睡下了。家人电话吵醒我时，已经是暮色四合了。懒懒地起来，看着窗外，渐渐暗沉的天光，想着这新年的第一天，就这样结束了，我再也不会和这一天重新交会了，一阵淡淡的忧伤悄悄地弥漫开来……

别了，我的新年第一天。

明长城，一抹沧桑的凝视

写完南京的中山路，对这座城的好奇却是又重一层。我似乎感觉到厚重的历史尘埃之下，那细弱的呼吸。亘古的苍凉，让我有一种渴望穿越其中的迫切。

东南形胜，龙盘虎踞的建康城，多少豪杰会聚？“六朝古都”“十朝都会”，历代风云际会，给这座城市留下难以尽数的古迹。

除了曾无数次行走的那一条中山路，穿起民国的风云百态。这座城，还有无数的庙宇，携带着南北朝的佛音禅韵隐没于时光深处，渐行渐远。当然，还有那傲居世界城垣之首的明城墙，它不仅围住了六朝古都、金粉胜地，也围出了明王朝276年的历史。当历史的车轮轰隆隆碾平那些建都立国者曾经的辉煌时，它却依然傲立，不动声色地睥睨着时光流逝中人们逐名追利的熙熙攘攘。

于是决定，用步履与这条六百多岁的卧龙来一次亲密接触。

那是早春二月，春寒不浅。当我从中山路最东端的中山门旁，逐级而上，落足城墙之时，午后的阳光正好铺满。城墙两侧高大的树木之冠近在咫尺，我可以清晰地看到阳光在新生的嫩叶上的舞蹈，以及经冬的枯叶不舍的婆娑。

举目四望，这一段向东笔直宽阔，应该直抵标营门。我突然感觉身入重围，陷进层层的历史包裹之中，贴着城墙仔细倾听，历史的回声由远及近，透过岁月的迷雾久久回响。

史书记载，朱元璋花28年建起的明南京城，由宫城、皇城、京城和外郭四重城池组成。所谓南京明城墙就整体包括这一时期修筑的四重城墙，现在则多指保存完好的京城（内城）城墙。始建于1366年，建成于1385年，其总长度达35千米，至今仍有25千米遗存，超过法国巴黎城墙，成为世界第一大城垣。

古代设都建城，均取方形或矩形，已成旧制。偏偏这明城墙却是得山川之利，空江湖之势，根据南京山脉、水系的走向筑成高城，形成了由内向外的“南斗北斗”聚合，环套的格局。石城虎踞龙盘的雄姿也得益于此。

向城内看，一条阔达的道路，车水马龙。路旁高楼广厦鳞次栉比，衬得那两排本是高大的经年梧桐也如盆景般小巧。就这样，悠久与新兴共存、繁荣与喧嚣同在。

回首城外，透过薄薄雾霭，隐约可见紫金山曼妙的曲线起伏于草木萧萧中。

沿城墙慢慢行走，脚下是青砖墁地，颜色或深或浅，两侧墙上雉堞有大半人高。墙缝间有野草极其顽强地挤出来，有的还绽开了黄豆大小蓝色的碎花，在初春的凉风里摇曳着。遥想当年，城内的主人一定在这墙头上徘徊过，眼前这墙砖透着历史的烟尘味，只有它们见证那段不凡的岁月。

俯身看花，也光顾了那块块大砖。果然，很多砖上都有刻字。

在明南京城的修建中，明朝政府委派长江中下游相关府、州、县各级官员为“提调官”，负责烧制、征调城砖等建材，征调民夫等。所谓“提调官”并不代表官职，是指在城墙筑造中受朝廷委派承担征调事务时的一种临时身份。为了保证砖的质量，朝廷制定了极为严格的层层负责制，砖上印有时间；所在府、州、县地名；有关负责人，从制砖府、州、县各级官吏充任的提调官，到地方上的总甲、甲首，直到造砖人夫、窑匠，有5—8级之多。城砖烧成后，沿着长江水运抵达南京，验收如不合格，就要严格追究铭文中记载的有关负责人，甚至治罪处死。

身侧的几块大砖，呈现的一面上，字数或多或少，字体也是阴文阳文，篆隶楷各异。刻字最多的一块，上面有“通判×××”“司吏×××”“主簿×××”，这该是监造者了。想来，另一侧面应该还会刻着总甲、甲首、小甲，甚至窑匠等逐级责任人。

存了心思，就慢慢细看，那些字体笔迹不一，但都工整清晰，显示着刻工的认真。是的，这每一块砖，关系着城墙的牢固，城池的安危，一家人的性命。这砖上每一个名字的背后，其实都是一道生死契。这听起来似乎苛刻，可是细细酌量，岂不正合了那句“天下兴亡，匹夫有责”吗？如果每个人都把分内事做妥帖到位，还愁这江山城池不能永固吗？

只是，这样美好的常常只是愿望。很多时候，人们会在安乐中滋生麻痹与惰性，更会在权力中膨胀而失去自我约束，为所欲为，也许会得意一时，但最终将步入深渊，导致毁灭。

夕阳散淡，眼前这丛墙草格外蓬勃。当年的大明天子朱元璋一定也登临过这城墙处处，远处那巍巍钟山、滔滔江水不知能勾起他多少心思。如今，抚摸着城墙，我依然能感受到它的历史余温。倏忽间，闪过一个念头：那些马背驰骋的霸主，夺取苍茫天下，建起高大城池，为何却都避免不了一朝倾覆的命运？不就是失去了早年的警戒责任之心，躲在深宫内的金銮殿上，不察天下苍生之疾苦。从朱元璋建城之日起，至朱棣迁都北京，这座新都城可才拥有短短五十二年的使命。可见，高墙豪壑是必需的，但心中的责任之墙坍塌了，或者仅仅用责任约束他人，也一样保不住江山。

大江大河绝非天堑，万里长城也非金汤。江山绝非凭一险可守，其间安危无不在萧墙之内。政治清明，则天下一心，万里平原皆甲兵，谁人能破？！

思绪不断，步履未停，脚下平坦如砥，身侧绿树扶摇，欣赏着这人力的杰作与大自然的旖旎，不多时就到了标营门。走下城墙，在城墙之外，回行。

靠近城墙，仰起头极力望，这城墙愈加显出它的巍峨壮观。累累青砖白石，几百年风雨侵蚀得沧桑斑驳却难动其筋骨毫分。

“这一铭文，实际上就是一份公开的工程质量责任书！”有人这样说过。

是的，这栉风沐雨六百余年却屹立不倒的明城墙，就是因为拥有了责任的核心。这世界上最早、最严苛的“责任制”，使得这座城墙超越了它的缔造者，成就了一个世界奇迹。

穿过月牙湖公园，坐在湖边长椅上休憩。园中，春梅正盛，迎春也在怒放，景色清幽宜人，可是身畔有些设施已然出现残损。这公园才建有多久呢？尚还有日常的维护。又想起看到、听到很多源于质量伪劣造成危房危桥因此伤人伤命的事。这桩桩件件，或大或小的事故不都是源于缺失了责任和管理？“千里之堤，溃于蚁穴”，城墙如是，高楼如是，国家民族又岂不如是？想要长城永固，构建康宁社会，就需要在每个人心中植下责任的种子。

写到这，正逢雨季，几场大雨让南京成了汪洋泽国。市政工程的尴尬中，这古老的城墙却又一次展示了它的卓尔不凡：在太平门附近，俗称龙脖子的一段，雨水渗入历史悠久的明城墙墙体内，经由其排水系统喷吐而出，银花道道颇为壮观。这奇异的“龙吐水”景观，让人们再次了解了这城墙建筑的巧妙与用心，也再一次意识到修筑城墙的管理严谨责任分明，才有这六百年风雨不摧的坚韧。

没有去那段心心念念的台城，是因为突然想起那首诗——江雨霏霏江草齐，六朝如梦鸟空啼。无情最是台城柳，依旧烟笼十里堤。韦庄的这一曲道出历史岁月的无情，让那一段城墙笼上了颓败凄凉的色彩。

六朝如梦，一代代的兴衰。在感慨之余，我想那些消亡大多基于责任的缺失。若能像这城砖上所体现的严格到位的责任制，把责任和每个人的生死存亡绑缚到一起，让每个人都带着敬畏感去做每一件事，相信所有基业都能像这屹立六百余年的南京城墙一样，永固。

穿越信仰的生命

鲜活的生命是有长度的，那么这长度究竟能达到多长？能否穿越时光之河，印证一个恒久？

我想会的。

当《昭明文选》这部现存最早的诗文总集成为读书人的必读书目时，它的作者读书的地方已在战乱中成为一堆瓦砾。唯有那三株昭明太子手植的银杏树，却历经千年的种种劫难而稳稳地深植根，日向上，缓慢却不屈不挠地日生月长。它们穿越了人间的风雨，世事的流离，烽火的炙烤，雷电的劈斩，成就撑天拄地的伟岸。

此刻，我站在这棵名为“撑天覆地”的古银杏前。极力仰起头，那层层叠叠、密密匝匝的小小扇形叶片已渐渐染黄，却仍不失莹润的生机。这树，桩粗如塔，也似乎无法支撑那巨大的冠盖。那些粗粗的枝干，向四面八方尽情地伸展着，直有遥遥无尽之势。粗略一算，盛夏之时，荫庇几百人是绰绰有余。我望着隔树相望的那一边的人们，俱是身影渺小。仰视，视线无法穿透密匝的枝条，唯见距地两米多高的低枝上，无数的红绸带，带着人们那虔诚的祝愿飘拂着，那鲜艳的色泽映亮了这午后阴沉的天空。

向后退，再向后退。我手中相机的取景框始终无法完美地容纳它伟岸的身躯。二十几米的高度让我仰止。不是钢铁，亦不是磐石。锯可断、斧可折的草木，竟然走过了无法想象的岁月，在此刻，用它的蓬勃葳蕤展示千年的苍茫。它，不愧于它的名字——“撑天覆地”。

怀着敬畏之感与“撑天覆地”告别。转身之际，就看到那一组雕塑：一位禅师正往一口石缸里倒水，身前就是那口千年古井。人是石像，井却真真实实。我来到井旁，揭开井上的铁皮盖子，蹲下身子，向井内探望。井口不大，合抱而已，却是极深。深幽幽的井水如镜，没有一丝波纹。我凝注目力，企图透过水面，洞穿那遥遥千年的岁月，抵达那最初的温暖。

此地，汤泉镇。惠济寺，建于南朝，称汤泉禅院。南朝崇尚佛理，历史上的梁武帝被称为“佛心天子”，建造了大量寺院。梁武帝的儿子昭明太子更是一位虔诚的佛教徒，并且文采出众，才华横溢，酷爱佛文化，以读书诵经为乐事。昭明太子曾在汤泉院(惠济寺前身)避世读书，并沐浴温泉，因此留下“太子泉”和“太子松”的遗址、遗物。

“六朝胜地溯萧梁，地以人传太子汤。清水一泓犹似昔，不知阅尽几沧桑。”

汤泉镇地下富含硫黄碳酸气的温泉，素以“温泉之乡”闻名，故称汤泉。镇上的温泉泉眼多达七八处。据传附近原有一昭明太子濯足沐洗过的温泉，后人称“太子汤”，早年废弃了。然尚有五柳泉、川塘、珍珠泉、汤湖堰、菱角坑等处，其泉水不仅可以疗癣，还被当地居民用于灌溉禾苗等农作物。

神树前这一古井，便是有名的“香泉井”了。汤泉改为香泉，据说是因为朱元璋。高祖晚年曾驾临此地。有一次，沐浴着热腾腾的汤泉时，他突然想到一句俗语“死猪不怕开水烫”，“猪”不就是“朱”？“汤”不就是“烫”？我这朱可不能死，也不许烫！因此下令“汤泉”改为“香泉”。原本叫“鸡鸣”的这口井也就随之更名为“香泉井”了。

不管朱元璋是如何地煞费苦心，百般忌讳。他所渴望固若金汤的大明王朝，还是在李自成的揭竿而起和吴三桂的引清入关中轰然坍塌。一个王朝，数代人的处心积虑，都无法战胜世事苍茫。而这井这水，连同身后这三株古银杏却默默地站成了历史的背景。

汤泉镇多温泉，冷泉井却只此一口，这就弥足珍贵了。又兼此井水质极好，泡茶隔夜无垢，又有明目的效果，因此更是闻名遐迩。我忽然想到，或许正是因为这口井，千年前的昭明太子萧统才能在这禅院坐下来，安心读书。想那当日，太子手植三株银杏，就在其旁席地而坐。清泉煮茶，草木芬芳，竹卷漫展，墨香四溢。由是，方能定心，广览、博集了上自周秦下至梁初 1000 余年间的典籍文章。又朝夕与才人学士讨论商榷，才费时数年，终于编成中国文学史上第一部文学总集《昭明文选》，这使得南朝“文学之盛，晋宋以来，未之有也”。

回身向前。“撑天覆地”前的那一株略矮些的，就是名为“千年垂乳”的银杏三宝之最。它虽不是最高，胸围比起二弟“撑天覆地”也略小些，但 7 米的胸围也要七人方可合抱。它又格外有一种神秘的吸引力：经久的时日，竟让其生出七根偌大的气根，也就是“垂乳”。最大的一根长达两米多，最粗处直径约 30 厘米。也就是这棵树下，昭明太子盘膝而坐，徜徉书海。

我与太子的石像迎面相对。那面容沉静如水，不露悲喜。

昭明太子萧统，字德施，梁武帝长子。幼年聪睿，三岁受《孝经》《论语》，五岁能遍诵“五经”，十余岁尽通经义。又善诗文，每出游宴，饮酒赋诗，动辄数十韵，随口吟成，不假思索。

萧统两岁时，被立为皇太子，因其死后谥号昭明，所以世人称昭明太子。萧统生性仁慈孝顺，且宽和容众，喜怒不形，好引才俊。

二十岁时，萧统跟父亲梁武帝来历阳如方山“萧家藏经寺”读经拜佛，由于身患疥疮，苦不堪言。后移居香泉，每天到泉水池中沐浴。一段时间后，病体康复，精力充沛。他乘兴为香泉写了“天下第一汤”五个大字。从此，香泉名扬天下，而汤泉的得名也正源于此。

太子自从举行加冠仪式后，梁武帝就让他参与国家大事。

勤政的太子忧国忧民，特别体恤民情。他节衣省食，施舍饥贫，常常为老百姓贫苦劳累而心神不安。

太子二十五岁时，生母丁贵嫔染病。他日夜守候在病床旁，衣不解带。后来母亲病故，萧统步行跟在搬运尸体的队伍后面，一直走回皇宫，直到他母亲尸体入棺时，水米不进，悲恸欲绝。梁武帝下旨令其吃饭喝水后，才每天只吃一升麦米做的稀饭。

大通三年(531 年)三月，太子卧病不起。四月初六，萧统病死，年仅三十一岁。朝野都感到惋惜愕然。京城男女，都到太子宫去凭吊，满路上都是哭泣的人。

太子虽离世过早，却给后人留下了厚重的瑰宝：所著文集二十卷；又撰写古今典诰文书；写《正序》十卷；五言诗中的精品收录为《文章英华》二十卷；《文选》三十卷。

细数这昭明太子一生，心生感慨。太子作古已是无法计数的年份。他完美的生命无法抗拒时光。然而，他栽种的这三棵银杏，却以草木之身，经历了千年的风霜，在此刻，依然葳蕤。

我复又把目光专注于这棵“千年垂乳”。找到了，太子像左侧，最大的一个“垂乳”静静地悬垂在那儿，似乎在陪伴着也见证着它的母体在时间的长河中所承受的一切磨难。

这棵树上，红绸带特别多。或许是因为这棵树从极矮处就丛生出长长的枝干，便于绑缚。又或许是人们把自己的祝福和祈愿更多地给了昭明太子。

一阵钟鸣打断了我的思绪。临北，寺庙的右侧，一席不高的凉棚下，一口大钟悬吊在钟架上。走过去，细看铭文，是新铸的，记载了惠济寺的前世今生。手扶钟杵，缓缓荡起，重重落下。洪亮的钟声悠扬远送，把我的祈愿传播开去，唯愿天下苍生，安宁。

来到寺庙前面。

庙宇不大，一门两窗四柱的一个大殿，坐落在高台之上。白墙朱梁，青瓦覆顶。飞檐之下，一块匾金底万字纹上，书有“延寿宝殿”四个大字。

不急着拾级而上，就在下面静听静观。

一阵梵音清唱，从殿内飘逸而出。平和淡然中，有节律的木鱼磬钹的脆响。我不是佛教徒，对宗教不敢妄言。但我觉得，不论何种信仰，都是人的心灵家园。它可以让飘寄无主的灵魂有个安身之处，这就是极好的。

至大殿门口，并不入内。我本红尘，无缘方外，一道门槛的距离再合适不过。只是恭敬地注视那安详的佛面，让心落于方寸的窠穴。再后退几步，看身着明黄袈裟的禅师在前，褐衣加身的信众在后，鱼贯而出，从房山绕至后面，据说后面有地下佛堂。那些信众，年龄有老少，衣着有贵贱，唯有面上颜容俱是安然祥和，步履不疾不徐，这就是信仰的力量吧。

北宋元年佑初，高僧忠境将惠济院改建为惠济寺，一度易名为香泉寺。清代道光年间，邑人毛麟、苏兆奎两人又在惠济寺内创办了一座“英华书院”，从此伴随惠济寺阵阵钟磬声的，除了善男信女虔诚的祷告，又多了一片抑扬顿挫的子曰诗云。可惜诗书礼佛无法求得世态祥和，咸丰年间，这座千年古刹毁于太平天国的战火中，就连那方“英华书院”的石匾，也已断裂为三。此刻，它孤零零地守在这没有了书院的遗迹上。

怅然许久，方转至寺左那第三株银杏树下。它，树冠形态残损，比不上它的两个兄弟雍容。可树干挺直高耸，宛若一柱擎天，显得傲岸而突兀。特别是在我心里，对它深藏敬佩。

征得管理人员的同意，我跨进石围栏，满怀敬畏靠近，再靠近……我终于触到了它。厚厚的树皮龟裂如龙鳞，苍老而粗壮的树干从中裂开有一人粗细的一道，恰似老树敞开了胸怀。我轻轻地抚摸着它，感受那样一股坚忍，还有隐隐的疼痛。佛祖说，世上万事万物都有机缘。那么我和这坚韧的生命，静默相对中，穿越彼此千年的距离，获得此刻的亲近。是不是哪一世，我曾在你的身旁走过？又或许，我就曾是你枝头一枚早落的无芯之果。

银杏果，果肉醇厚甘美，其芯清苦。可令人称奇的是，这三棵古树所结果实皆为无芯，而果肉却甘甜异常，被称作“佛缘圣果”。真是这千年的梵音禅号如水，洗去了红尘中的万般苦涩？还是因为你经历了千年沧桑，看尽人间苦难，所以才放弃了生命的轮回而独自守望？

树洞下方的小木几上，供奉着一尊观音大士。稍稍退后，我合十施礼，然后探过身去，仰起头，目光向上。两人多高处，树干外表完好，里面却是中空。这树洞，同树干一样笔直向上，极目最顶端，有光亮如口碟大小。

这道伤是上天的赐予：咸丰年间，一道雷霆将此树击毁半株，数年后却又奇迹般地复苏，因此人们为它起名“雷击复苏”。

复苏。雷火之下，身形劈裂，筋脉寸断，是怎样的磨难？那些干枯的岁月，奄奄一息的你要有怎样的顽强、怎样的渴望，才能一点点修复、一丝丝重续，才换取重生为今日的苍然。这样的顽强如何能不震慑俗世！我想，除了它不能放弃当年太子手植的恩泽，更是因为这一方的水土滋养吧。

再一次轻抚它的伤痕，心中思忖：当人的一生布满了困顿与苦难时，有多少人能像它这样，从灾难中汲取涅槃的力量，走向一个全新的自我！

离开时，曾几回头。我想能寻找到一个最佳角度，让这见证千年的三株银杏兄弟合张影，却发现已经退到了园子的出口处。门右方是一片宽敞的草地。脚下一块乱石旁，竟然有三两朵嫣红的百日菊，幽静而鲜艳。

俯身亲近，一抬头，就见几块方方的水泥台之上有大石。走近细瞧：共有五处，四方排列，居中有一。这就是旧寺的遗物——础石，有的覆盆上雕有缠枝牡丹、葡萄、莲花等纹饰，一派富贵祥和；还有的覆盆是素面柱础，大气敦厚。当年那烟火旺盛的殿堂厅房，如今就只有这些见证了。正如那三株古木，生动诠释了生命的力量。

我想，也一定是如我这般的心境，才使得历代文人骚客来此不绝。园子中所存的那些碑刻之上，闻名遐迩的名字与诗句就证实了这一点。

惠济寺旧存碑刻极多，其中年代最早、最负盛名的是南唐所立《汤泉禅院之碑》。该碑为青石质地，下承龟趺，碑首半圆，上有蟠龙浮雕，碑额篆题“汤泉禅院之碑”六字，笔力雄壮遒劲，定是名家手迹无疑。上书碑文系南唐文苑名流、官至光政殿学士承旨的韩熙载所撰。可惜，此碑在“文革”期间被炸为数段。现在只收集到其中的5块。时光漫漶，残留碑文只剩100余字尚能辨识，但作为稀见的南唐时代的碑刻，这已是弥足珍贵的了。

自古以来，惠济寺就有南朝宋武帝刘裕、梁武帝萧衍及昭明太子、明太祖朱元璋等帝王显贵或沐浴或参禅；更有南唐韩熙载，宋代王安石、苏轼，明朝陈献章、庄定山等文人墨客前来探幽访胜，留下珍贵墨宝和精美诗句。特别是熙宁年间，漳南道人昭庆来此隐居。不久，其友孙莘老、秦少游、释参寥三人结伴来访，秦少游为此写出了传诵千古的《游汤泉记》，令人叫绝。

更值得一提的是，当代草圣林散之老先生，生前非常喜爱三株千年古树。在多次游览了惠济寺后，欣然撰写了521字《古银杏行》。该文于1984年4月刻成诗碑，供游人欣赏。我凝眸那一气呵成，流畅飘逸却不失沉着稳重的字迹，细细辨认：“忆昔寺蒙恩宠赐，昭明游息之所寄。良夜几闻读书声，芳园时发春草思。星移世易人物换，独余老木煦生意……”一股苍然、一种傲岸油然而生。

站在那些石碑和这些静默无语的遗物之间，看着、想着，恍然间好似穿越千年，眼前“多少楼台烟雨中”的历代繁华次第跌落。现在的惠济寺，决然不仅是一座千年古刹的名字，而是独有别样的自然与人文的丰富内涵的一方胜境。

返程时，已是夕阳晚坠。一角庙宇的飞檐，在三株老树中隐约。蓦然发现，大门之上“返观即佛”四个大字，在落日余晖里，清晰入目……

寻踪“一苇渡江”

假日里，游走于江南江北，寻觅禅宗始祖达摩的履痕。

金陵处处胜境，处处有神奇的传说。我此行，就从幕府山神奇的达摩洞开始。

从达摩古洞景区新建的大门进去，行不远就到了山脚下。

面前是一块凹进去的谷地，前方是一面巨大的石壁，石壁上各种大小的洞窟有致地排列着。有一些里面已经有了塑像，大小神态均不一致。正中一个最大的洞窟有六七人那么高，洞上方四个篆书大字：百态达摩，再一次突出了景区的主题。

达摩，禅宗初祖，他是天竺国香至王的第三个儿子，自幼拜释迦牟尼的大弟子摩诃迦叶之后的第二十七代佛祖般若多罗为师。

在他得到佛法后，他决定到震旦（中国）来传化。

当他到了中国后，梁武帝萧衍派使臣将其接到金陵。

梁武帝笃信佛教，到处兴修寺庙，所以有诗言道：南朝四百八十寺。

只是，武帝主批自我解脱。达摩是禅宗大乘教，主张面壁静坐，普度众生。二人主张不同，谈佛论道总不投机。达摩看到这里没有机缘，于是辞别萧衍，准备渡江北上。

当时有个高僧，名叫神光，在金陵雨花台讲经说法。据说神光讲经时，地生金莲，顽石点头。围观听讲的人更是里三层、外三层，水泄不通。达摩离开梁武帝北上，恰好路过雨花台，见到神光在那里讲经说法，他就顺便挤在人群中侧耳倾听。时而点头，时而摇头。神光发现达摩摇头，认为这是对自己不尊，便质问达摩，达摩主动让步，离开雨花台。

达摩离开后，有听讲经的信众对神光说：刚才那位是印度高僧达摩菩提，精通佛法，学识渊博。神光听罢后悔不迭，急忙向江边追去。

这时，武帝也已醒悟，懊恼错失了达摩，便带人骑骡向江边追去。当追到幕府山中段，也就是我现在所在之地时，两边山峰突然闭合，一行人被夹在两峰之间。

达摩正走到江边，看见有人赶来，就在江边折了一根芦苇投入江中，化作一叶扁舟，飘然过江。

武帝被阻，急得他跪地叩天，山峰才闪开一条狭缝，一行人才得过。至今，人们仍把幕府山的这座山峰叫作夹骡峰。我穿过谷地，就踏上了这条峡谷中的山道。山谷狭窄，小路虽经铺设，也是蜿蜒起伏。且只能容一二人勉强通过。大约百米，就到了一块平地。这是当日武帝追达摩被阻处。现在这里已经摆置了武帝和众人的青铜雕像。

看着宽袍大袖的武帝那焦灼的面容，心中不由感喟。从古到今都是如此，人们面对咫尺的机遇与财富常常视而不见，而当失之交臂后却又追悔莫及。不管是千年之前的梁武帝，还是如今的我们，都逃不出这个怪圈。再一想，也释然，人心何其小，当只装进一个自我时，又怎能看到远方。

右手向上，拐进北坡，就看见了达摩洞。这是石灰岩经过长江的侵溶与地层断裂变化后，形成的一个天然溶洞。洞壁及顶凹凸起伏，洞孔连绵状若乱蜂窝，尽显时间的沧桑和古意。洞中有一巨石，若一人盘坐样貌，这就是达摩的化身了。据说这里就是达摩当日休息过的地方，故此得名。如今斯人已去，其形若在，承受着久远的香火，传颂着佛门千古佳话。

达摩洞左手上去，大概五分钟的路途，就到了临江的山崖边。居高远眺，一脉流水浩浩荡荡。江北岸在淡淡雾霭中隐约可见。

千年前，这里曾是一片芦苇丛生的湿地。达摩就在江边折苇如舟，苇花昂扬如莲，芦叶平展似翅。达摩双足踏于苇上，僧袍随风飘展，轻盈至江北，只留武帝在江畔徒然叹息。

我身无双翼，更无渡江之苇，好在一桥飞架南北，现代化的交通直逼当年的一苇如船。只是，当我按照导航仪规划的线路，将车停在当年古长芦寺遗址地时，眼前罐塔林立，铁门紧闭。当年达摩上岸之地已是现代化工厂了。而此地距江岸遥遥，想是这千年时光，将一条长江磨洗得消瘦如斯，更何况我们这不足百年之身。也只有这土地、这山水，才能承载这些文化走过亘古。

当年达摩登临北岸，落苇处被称作长芦。后来人们为纪念达摩一苇渡江，就在此地建了长芦寺。又由于江水潮汐的冲击侵蚀而多次损坏，后多次移址复建。而达摩驻锡的寺院，史书记载的却是定山寺。

定山寺，坐落在距此 20 多千米的定山狮子峰下一箕形山坳里，背山面江。《江浦埤乘》载："定山寺……四周山绕，南辟如门，与雉堞楼橹掩映相望，苍松夹道，岫岭参差，诚天然图画也。寺凡屋三层，门外古银杏三，古桧三，皆数百年物。"

也是《江浦埤乘》记载，达摩祖师曾住此地面壁修行，狮子峰下有一处凸出的崖石，被称为"达摩岩"。岩下"面壁处"留有达摩"晏坐石"，石上达摩的趺痕和掌痕清晰可辨。"达摩岩石如斧劈，欲坠不坠，容人侧足而入，竹树葱青，为一山之胜。"但是，当我站在复建的定山寺大殿前，守门人却告诉我，这一次都已然在开山采石中被毁，唯一所剩是达摩画像的碑刻，也被圈起来，要等全部建好后才能开放。

复建中的定山寺虽只完成一个大殿，却已展现了它的宏伟。大殿坐落在阔大的高台之上，四角飞檐虽起翘不高，却十分舒展而宽大，显得格外庄重大气。全实木的梁柱门窗，全是檀木的本色，庄严厚重。两层深灰大瓦所覆之顶中，黑底金字大匾上书"大雄宝殿"四字。一层大殿就有五六人高，大殿四周回廊有26根檀木大柱，正八侧七，撑起同样檀木的古法建构的廊檐飞角。这些梁柱，根根都有一人合抱之外。

绕殿一周后，进入殿内，大佛铜像慈悲安详。绕到殿后，是达摩老祖的巨幅画像，从桌案高至梁上。画上达摩跣足高额，双目圆睁，髯须蓬蓬。宽袍大袖护体，手执竹枝为杖。

禅宗一派不立文字。达摩独自来中土传法，没有文字著述，其言语行踪也无所记录，种种故事都是后人的口口相传。文字可查的，只是达摩参与的一些重要的史实，比如他和梁武帝等人的对话等。

但定山寺以及周围所遗留的达摩遗迹，特别是"晏坐石"和"卓锡泉"却使得达摩与此地的渊源成为一桩铁案。

《江浦埤乘》记载，达摩祖师因思念西域之泉水，用锡杖凿地而成，故名"卓锡泉"。又载："泉出（定山）寺内观奇阁下，上覆以板，暗流入阁前石池，池内游鱼潜泳，东则藏阁下穴中……泉水汩汩而出，泉水沁人心脾；其味固甘以芳，可烹而饮。"

思乡不阻传法心。在看出梁武帝萧衍不悟禅机后，达摩北上，进入北魏境地。遍游嵩洛、陕邑与邺郡，对洛阳永宁寺雄伟宏丽的建筑赞叹不已。据《洛阳伽蓝记校释》记载：“（达摩）……南朝时到达宋境南越，后又从此北行至魏。在洛阳见到永宁寺建筑之精美，自言年已一百五十岁，历涉诸国，靡不周遍，而此寺精丽，遍阎浮所无。极佛境界，亦未有此。口唱南无，合掌连日。”

达摩在游历中土的行程中，到处以禅法教人。但由于达摩法与此前流行中土的禅法有异，时人闻所未闻，故而常常不以为然，甚至讽刺讥谤。到达魏地后，他先到陕邑定林寺弘法，未得结果。后到嵩山，但他并未到少林寺驻锡，而是在附近一个山洞里独自修习禅定，等待传法机缘。这一面壁就是九年，人称壁观婆罗门。有道育、神光二沙门见达摩禅行，有所感悟。顶礼膜拜，并亲近供养四五年。达摩感到他们学习禅法笃诚，便以《楞迦经》四卷相授。后来大师又收了僧可、僧副、昙琳三位弟子，自此，佛家禅宗创立。

这样，定山寺就成了达摩生前最早也是唯一驻锡的寺庙。我突然有所体悟：

刚刚同看门老者闲聊时得知，这复建的大笔经费，都是现在寺庙住持四次化缘，各方信众虔诚捐赠，而建筑俱是真材实料，古法工艺，要求严谨，力求再现南北朝时期的佛寺建筑的风范。

我曾疑惑“南朝四百八十寺”中，定山寺的名气不算大，此处的地理位置也不太适宜开发为旅游景区，何故如此投入？看来，这全然是出于信仰的力量。

宗教是一种信仰，寺院亦是文化，更是民族建筑、绘画等诸多艺术为一体的具体展示。我想，这大概就是重修定山寺的主要原因吧。

“马祥兴”的前世今生

“马祥兴”在我的记忆中有着独特的位置。某种意义上，它是烙刻在我味觉之上的南京城标记。

我与“马祥兴”结缘于20世纪80年代末。1987年，我借调到南京市文联，办公地点在鼓楼的高楼门66号。我分在作家协会，除了采编外还参与办公室的常务工作。南京是江苏省文化中心，各区县甚至省内外各地常有作者来宁，参加会议或者活动。文联没有食堂，接待任务就只能在附近的饭店解决，“马祥兴”是不二的选择。主要是近，从高楼门小巷走出去一拐就到了鼓楼广场，西北处是中山北路，路口就是“马祥兴饭店”。

这是一座有着伊斯兰风格的建筑。窗子细长，窗与窗之间有凸出的柱，细细的柱头在楼顶突出。三层楼房，在当时显得很气派。

我因为在办公室工作，也因写作，师长们怜爱，常有机会参加宴请。通常在饭店二楼，那时候还不兴什么包间，就是大堂大桌，宾主围坐，长者们把酒言欢，礼敬有加。我则乖乖陪坐，听老师们谈文论道，受益匪浅。

“马祥兴”是一家清真饭店，但印象中，我们没吃过羊肉，多是牛肉和鱼鸭水产。

金陵“马祥兴”字号，创始于清朝道光年间，创始人叫马思发，祖籍河南孟县。因家乡遭灾，逃荒来到南京，在花神庙落脚。为了养家糊口，就摆了个小饭摊。因为马思发是回民，南京人惯称“回回”，所以食客们就给这摊子起了个号，唤作“马回回饭摊”。

小饭摊在马思发的儿子马盛祥的手中正式取名“马祥兴”。此时饭摊已迁至雨花台附近一回民聚居地，生意开始兴旺起来。这时的“马祥兴”大概就是如今的“苍蝇馆子”了。

“马祥兴”真正扬名是在民国之后，店址也迁到中华门外的米行大街(今雨花路)，开始经营整桌的筵席。为了适应当地人的口味，也利于食材原料的就地取材，菜肴品种由原来的牛羊肉转向本地风味的鸡、鸭、鱼、虾、蛋，渐渐形成清淡适口、雅静鲜美的特色，也逐渐引来很多的文人骚客以及达官贵人。

国民政府定都南京，这时的“马祥兴”已小有名气，大厨们挖空心思，变着法子在菜肴上花样翻新，几经试验，终成名噪金陵的“马祥兴”四大名菜。松鼠鳜鱼是其一，其余三道分别是：美人肝、凤尾虾、蛋烧卖。

几位领导老师都是谦逊勤勉之人。选择“马祥兴”只是因为就近，而且那时“马祥兴”的价格也非常亲民。宾主意在谈诗论文，醉翁之意不在吃食上。所以，让我印象深刻的席间菜肴也就那么两道。倒是楼下，还保留着早年饭摊的一些痕迹，简单的方桌条凳。附近市民喜欢到这里简餐：有砂锅牛肉，不贵，一小罐炖得烂烂的，很香浓；还有牛肉面、牛肉包子，既可堂食也能打包带走。我常常跑到这里，买几个牛肉包子给母亲带回去。每次母亲都埋怨我花钱，但看到老人家吃得香甜，心中无比欣慰。此刻想起依旧是温暖无比。这也是我在今后岁月中，吃遍大江南北，依旧不忘“马祥兴”的主要原因。那些菜肴的味道，不仅镌刻了那个时代的记忆，也留有我和母亲之间的母女深情。

后来工作调离，与“马祥兴”再无交集。2003年，突然听说“马祥兴”因为市政改造拆迁停业了。旧年旧时的记忆，铺天盖地地漫卷而来。而当我抽空赶到那里时，“马祥兴”只剩下淡绿色的残垣断壁。一股说不出的怅然不舍充溢心田。回眸处高楼林立，不远的高楼门也已是人去楼空——市文联已经搬走。我青春的记忆在这块土地上竟然是无处寄放了。

2006年4月23日，“马祥兴”菜馆在鼓楼区云南北路重新开张营业。但我却是在两年后才与家人在一个假日里光临新店。

站在金碧辉煌的新店门口，陌生之感油然而生。我记忆中那细长的窗，尖尖的柱头不见了。塔式的门廓高大，方窗轩亮，看上去庄重而高贵，心中突然有了距离感。好在一楼大厅还有小巧的方桌成排，保持着简餐的处所，这才找回些旧年的感受。店里多了一道长廊，设置了老店历史、伊斯兰文化回顾、历史文人往来等文化内容，渲染了回族文化风情。我们在楼上落座，环顾四周，精致巧妙的设计与装潢令人耳目一新。墙上有半圆尖顶的拱形线条，廊柱上也都是穹隆造型，更兼彩色琉璃的装饰画和灯具，处处都有伊斯兰文化元素的体现，使得这里既有鲜明的民族个性，又有雅致的江南风韵。

我坐在那里，慢慢寻找记忆的重合点，直到家人点的菜肴一样样上来：松鼠鳜鱼、蛋烧卖、凤尾虾、美人肝……是的，料烧鸭还是那个口味，美人肝在我口中依旧有着腥气。一切都还是旧时的味道，只是旧日席上之人，不知道都去了哪里。

餐后下楼，没做停留。岁月的长河中，人们熙熙攘攘，从此岸来，到彼岸去。他们的身影终将都消失在历史的烟尘中。可总还会有些什么留下来，或百年、千年，一如我身后的“马祥兴”。

在罪恶面前坚守良知

当午后的阳光穿透梧桐树那已经稀落的树叶，斑驳地洒落在地面时，我的车悄然停在了这不大的小广场上。

面前是一栋两层民国住宅，黄墙灰瓦，布局呈现倒置的“凹”字形，我面前的是一排平房，有回廊，左侧略向前伸出，与一幢尖塔造型的二层小楼相连，不对称中显示了别样的精致。

此刻，小楼静谧。红漆木窗上的玻璃虽已残破不堪，却并不减少它的端庄安稳。看着它，心中温暖渐生，连这冬日的寒风也变得轻柔了。

我的耳边厢似乎传来一阵大人孩子的笑语。这声音穿越了无数沧桑的岁月，穿越了那令人恐惧的枪炮声，直抵我柔软的内心。

1937年，战火洗劫了这座美丽的城市。这座长满梧桐，妩媚温婉的都市，在侵略者的马蹄和皮靴下战栗。疯狂的屠戮，让那个寒冬溢满了血腥。人类文明在枪炮和烈火中轰然坍塌。

黑暗似乎没有止境，凄惨之地似乎是生命与尊严的深渊。然而，无论何时，这个世界上，正义和良知从来都不会缺席。

那个时刻，这幢小楼，就扬起了一面人性的旗帜。

小楼属于江南水泥厂。

江南水泥厂是当年由爱国实业家陈范有通过北洋大学学友陈立夫的关系，经蒋介石同意于1933年在南京栖霞山东麓摄山渡筹建，电器设备由德国提供，水泥设备是丹麦史密芝公司提供。

南京保卫战期间，丹麦人辛德贝格与德国人京特被江南水泥厂董事会聘用成立“护厂队”，保护工厂固定资产。当南京沦陷之时，董事会成员都转移至天津租界，他二人完全可以离开，或者在租界里避难。在从苏北启程前，辛德贝格与所属的丹麦公司就签了“生死状”：如果受伤单位报销医药费，如果遇难则由本人负责，单位只能向家属发抚恤金。然而在人性、正义精神的鼓舞下，辛德贝格在如此险境中，就在这所工厂里设立了安全区，接纳蜂拥而至的难民，成为战火中的南京最大的难民收容地。他们利用自己侨民的身份，与日本人不间断地斡旋斗争，先后保护着近三万生灵。他还在单身宿舍办起了医院，也就是我眼前的这幢黄色小楼，救助了难以计数的中国难民，包括中国伤兵。为阻止日本人进入难民区，辛德贝格和京特在江南水泥厂周围插满丹麦和德国国旗。直到1938年初南京城内战火消弭，辛德贝格才带着记录日军暴行的铁证，离开南京。

由此，辛德贝格被称为“南京的辛特勒”。

时光远去，人们在安宁中渐渐藏起了曾经的伤痛。然而历史一直都在，一如人们从不曾忘记辛德贝格的正义忠勇。侵略是邪恶的，战争是残酷的。可也正因为这样的残酷，才考验出正直的人性，它不分国界，不分种族。我想，这也是人类能够战胜那么多磨难，百曲千折而始终向善向美。

于是，这个日子成了我们国家的公祭日。

公祭日的意义更在于在和平的幸福生活中，我们不仅仅要为那些惨死的冤魂祈祷。更重要的是提醒自己和全世界：历史是一面不碎的镜子，谁也不能让它扭曲改变。我们不允许邪恶再来伤害良善。

战火涂炭中，摧残的不仅仅是被侵略的国土。那侵略者的家园，也将被战争反噬得体无完肤！

所以，每一年，每一个那样的夜晚，我们都应该重新翻开这本史册，回顾那一幕幕惊天动地的滔天血债！

这个美丽的星球，再也不能经历那样的血洗了。

这个冬天。我站在那幢在那个黑暗的年代，曾护佑了众多弱小的小黄楼前，思绪从冰冷的追寻中，感受到丝丝温暖。辛德贝格和京特，你们的勇敢，你们的大义，不仅是77年前那个寒冷暗夜中的炉火，更是人类文明进步的明灯。这人性的光芒是善良的向导，将引领这个世界跨越灾难的黑暗，抵达光明。

利济巷里悼落花

初冬时节。久雨初晴的南京，没有一丝阳光。暗沉的天空似乎飘溢着莫名的悲怨。乘着44路公交车，穿过繁华的太平北路，拐进一条幽静的街道，前行。那一站，叫科巷。

下了车，就看到马路旁边有条小巷，巷口是一座回形小楼，八栋，均是二层，通体淡黄色。

这里是大行宫利济巷，一条极其普通的江南小巷，一个极其普通的地名，一幢极其普通的，此刻看上去极其老旧的楼群，却因之那段骇世惊天的历史，而有了一个让人心生愤怒的名字。

不错，这里是曾经的亚洲最大，也是保存最完整的利济巷慰安所旧址。

现在，这里聚集着很多人，初冬的寒冷中，人们缄默着，缓慢地行走其中，似乎那个黑暗的年代血腥的阴寒还弥散在这座楼里。

“成群结队的‘花姑娘’被捉到，有的送往皇军俱乐部，有的专供敌长官以泄兽欲，一般敌兵到处搜寻女人，在街上，在弄堂口，许多女同胞被轮奸，惨叫与狂笑突破了死城的空气……”这是李克痕的《沦京五月记》中日军强征“慰安妇”暴行的真实写照，令人发指。

78年前，“日本兵完全像一群被放纵的野蛮人似的来污辱这个城市”，他们“单独的或者二三人为一小集团在全市游荡，实行杀人、强奸、抢劫、放火”，终至在大街小巷都横陈被害者的尸体。“江边流水尽为之赤，城内外所有河渠、沟壑无不填满尸体”。这是《远东国际法庭判决书》的陈述。

屠城之日，哀鸿遍野，冤魂满城。这场民族的血泪劫难中，遭遇最凄惨的要算是女性了。

在日军进入南京后的一个月中，全城发生2万起强奸、轮奸事件，无论少女或老妇，都难以幸免。许多妇女在被强奸之后又遭枪杀、毁尸，惨不忍睹。

从南京沦陷伊始，灭绝人性的日军就制定了《方面军关于慰安设施的实施意见》《关于设立南京慰安所的方案》等文件，将人类历史上罕见的“慰安妇”制度作为国策确立下来。于是，在日本军政当局的主持与支持下，各种临时性“慰安所”，汉奸、地痞、流氓设立的“皇军慰安所”，日本军部自行开办或委托日侨娼业主开办的“日本窑子”“高丽窑子”……各式各样的“慰安所”迅速布满南京的大街小巷。南京成为日本当局“慰安妇”制度最完善、“慰安所”与“慰安妇”数量最多的地区，中国、韩国、日本以及其他国家众多妇女沦为“慰安妇”，饱受日军的暴虐。据日本民间调查团体推算，“二战”期间，日军强迫各国妇女充当“慰安妇”的人数多达70万人。

眼前的这座利济巷慰安所，就是那罪恶的见证！

这是人类数千年文明史上罕见的反人类暴行。长期、公开、有计划地强征，甚至劫掠各国妇女，充当日本官兵的性奴隶，这是怎样的残忍野蛮与暴虐。

我把目光凝注于陈列馆门口“慰安妇”主题雕塑上：一位身怀六甲的妇女，身形虚弱，一手护住腹中胎儿，一手搭在另一位匍匐身子的妇女背上。她，就是17岁时被日军以招“女看护”的名义骗到南京，并送进利济巷2号“东云慰安所”的朴永心。

“我的人生太苦了，几本书也写不完。”2003年11月，在中日学者的帮助下，82岁的朝鲜老人朴永心重回利济巷慰安所，回忆并控诉了她在这里长达3年刻骨铭心的悲惨经历。

这组雕塑正是以“二战”时随军记者拍摄的中国战场上怀孕的朴永心照片为原型而创作的。

妻子，母亲；温柔，美丽；在所有种族中，所有文明里，女性都是美好的。我们甚至把祖国、大自然，都称为母亲。可是，在这里，中外各国，包括日本慰安妇的泪水浸湿了整个慰安所的空气。

当丧失了人性的侵略者，在异国的土地上肆意蹂躏女性，甚至连自己的同胞姐妹也不放过的时候，这是全人类的悲哀。

女性，人类的鲜花，也是人类生命的母体，她使得人类得以繁衍和延续。

欺凌女性的肉体，亵渎女性的尊严，也就是对生命、对人性、对文明的背叛。

时日流逝，历史不容忘却。利济巷这八幢小楼里那些血红的女性手印，每一枚都是曾经的慰安妇的控诉，没有国界。此刻，她们就在空中俯视着人们，我想，她们一定在祈愿这个世界永远静好，所有的女孩儿都如鲜花般盛放，所有的母亲都幸福安宁。

烟雨老街行

走进这条老街，是在五月的雨中。淡淡雨雾把个闹中取静的老街打扮得有些许的神秘。在和燕路，绕过正在地铁围挡施工的路段，我们走进一条巷弄。两侧的行道树绿意葳蕤，使得不窄的巷弄却给人一种幽静的感觉。

说起来，这地方我并不陌生。当年在晓庄师范读书时，是在吉祥庵。那时的吉祥庵周遭的生活设施很简单。我们常常需要到新街口一带去买书购物。进城需要坐 8 路车，大概过四五站地，就到了迈皋桥。之所以对这个地名印象深刻，是因为到了那里，下车的人多，上车的人也多，车速也慢了下来。细细看街景，真的很凌乱，旧楼新店，高高低低，挨挨挤挤。货物由店铺摆到门外，占据了人行道。那是 20 世纪 80 年代中期，也是改革开放最热火的时候。

沿小巷南侧行，身畔矮栏高树，之下是一条河，河水不深，在石块垒积的护坡下，清幽幽地流着，不泛起一点水声。妙的是河中央，每隔不远就栽培着一簇水生植物，有的已经开了花，鹅黄的朵儿衬着碧油油的叶子，清新得无以复加。沿河的树似乎也受到了感召，一律向河中侧弯着，正应了那句“临水照影”。

我正自流连，前方传来大家的召唤。此次前来是参加南京诗词学会组织的采风，一行人都在前方等我呢。仔细打量了一下，街道在这里变宽了，步道也很宽，还设了一个个半个乒乓球案大小的花坛，顶头有一座青灰檐瓦红漆柱础、四角飞檐高翘的方亭。这河边俨然就是公园呀。

雨淅淅沥沥，我们走进老街。这条老街北起和燕路，也就是当年8路车行走的路线。南至北固山路，全长不过1.3千米，却被打造得一步一景。所有的楼房，不论高低，都是灰色墙面，廊柱笔直，线条硬朗，砖红的装饰色彩明亮而又典雅。在风格一致的基础上，各自体现出独特的样貌。

这是典型的民国建筑风格。在南京这座古城，民国是一段重要的历史时期，留存了众多取中西建筑之长、风格鲜明的建筑，形成了大气的民国风。

沿街巷行走，听着耳边店家、行人南京腔调的对话，突然有穿越之感。仿佛旧日的岁月，还酣眠在这条老街上。说不定哪一下脚步重了，就会惊醒过去的那些日子。有一个细节，引起了我的注意：行道树的花坛很奇特。细瞧，是灰色小瓦立在土里，瓦的弧形交错相扣，形成铜钱花纹。这样的设计，既方便行人行走，还能让泥土与空气接触，保护了树根。

大概在街的中段，有一个半圆形的小广场，一棵高大的百年梧桐在霏霏细雨中舒展着翠绿的枝叶。它的旁边，有一栋做旧古砖搭的矮花墙，上面是玻璃保护着的纪念照片，还有“梧桐记忆”四个大字。这两张照片，都是摄于1931年，一张上是当时街道旁的茶馆，一张是路边的烧饼铺。喝茶的老者，只有沧桑的侧影，而打烧饼的少年正淡定地看着镜头，我和他，隔着八十多年的时光，静默对视，仿佛可以读到他内心深处的寄望。

当年的这棵梧桐树，是不是就和他一样的稚嫩？如今人去树在，撑起的是人类对美好生活不变的渴望。

继续前行，在一个小区门前，我停下了脚步。标牌上写着：迈皋桥2号南汽宿舍。这所工厂生活区也被整修得美观大方。小区的大门是廊柱式拱门，特别是嵌在灰色门楼上的砖红弧形拱顶，简洁却气派。看上去，这里面仿佛是私家花园。一路行来，每一个小区，每一幢居民楼，都被静心修葺，焕然一新。想当年，这样的民国建筑里，住的都是达官贵人，如今却是市民百姓。人类社会的发展一直是寄托于人类对美好生活的渴望，但只有绝大多数人享受到美好的生活，才是社会发展的目的，也才是最好的状态，一如现在。我抬起头，看到那些临街的窗台，有不少漂亮的绿植。它们是窗内主人幸福安宁的象征吧。

走到农贸市场时，雨大了起来。我们一行人进到路边的一座灰瓦红柱廊的长亭里。隔着雨帘，看买菜购物的人们打着伞来来去去，那些艳丽的伞如鲜花般盛放在这江南春雨中。

很快，民国老街的雨中路，在惊羡的感觉中，走到了巷尾。一丝眷念油然袭来。很想在这古香古色的老街上走回去，在某一家临街的铺子里，坐下来喝杯茶，倚着窗，听听这雨，是否能传递来那民国都城别一种的韵味。

写到这里，抬起头，六月的窗外，江南的雨时急时缓。

时间很快，谁也留不住它的脚步。可是时间总会留下什么，哪怕只留存在人们的记忆中。就像这条老街，百年前的故事，用这样一种美好的形式再现。去除了曾经的贫穷与战火，只留淳朴与温暖。

幕燕风光今日新

在2015年“中国人居环境奖”获奖名单上，南京滨江风光带建设工程榜上有名。

南京滨江风光带是南京市委、市政府顺应民意民心，实施“沿江开发、跨江发展、打造南京新外滩”战略方针而精心打造的。

这其中，幕燕滨江风光带西起上元门，与滔滔长江一起向东延伸，左是大江，右依幕府山，一路飘逸，直到彩虹般的二桥桥头。若把南京比作雍容的公主，那这条滨江风光带就是公主头上的发带，而幕燕就是那上面的蝴蝶结。

这一段隶属于栖霞区。

这一地区有名山相依，有大江浩荡。不仅文化底蕴深厚，又有星罗棋布的自然、人文景观，是南京地区唯一的临江而立的自然与历史文化风貌区。特别是那一座东吴时期即已得名的幕府山，虽是不算多高，没有多险，却是闻名遐迩。在清人评点著名的金陵老四十八景中，幕府山就独占六景——幕府登高、燕矶夕照、化龙丽地、达摩古洞、嘉善闻经、永济江流。缘此，才有“金陵古佳丽地，北郊为最”之说。

车至上元门，重走风光带。

上元门，始建于明洪武二十三年，为南京明城墙外郭城的十八座城门之一，位于南京幕府山西侧。清末民初，城门颓败，以致不存，唯有地名沿用到了今日。

没了城门的上元门，唯见一条畅达的大路至西向东绵延。路北是江堤的坡岸，路南是幕府山的起点。山势不算高，却走势长长，逶迤如龙。早春之际，山坡上的树木虽然开始返青，还是经冬的深浓，颇有几分雄浑。

车行快，十分钟左右，就见前方临江处有五六层楼房那么高的一座青铜雕像。一条蛟龙似从江涛上腾空而起，正向长天飞去。身后还有四匹由北向南攒蹄飞奔的骏马。这就是五马渡广场了。

这是个神奇的故事。

相传西晋末年“八王之乱”后，琅琊王司马睿一行渡江至此，其中司马睿所乘坐骑顿时化龙飞去，成为其称帝前之“吉兆”。公元317年，司马睿在建康正式建都，创建东晋王朝。五马渡也因此而得名。

塑像所在之地，就是旧时金陵四十八景之一的“化龙丽地”，如今被恢复为主题广场。背江临山，极为宽阔。

穿过马路，向东行一刻钟左右。就到了金陵四十八景之达摩古洞景区，东土禅宗第一人达摩祖师一苇渡江之地。

看过新建的“百态达摩”主题雕塑，穿过夹骡峰，拐上北坡，就看见了达摩洞。洞中有一巨石，若一人盘坐样貌，这就是达摩的化身了。据说这里就是达摩当日休息过的地方，故此得名。

达摩洞左手上去，就到了临江的山崖边。居高远眺，山下的五马渡广场尽收眼底。一脉流水浩浩荡荡。

极目处，有一桥飞架南北，现代化的交通直逼当年的一苇如船。这块植被葱茏，蕴含无限春韵的山地，是当年南京的白云石矿，这一采就是48年。1998年，南京市政府终于痛下决心关闭采石场，并启动生态植被恢复工程。如今站在山顶俯视，会看到一个很大的“天坑”，那是“凹”进去的石矿。这里将会建成一座湖——白云天池。

“白云天池”，多美的名字。想象不久的将来，高山湖水映白云，青青碧树衬蓝天该是何等的心旷神怡。这天池与达摩古洞同在幕府山，必将成为幕燕滨江风光带上的一颗明珠。

离开幕府山，继续沿永济大道前行。这条滨江大道，取名于老金陵四十八景之一的“永济江流”。

此时虽是早春，却杨柳爆芽，性急的樱花、紫叶李、广玉兰开得格外灿烂。间或小阁亭台，长廊短座。更惹眼的是一组组雕塑，演示着一个个历史故事或者传说。

江岸边，赭红的塑胶走道和木栈道组合出优美的弧线，间以大块葱绿的草坪，美不胜收。逢假日，人们就扶老携幼来这里散步赏景。阳春三月，纸鸢伴着孩子们的笑声在空中飞扬；仲夏的傍晚，阵阵江风吹拂着沿江漫步的人们；还有秋天的朗月、冬日的江雪……感谢大自然赐予我们的江山如画，更感恩辛勤的建设者的劳动，让我们幸福的生活更加多彩。

幕府山东北角的燕子矶，位于南京城北的长江边，峭壁嶙峋，山峰突兀于江上，状若展翅欲飞的燕子，因而得名。

燕子矶公园东侧就是正在建设，已初具雏形的新城滨江风光带。

放眼四周，新建的大桥，高等级的江堤公路；那些枫杨、垂柳都是曾经的存在。它们也被细心地保留下来。一些旧而不破的建筑也一并静静地矗立在空旷中，等待它们的新生。

最后还有那些主题风格各异的休闲区域：大台阶的观景看台，小巧精致的水景，宛若私人花园般任你随意休憩的空间……

走出新城滨江风光带建设工地，已是午后。春日暖阳静静地洒落，一切都是那么安详美好，又蕴含着勃勃生机。我知道，不久的将来，这里将会与幕燕滨江风光带相连，用最完美的结合，诠释着长江之滨最动人的美丽。

你是这座城市无声的歌

多年前走进南京时,是通过南京长江大桥。早在读小学时,就从课本中熟悉了这座桥。它承载着一个时代的记忆,是中国人自力更生的象征。在某种意义上,它也是那个时代的精神图腾。

当车子驶上大桥,沿着两排玉兰花灯柱护卫的桥面向前行驶时,迎面入眼的是两组高大的桥头堡。左右对立的方形高塔上,三面红旗高耸,这是那个热火朝天建设新中国时代的符号。它们前面的两座矮塔上,是工农商学兵的群雕。虽然汽车迅疾驶过,可那看上去并不精细的人像却留给我深刻的记忆。那是一种明朗自信,充满奋斗的自豪气势。后来,逢有亲友来宁,我必会带他们到这里来感受一下。多年以后,当听到它入选首批中国20世纪建筑遗产名录时,我毫不意外。在我心中,它称得上是南京这座城市的精神标志。

常常路过新街口广场,广场中央是孙中山先生的铜像。虽然源于周围楼房的不断拔升,雕像显得很矮小,已然不见当初时的宏伟。但就是这座雕像,承载着先生与这座城市的渊源,演绎着这座古城的历史。据说最早矗立在这里的一尊铜像是坐南朝北,取意为中山先生从北边的中山码头登陆，而且北伐战争目标也是北方。如今的这座，坐北朝南，是因为南京的城市大门就在南边，南边也是中山先生家乡的方向。回望故乡，是所有人最原真的愿望。这座雕塑，也是在替先生诉说内心的乡念吧？

南京东郊的稻田里，静卧着南朝辟邪石刻雕像，这也是南京的标志性雕塑。每每站在这高大身躯都被岁月侵蚀的石兽面前，思绪就如风般飘扬远逸。这千年的石兽，多少载，就这样矗立着。默默地披一肩肃杀，默默地被一肩沧桑。在它空旷的视野里，那茂密的秧苗，一季季地生长；那忙碌的人群，一代代地繁衍。这石兽分明是有灵性的历史见证，它记载了悠悠漫长而又忽掠远去的岁月中，这块土地、这座城市坚忍无私而又谦和的品性，执着热烈而又深沉的信念。这辟邪，当是这座城市坚守的誓言。

在南京，有一处最肃穆、最沉重的所在，那里有这座城市最沉痛的记忆——南京大屠杀纪念馆。馆中有一组群雕——“家破人亡”。在这里，你的脚步一定会放得很轻、很慢。你看，手无寸铁逃难的平民、怀抱孩儿尸体仰天悲恸的母亲……这是这座城市对那些灭绝人性的入侵者永远的控诉。它让世界人民知道，这座宽容、厚重的古城，是有血性有记忆的。

现在，如果你有机会乘飞机来南京，那就会在机场高速上，看到一座高大而又不失灵秀的雕塑——它的主体是彩虹般的钢架，一位大步奔跑的火炬手，正踏着这道彩虹奔向远方。这是2014年南京举办青奥会时设置的。虽然那届青奥会早已结束，但是这座雕塑所代表的青春、奋发的奥林匹克精神，已经成为南京城市文化的一部分，由这位火炬手向每一个到来的人宣告着。

有人说,记住一座城市,往往是从城市雕塑开始。的确是这样,南京城就是这样用雕塑在人们心中建构了自己独有的风范,也用众多的雕塑记载了自己厚重的历史。

也有人说,雕塑是城市的语言。我说,在南京,留存下来的每一座雕塑都是音符,是时代的最强音。它们吟唱着这座城市的歌谣,书写着城市的文明,诠释着城市的历史,传达着这座城市对每一位居者的关怀、对每一位过客的问候。

第三辑

水润镇江

小小的六角亭子，朱漆雕花都已斑驳，似乎在叙述着那个充满悲剧色彩的杜十娘的故事……我抚摸着雕花底座上冰冷的石碑，似乎能感受到埋身江底的十娘那冰肌玉骨所泛出的针砭似的寒冷，耳边厢“三更鼓夜深沉，万籁俱寂，对残烛观蜡泪，我暗自伤情……”

从喧嚣到沉寂——走过西津古渡

一个人、一首诗、一念之间，想起了很近，也很远的那个地方——西津古渡。

近，是因为它所处的镇江距南京只有70千米，车程一小时；远，是那个古渡离我已有千年之遥，客居金陵20余载，至今也没能亲近。

其实，连日的疲累和不适已让我不敢做出游的打算，加之，心底私自是想能一个人静静地徜徉在那寂静无人的古巷，而这，几乎是不可能的事。所以，在跟朋友唠叨了之后，就把这个念头搁置在了脑后。

或许是不经意间提到了吧。周六一早，家人就神神秘秘地要我准备出发。感到有些突兀，但是转念一想，还是去吧。

一路疾行，不到八点就进入了镇江。几乎一直是车行江边，给我的感受是安宁静谧。

来到古街时，朝晖正斜斜地抚慰着青砖、阁楼、塔亭、弯曲的窄巷。或许是来得早，游人稀落。临街的广场、店铺虽是新修，却也沿袭了明清建筑的风格，青砖飞檐，颇为古朴。特别是镇江锅盖面品鉴馆，让我这个爱吃的停住了脚步。进得门，一眼就看到一位白衣白帽的师傅，在长长的几案上擀面，已成形的面坯有桌面宽，厚厚地裹在手臂粗的擀面杖上，展开来，有近三米之长。看师傅娴熟地舞弄，惊羡不已。里间是煮面的厨房，也是古色古香。能把一种具有地方特色的食品组合到旅游文化中，并不乏见，融合巧妙的却也不多。此地此时，它让我想起千年之前，风尘仆仆地摆渡过江的文人仕士、贩夫走卒，在寒风凛凛的清晨，在这里吃一碗热腾腾的汤面，体会到的恐怕不只是饱腹。

绕过小花园，缓步走进这条古街，略有失望漫上心来：眼前的巷陌显然是修整过的仿制品，虽说极力地修旧如旧，仍是失去了沧桑的原貌。对一条千年古巷来说，这件衣服委实太新。但是，如今的所谓历史遗迹有多少还能原汁原味地存在呢？这样一种保留或许也将成为一种历史吧。

依山而建的小巷略显逼仄，然而悠长。青石漫地的路面上，足音渐响，街两旁鳞次栉比的店铺的门板也渐次开启。那些居民、商人都默默地行走做事，动作徐缓而笃定。想那千年前的人们也就是如此的生活吧？一丝遥远的淳朴氤氲至今。细细看来，木门上的雕花格栅，窗口高悬的铁皮马灯，一些匾额还是陈年的旧物，保存完好。透过薄雾般的历史烟尘，隐匿在这些青砖黑瓦的背后，似乎可以隐约看到曾经的雕花小楼连绵数里，听得到悠扬的箫管笙歌……

就是这样，慢慢行走，细细寻觅。不经意间，你就会发现那些散落着的一些各朝各代的遗物，不由得你就生发出一阵零乱而幽深的历史思绪：一间醋坊，斗方的招贴让人嗅到一丝丝市井人生的烟火气息；一间字画装裱的店铺中，工匠们心细如丝的工作和那些褪了色的画卷，让纸墨香气飘散在厚重古迹里；一间书画社中，一位斯文的长发男子和两个弱冠的孩童默默地临帖，传承着悠久的文化……

走上缓坡，一座造型西化、塔身遍布梵文、宗教色彩浓厚的过街石塔，凌空高悬在古街的中部，肃然俯瞰它的沧桑。

远望似门，近看是塔。我仰视着这座石塔，它于肃穆中透出宁静，历尽沧桑，依旧神闲气定地俯视着芸芸众生。塔下的台座是四根石柱架着的梁式结构，有石门框东西贯通。无论你从哪里走进古街，都无法避过这座白色的石塔。回家后，我查找了资料：这是一座建于元代的喇嘛石塔，雄踞古街最高处，为元武宗敕建。当时，它代替的是十字寺，为基督教之礼拜堂，是元武宗下令毁拆十字寺为佛寺，并亲令京前画塑元大都工匠刘高仿京刹梵像而作。皇帝亲谕，自然不凡，一纸诏书，化激烈宗教斗争于无声。这座古街上，便多了一座造型精美、独具匠心、寓意深刻的佛塔。据说，这种过街石塔，中国境内只有两座，另一座位于北京居庸关，但塔身早已毁坏。因此，西津古渡的这座石塔，成了我国唯一一座保存完好的过街塔。从元朝至今，它已经历了近800年的风雨。按佛经解释，从塔下经过，即为向佛顶礼膜拜，虽然前程未卜，但至少给人以心灵的慰藉。这当然仅是一个宗教的愿望。但我却从石塔的瓶身外形上感受到了几百年来，芸芸众生所寄托的平安愿望。这，怕是已经超越了一切宗教和朝代。

一群游客赶了上来，熟稔的北方话告诉我，他们来自童年的家乡。我尾随着，看他们兴致勃勃地在古街上指指点点，拍照留念。那些鲜亮的身影也定格在我的镜头中，衬得那六角飞檐又有了一丝丝灵动。

带着这样的慰藉穿过了石塔继续前行，远远地看到了一组巨型的铁铸香炉。来到依山而建的观音洞前，黑漆大门紧闭，可我却听到若有若无的梵音，想象中，观音菩萨面带笑容，端坐莲花宝座，接受渡江人祈求平安的香火。此时，没有香客，对面香炉里也只是残余的灰烬。眼前却分明有青烟化为紫气，缥缈缠绕于洞内街外，传递着千百年不变的祈求和祝福，抚慰着飘荡在冥冥中的灵魂。

观音洞的对面，就是闻名遐迩的救生会旧址。看来人们也明白只靠观音，并不能保全自己。所以从宋代开始，古渡就设立了义渡和救生会，专门从事打捞遇险的船只和人员。想当年，烟火缭绕的观音洞和一派繁忙的救生会，是怎样鲜明的对照？这使得这个古渡具有了一份错综复杂的人文情怀。

思至此，猛然惊觉我误过了小山楼，误过了一千年前，唐朝诗人张祜夜宿镇江西津古渡小山楼。这个张祜就是我开篇提到的那个人。而那首诗，就是他在此登楼眺望长江，思绪游动，信而走笔的七绝《题金陵津渡》："金陵津渡小山楼，一宿行人自可愁。潮落夜江斜月里，两三星火是瓜洲。"正是这轻灵细腻的笔调，谐和而低回的音韵，把清美、宁静带入我心，引我至此。

王勃之于滕王阁，范仲淹之于岳阳楼，崔颢之于黄鹤楼，辛弃疾之于北固楼……一篇美文、一座名楼、一代文人……历史上，多少的一座楼与华章同在？不知是楼因文胜、文因楼扬还是人因楼名。

而小山楼却没有扬名，张祜也没有扬名。我猜度是因为小山楼只是一个供来往旅客宿住的小客栈，张祜也只是一个普通的过客，于普通的夜晚，立于普通小楼，凭窗而望，心中升起的也只是游子身处异乡常有的淡淡的乡愁罢了。但你是不是觉得就这么一立、一望、一愁，倒让我们顿生亲近之感呢？

回返寻觅，当年的小山楼也已不复存在，其位置也不可考。但眼前的小山楼，朴素简洁，风格与沿街建筑一脉相承，虽与我想象中的不同，却也能融入这街区，算是合适吧。登楼，古街街景尽收眼底。那层层叠叠的飞檐让你恍然渡过了历史的河流，回到了千百年前，那唐宋、明清……

走过两座香烟缭绕的亭状香炉，出了券门，就走完了千米古街。

开始沿阶而下，一路下行，一直到现在的伯先路。当年的老街店面、会所，至今犹在。保存最完好的，当算是“镇江商会”，高大气派，有些欧式风格。再前行几步，一座弃楼出现在眼前：拱形的门楣窗檐、大门两侧的罗马柱、精致的铁艺阳台围栏……无处不透着一股子贵气，只是墙面的斑驳脱落，让你喟叹岁月的无情。心中忐忑地暗忖：那些文保部门不会把它拆了吧？

再走不多远，就是伯先公园了。到这里凭吊，是因为有朋友是民国迷，崇仰中山先生。

伯先公园其实就是赵伯先墓。

资料记载：赵伯先清末时期在新军担任军官，为孙中山先生领导的同盟会主要领导人之一，是孙中山和黄兴的亲密战友。1911 年 3 月 29 日，赵伯先具体策划、组织并领导了震惊中外的黄花岗起义。起义失败后，赵伯先因壮志未酬，悲愤成疾，于 1911 年 5 月 18 日（辛亥年农历四月二十）病逝于香港，遗体葬于香港箝菲公园的山顶上。由于当时清朝还未被推翻，墓碑上不用真名，只题作“天香阁主人之墓”（天香阁是赵故宅楼名）。

1912 年初，以孙中山大总统为首的中华民国临时政府明令追赠赵伯先为上将军，孙中山委派赵伯先三弟赵光赴港，于 4 月 1 日遗体从香港运回，安葬于故乡镇江南郊竹林寺附近，碑曰“大将军赵伯先之墓”，并建立墓道等建筑。章士钊、王立、柳亚子、马锦春等均为之立传。

赵伯先之所以墓葬此地，据说是根据他自己生前的意愿而决定的。1898 年秋，18 岁的赵声第一次离开家乡大港镇到镇江游览。赵伯先游览了镇江后，第二天和几个结识的青年学生一起漫游南郊。他们行至竹林寺时，登上一处青山远眺，看到这里群山环抱，苍松翠竹，环境幽静。指着一处山麓高声对大家说：“这座佛寺风光美好，地势高爽，我将来百年之后，一定要在这里下葬。”说罢，口占即兴诗两句：他日行人遥指处，竹林深处赵公坟。

进得公园，走过广场，伯先将军的铜像矗立在那里。高大的底座上是萧娴题写的“赵公伯先之像”，笔迹峻丽。公园里繁花似锦，音乐阵阵，游客散落处处，老者含饴弄孙，少者结伴嬉戏。

信步徐行，忽而已至中午。匆匆回到锅盖面品鉴馆，谁知这店已经打烊。看到我的失落，家人找到管理人员打探，老师傅热情地告诉我们，就在过了伯先公园的三岔路口有个德顺居，那里才有附近最好吃的锅盖面，且价格低廉。于是驱车不到5分钟，就找到了。叫了两碗面：一碗肉丝、一碗砧肉，加上半只镇江的卤水老鹅，简简单单的一餐。片刻，面至。面细如丝，衬着青椒、碧芹、肉丝、肉圆，品相不错。嗅着汤水的香气，细细品来，颇为可口。如果说品鉴馆里的面是登了雅堂的美食，那这里就该是民间的佳肴了。

食毕，已过午。计划着沿江一路览胜：焦山、北固山、金山……可惜由于我的腰疾未愈，走了一个上午，已感到隐隐不适，实不敢再逞强。只是在外面略观一番：焦山，隔江远眺，遐思万千；北固山，梦幻中依稀听到了甘露寺那抑扬顿挫的曲调；金山寺，就像一个大市场，塞满了游人，让人游兴顿消……倒是这沿江一路，快要完工的滨江风光带，风景旖旎，古色古香，让人流连……看到附近的新建小区，花园一般，顿生留居此地之意。

下午一时许，我们驱车归家。至家，稍事整理就歇息了。沉沉的梦里,依稀看到小山楼上张祜的身影;宪宗皇帝金碧辉煌的宫殿上,杜秋娘婆娑的舞姿,那一曲《金缕衣》……

从喧嚣到沉寂——扬子江头访焦山

“鹤寿不知其纪也，壬辰岁得于华亭，甲午岁化于朱方……”

一只鹤、一位爱鹤的主人、一篇悼文、一幅石刻……

原刻在镇江焦山西麓石壁上的《瘗鹤铭》，随着一声震雷，轰然崩落长江中。后，南宋淳熙间挽出一石二十余字，康熙五十二年又挽出五石七十余字。乾隆二十二年嵌于焦山定慧寺壁间，共九十余字。唐人孙处元认为出自王羲之之手，而宋人李石在《续博物志》中认为是南朝陶弘景所书。

这篇《瘗鹤铭》的石刻争论了多少个春秋，已经没人知道了……

对我们这些疏忽了那么多传统瑰宝的不肖后人来说，究竟是谁人所书，其实已经不重要了。

但我究竟还是去看了，就在这个繁累的五月。

……

21 日，早 8 时，我们已经坐在镇江锅盖面品鉴馆里了。一笼汤包，两碗面：一碗肉丝、一碗猪肝。慢慢品味，汤包平常，而面条是实实在在的手擀面，筋道有弹性，面下藏着的猪肝、肉丝也很多。不过比起伯先公园附近德顺居的锅盖面，汤味清淡了一些。面馆里人不算太多，但等我们离开时，来了一群群游客，顿时面馆里热闹起来。

驱车十分钟左右，直到“京口三山”（金山、焦山、北固山）名胜之一——焦山码头，门票50元一人。

这座山，向以山水天成，古朴幽雅闻名于世。山虽不算太高，由于周临平阔的江面，俨然有岿然耸峙之感。它是万里长江中，唯一四面环水的游览岛屿，“万川东注，一岛中立”。此山，因东汉三诏不起的焦光隐居山中而得名。又因碧波环抱，林木蓊郁，绿草如茵，满山苍翠，观之宛然碧玉浮江，故又有“浮玉山”之美誉，南岸临江远观，恰似人间仙岛在水中缥缈。

渡船过江，迎面的焦山大门，飞檐高翘，灰底金字，显得恢宏气派，一对威风凛凛的石狮镇守着大门。山门上的“焦山胜境”四个大字，道出了焦山本是万里长江江心中的佛门胜境。两旁的巨幅石联：“妙音观世音，梵音海潮音，江音尽是广长舌；天色月光色，塔色云树色，山色无非清净身”蕴含佛理禅机。让人观联如读诗，品联亦悟禅。

缓步徐行，钟磬之音领着我到了定慧寺。古山门旁左右也悬挂着一副楹联“长江此天堑，中国有圣人”，这副联黑底金字，显得古朴典雅。一块金边红匾“焦山定慧寺”高悬于山门正上方，进入山门，一株八百年古银杏树下的千年古刹，尽收眼底。

知道焦山多禅寺，不大的山上就有定慧寺、别峰庵、自然庵、玉峰庵、香林庵、海云庵等十多个庵寺。清代的郑板桥曾有诗云“静室焦山十五家，家家有竹有篱笆……”还传说每个寺庙都有名僧，能诗词歌赋，善琴棋书画。清代禅僧几谷、六静和尚是著名的画家，鹤州是拓碑能手，都曾享誉一时。想及此，不由心中暗忖，不知此行能否有缘与善诗能赋的禅师相遇。

今天的寺里，人头攒动，许多身披褐色或墨色长沙衣的人们，非僧非尼。他们有的三两相聚，谈些什么；有的走来走去，进香的虔诚之至，行走的，步履匆匆。随着一列着黄僧衣、披红袈裟的僧人鱼贯进入大雄宝殿后，那些人也都进去了。在殿门前看到，里边人们排列整齐，表情肃穆。看起来在做法事。我向殿外一个戴眼镜的斯文僧人探问，他告诉我们，是在做普法事，就是给很多人故去的先人做超度。这让我想起了故去的父母……

我们没有多驻足，因我此行的重点不在此。

走过一排枫树，只见前面一座精致小巧的古雅庭院，这里便是乾隆南巡时逗留的行宫，名曰观澜阁。楼上下东、南、西三面都有透明大窗，于楼上长廊观赏江景，视野开阔，近看树木葱茏，远眺江涛澎湃。

从观澜阁穿小桥，过假山，便是掩映在银杏树下的焦山碑林。碑林墨宝之多，仅次于古都西安碑林，为江南第一大碑林。进了庭院，一块块碑刻镶嵌在回廊亭阁之中：书法、艺术、史料、历代墓志，等等，宛如一颗颗璀璨的明珠，琳琅满目。这其中，有很多耳熟能详的历代书法家的名字，使人观之，崇敬之余陡增几分亲切。这些碑刻或大或小，字迹或苍劲有力或娟秀飘逸，虽历经岁月的沧桑，有的已斑驳模糊了，但仍挡不住那动人之处，那一撇一捺、一钩一画，都令人啧啧不已。

向右拐，先至御碑亭。这是一座木结构的古式方亭，上盖琉璃瓦，亭中竖立着一块巨大的石碑，上面碑文是乾隆皇帝第一次南巡时作的《游焦山歌》，背面是乾隆第三次来焦山时作的《游焦山作歌叠旧作韵》。因是皇帝手书刻碑建亭，所以称“御碑亭”。诗中乾隆将金山、焦山两处风景加以比较，认为就山水本色来说，焦山更胜金山一筹。

回廊尽头，一座不大的四角飞檐、白墙朱栏、古色古香的房屋出现在眼前，匾额上书“瘗鹤铭”，这当然就是我此行最重要的目的地。

进得展馆，暗室内，射灯下，五块残片镶嵌石壁之上，这就是有名的《瘗鹤铭》的石刻残片。之前了解过，这块碑林中称为“碑中之王”的《瘗鹤铭》，是我国保存价值极高的“二铭”之一（南有镇江《瘗鹤铭》，北有洛阳《石门铭》）。

相传一日，王羲之携钟爱的两只仙鹤到焦山游览，不料两只仙鹤却不幸夭折在焦山。王羲之十分悲伤，用黄绫裹了仙鹤埋在焦山的后山，遂在山岩上挥笔写下了著名的《瘗鹤铭》以示悼念。因其书法绝妙，当即被镌刻在岩石上。后因岩石崩裂，坠入江中，长期受江水的冲击，风雨的侵蚀，以及不断被人凿取，如今只有这残存的八十余字，虽因灯光昏暗，岁月侵蚀，但仍可见字体潇洒苍劲，依稀似见王羲之“飘若浮云，矫若惊龙”般的气度。

从藏馆出来，左回右转，又观看了唐朝仪凤二年的魏法师碑。这块高大的石碑，稳稳地坐落在巨大赑屃的背上，雕刻精美、碑文完整，字体工整遒劲。最为奇异的是碑背面的居士排列上，把女居士的名讳排列正当中，彰显了武曌执政时期，女性地位的尊贵。我忍不住伸手摸了摸那忠诚负重的赑屃的额头。正在这时，一位导游带着几位游客进来，我们也就跟着听听这专业的介绍。讲解毕，他让大家摸摸赑屃的头、臀，然后告知：摸摸头，万事不愁；摸摸腚，一切搞定。再细看，果然头臀之处，油滑闪亮。这让我忍俊不禁。

我们来到焦山东侧的山脚下，这里石块嶙峋，土墙垒得厚重无比，细细一数，八个用石灰土夯实的炮堡，呈着扇形，面对着长江的入海口，这就是著名的焦山炮台。整个炮台是暗堡式，每个炮堡都附有一座小弹药库，另有一大弹药库在炮堡南端门外偏西处。整体都用三合土分层浇灌而成，坚固异常。据介绍，炮台建于1840年鸦片战争时期，当时清政府为了加强长江的防务，决定筹建焦山炮台，与圌山、象山、江都都天庙等处炮台成掎角之势。1842年，英军发动了扬子江战役，英军舰侵入长江，曾遭到圌山和焦山炮台守军英勇的顽强抵抗和沉重打击。焦山炮台守军，面对七十余艘敌舰，毫不示弱，猛烈炮击，但终因寡不敌众，炮台失守，守岛军民一千五百多人全部捐躯。英军攻陷镇江时，军民们进行了殊死抵抗，英勇悲壮的斗争引起了远在大西洋彼岸的恩格斯的关注，他在《英人对华新远征》一文中赞颂道："如果这些侵略者到处遭到同样的抵抗，他们绝对到不了南京。"在这里，我们肃然驻足许久许久，心中一股悲壮、自豪扭结而成的民族志气油然而生。

出炮台，拾级而上，先观吸江楼，再拜万佛塔，谒三诏洞，沿途一一赏遍摩崖石刻。那处处佳处妙景、种种旖旎风光已令拙笔阻滞，不做赘述，就留你自己去亲赏吧。

沿山下行，定慧寺的钟鼓之音渐响。半山腰止步，看，南渡至象山，北渡就可到瓜洲了。而那寺院里的一缕缕香烟，一声声佛号会将那些亡灵渡向哪里？

从此岸渡到彼岸……

从天上渡到人间……

从今生渡到来世……

从喧嚣到沉寂——寂寞瓜洲古渡头

“京口瓜洲一水间”，渡过这一水，就从熏染了尘世烟火喧嚣的焦山抵达了寂寞千年的瓜洲古渡……

说到瓜洲，不得不提到那一个个离我们遥不可及却耳熟能详的名字：李白、张祜、白居易、张若虚、王安石、陆游、郑成功、郑板桥、鉴真和尚、马可·波罗、康熙、乾隆……百多位的中外历史名人都曾在此驻足，留下了诗文或传说……

驱车穿过正在破土修整的街道，越过鳞次栉比的房屋，在一次次探寻中左折右转，我们终于找到了建在清代“锦春园”遗址上的瓜洲古渡公园。隔着紧锁的院门看去，庭院深远，野草疯长，颓败荒芜之气扑面。旁边就是扬州运河闸管理处，可是也静悄悄的。家人不甘心就此打道回府，轻叩售票处的窗户，半晌，看大门的老人戴着老花眼镜走了出来。听到要进园，诧异之余收了我们10元钱，打开门锁放我们进入。我看了一眼售票处窗口的标价，依稀可见：每人8元。

园里林木森森，曲径通幽。车子随路而缓行，至极窄处停下。满目蓊郁，那些草、树肆意地伸展着自己的肢体；很多亭台小楼、水榭花池都干涸荒废了，令人扼腕，不过倒是恰到好处地应了千年之意。

荒草最茂盛处，已遮蔽了道路。我试探前行，惊起了不知名的鸟雀，家人阻止了我。反身另觅，路旁赫然累累的枇杷果满缀枝头，个儿虽不大，但金黄淡绿煞是喜人。由不得欠身摘下一颗，酸甜可口。再看看身前左右，到处都是。想这荒芜的园子，这些果子就这样寂寞地生长成熟，真是暴殄天物。遇到是缘吧，我拣着大的、熟的边摘边吃，只一会子，就摘了满满一小塑料袋。

继续行走中，忽觉脚下踩了什么，俯身细看：呀，好多的桑葚。抬头，可不是吗，这是到了一片桑林。艳红、黑紫的桑果藏在鲜绿的叶间。家人出身农家，在和我谈及童年时，无数次提及这种稀罕物，倒并不是见不到，每年夏初，常有小贩挑担叫卖，我常买，但是家人总说不是小时候吃的味道。我总以为是他的怀旧恋乡之意作祟。此时，他忍不住摘下一粒，品尝之下，惊呼：就是孩提时的口味。我有些好笑，也就摘了一颗尝尝，果然是和市井买到的不同，酸甜浓郁，略带回香。此时恍然：看着院子，荒败久远，那么就是说没有施肥、洒药，更无人催熟、催大。树呀、果呀是在江畔的细雨微风中、日月辰光下自由生长，自然的滋味自是那些添加了人为因素的徒有其表的东西不可比拟的。我倒空了车上的糖果盒，摘了满满一盒子，要留给儿子尝尝这出自天然的美味。

这一阵的采摘，让刚刚一直沉浸在历史沧桑中的我精神振奋了许多。看眼前的景致，也明朗开阔了。

没有指示牌，只是随着路走，不问目的。不知何时，我已来到江边那据说有400多年历史的“沉箱亭”附近。枝叶间依稀看到破败的亭子，在萋萋芳草中摇摇欲坠。我走近、走下……

小小的六角亭子，朱漆雕花都已斑驳，似乎在叙述着那个充满悲剧色彩的杜十娘的故事……我抚摸着雕花底座上冰冷的石碑，似乎能感受到埋身江底的十娘那冰肌玉骨所泛出的针砭似的寒冷，耳边厢“三更鼓夜深沉，万籁俱寂，对残烛观蜡泪，我暗自伤情……杜十娘拼一个香消玉殒，纵要死也死一个朗朗清清”！抑扬凄恻的唱腔回桓不去……这个自尊自爱、爱憎分明、性格刚烈的奇女子，在那个金钱和权势腐蚀了人性，无视女性尊严的时代，却舍身追求相互珍爱与尊重的真情，怎会不酿成一出千古悲剧？

继续前行，不远，就是含江口——一座庄严的牌坊，外面就是码头。站在码头，细细端量：千百年过去了，古渡码头依稀保持着原貌，一波一波的碎浪舔舐着印满深深浅浅脚印的码头条石；一湾静静的运河水悄然流淌，在不远处与长江交汇；江岸上，一株老榆树探着腰身伸向江面，像极了一位历经沧桑的老人。不知它亲历过多少岸边踏歌和生死离别，目睹过多少繁花似锦和过眼烟云。

此刻，我驻足在这一座诗意的码头，看长长的江水洇透如诗如梦的婉约；江南岸边，焦山寺院佛经的号声，声声叩响无数个黄昏。千年之前，烟花三月，两岸桃红柳绿，那千帆云集，商贾如流，恍惚间偕烟岚而重现……

许久，反身回顾：依旧的荒园——亭台楼阁窗残门破，疯长的枯藤野草爬满院墙、盖过小路……似乎滔滔的江水已将千年的记忆一并冲刷殆尽，只有孤独和落寞终日陪伴着依旧庄重、古朴的瓜洲古渡。

流连于荒草丛生、落果漫地的公园小径；徘徊于杜十娘的沉箱亭内；伫立含江口翘望江河相连……恍若已穿越了漫漫的岁月。

“春江潮水连海平，海上明月共潮生。”

“潮落夜江斜月里，两三星火是瓜洲。”

……

张若虚的离情，张祜的乡愁，陆游的郁愤，白居易的情思……百多位的诗人留下的近千首诗词，让古瓜洲成为一个永不磨灭的民族印记，烙刻在所有人的血肉之中。

是的，人们不会忘记瓜洲古渡，这个诗意的码头，这个寂寞的古渡，以它的恒久让那些漂泊的灵魂停泊……

第四辑

雨季彩云南

都说丽江是个有故事的地方，是一个发生故事的地方。这旖旎湿润的细雨之夜，怕就是那些千姿百态的故事的背景了。回到酒店，已是深夜。我的收获是古城地图、碟片、印度檀香。燃上一支，在窗口，静静地看雨、听雨……簌簌、簌簌……这雨，依旧地在心头流淌，就像那个故事，无法终结……

穿行雨季之故事丽江

之所以首先选择落笔丽江，是因为在这里有一刻难得的独处静默和三个长长的、凉凉的雨夜。

经过近六个小时的颠簸，我们从大理赶到了丽江。在一家纳西风情的饭店吃过晚饭，就到了宾馆。稍事整理就睡了，因为第二天一大早就要赶赴玉龙雪山。

在床上辗转，听窗外沙沙的雨声。这雨陪着我一路走来，至今还徘徊在窗前。

忍不住蹑手蹑脚下了地，轻轻撩开窗帘……路灯寂寞地亮着，映着闪亮的路面。光晕里，细密的雨丝交织成纱幔，柔柔地罩着那些不高但错落有致的楼舍，显出隐约的轮廓……从我这个角度看去，此时的丽江没有歌舞，没有霓虹，没有一点点烟火之气。

落下窗帷，倚在枕上，静静听雨……簌簌、簌簌……这雨，一夜流淌在心上。

朦胧中，叫早的铃声响起，奔赴玉龙雪山，后观《印象丽江》。

午餐后，至黑龙潭公园，然后自行游览古城。

黑龙潭有多大，我不知道。在我眼里，和江南随处可见的小景公园差不多。石桥流水，修筑茂林中点缀着玲珑的亭台楼阁。走到了黑龙潭中间的石桥上，看到静静的潭面上倒映着玉龙雪山若隐若现的身姿，格外有一种山水相依的亲近，有些令人流连。

同伴催促着，下桥右拐，沿小径徐行，花木在左，流水在右。我喜欢水，只盯着静溪亲近，里面有大丛大丛、长长的水草，曼妙地随波舞着，不由得想起了水妖的头发，若有妖，歌声也一定如这舞姿般摄人心魄。

出得园门，前行不久就是古城入口处，那一大一小的水车据说是古城的标志物。水车看得多了，这里的也没什么不同，我只留意着那高大的照壁，白墙灰瓦，尽显典雅。

尽管天空还淅淅沥沥地下着雨，拍照的人儿还是络绎不绝。同伴是个爱美之人，喜欢照相，这也是她拉着我同行的最大原因。给她拍了照，就走进了小巷。很喜欢这样的小巷，不宽，只容得三两人并行。店铺的主人都很安静，少有招徕客人的喧嚷。一径前行，路面是由各种彩色石块墁成，凹凹凸凸，被雨水冲刷得格外洁净，连空气都是那样的润泽而清洁。两旁的房舍风格古朴，特有的民族建筑风韵。大大小小的门檐挂着古香古色的各种熟悉而又陌生的招牌映入眼帘：一米阳光、桃花岛、小巴黎……是了，这一条就是有名的酒吧一条街。或许是因为下午且又多雨，古城小巷安详而宁静。细雨霏霏中，拱桥流水，房前屋后静默吐芳的那些花儿，偶尔一两个纳西族妇女，穿着民族服装安详地站在廊檐下，呈现着丽江特有的少数民族风情。

过了这条声名喧哗而此刻却静谧的街巷，到了四方街广场。这里是古城四条主要街巷的交会处。行至此有些倦累，就坐在街旁的六边圈椅上休憩。

广场很宽阔，衔接着四条主要街道。因之于傍晚，或是雨，行人不多，疏疏落落。多是对对情侣，或三两结伴。偶见有穿及地长裙，足踏绣花布履，撑一柄绣伞，踽踽独行的女子飘然而过。细细雨雾中的背影，让人不由得忆起戴望舒诗中那个如丁香结般的人儿……刹那间，心思不由得恍惚起来。

晚餐，去吃了当地的风味——腊排骨火锅。热乎乎的食物，让被玉龙雪山的寒、纳西男女殉情的悲、四方街的雨浸透而僵冷的我渐渐复苏，有了丝丝活力。

夜晚，被同事拉去了四方街。她们要看灯红酒绿的酒吧，要寻找可心的饰物……而我，不知道此时可以做什么了。那么，干脆就像落到海潮里的人，随波漂吧。

一群人，确切说，是一群女人，很快淹没在比傍晚热闹多了的街道里。没多久，就被各自的需要和趣味分离了。我没有购物的欲望，只想静静地行走、看看。最后，身边就只剩下年龄最小的玲丫头伴着我了。

都说丽江是个有故事的地方，是一个发生故事的地方。这旖旎湿润的细雨之夜，怕就是那些千姿百态的故事的背景了。

夜晚的四方街更像个披着面纱的女子，让人看不清神态却又是那样想与之亲近。灿烂的霓虹灯火勾勒出房屋楼舍的轮廓，衬着那些穿梭不尽、红红绿绿的身影，真有些天街的味道。

陪着好奇的玲走过了一条喧哗的酒吧街。这街，一头连着四方街，一头通向古城入口大水车，应该是古城最繁华的所在。中间流水潺潺，杨柳垂枝。流水两边是鳞次栉比、在丽江颇具名气的酒吧。此时，酒吧里都已经是熙熙攘攘，灯光迷离，织锦灯笼与烛光相辉映，沸腾的音乐和着人潮澎湃。

这些酒吧，有的摆放着深红色的木质桌椅，欧式的壁炉，吉他手轻抹慢挑，浅吟低唱，给人以暖意。有的是充满原始气息的原木餐台、条凳，配着充满浓郁民族风情的饰物……加之歌手们不加修饰的嗓音，让人不由得产生释放自己的冲动。爵士音乐震耳欲聋地响着，沿河的阔大舞池里，人们扭动身躯，尽情挥洒着活力。这样的丽江之夜，属于那些奔放的年轻人。

我，禁受不住这样的热情，走进了清静些的五一街。这条街，多数是卖一些艺术品和饰物的店铺。玲被一家铃铛店吸引住了，她惊喜地告诉我：这就是她要找的电视剧《一米阳光》里的店。一米阳光的传说我知道，可是极少看电视的我却不知道有这样一部戏。看丫头兴致勃勃地挑选、描画……我随着一阵浑厚的吟唱走进隔壁一家碟屋。

碟屋很安静，没有顾客。两边墙壁的架子上放满了碟片。年轻的鼓手专心地随着音乐的节奏击打着手中的非洲鼓。我听不懂外文的歌词，只是感觉音乐一下子就钻进了心里。非洲鼓的节奏，特有的感染力，让我突然感到了无力。我静静地坐在长凳上，任凭鼓声一声声敲击在心头，迷离地看着外面流水般的人群来来往往，仿佛魂魄已游离于身躯……漠然俯视这红尘，甚至看到了自己，那样的彷徨……渐渐地，所有的思绪都被这音乐和鼓声抽走，只剩一颗简单的心了……

回到酒店，已是深夜。我的收获是古城地图、碟片、印度檀香。燃上一支，在窗口，静静地看雨、听雨……簌簌、簌簌……这雨，依旧地在心头流淌，就像那个故事，无法终结……

穿行雨季之玉龙第三国

先听个故事吧。

相传，在丽江，每到秋分的时候，上天就会洒下万里阳光。

在这一天，所有被阳光照耀过的人们都会获得美丽的爱情和美满的生活。可这招来了善妒的风神的嫉妒。因此，每到这天，天空总是乌云密布。带给人们幸福生活的阳光，总是被厚厚的云层遮挡着。人们的所有梦想都被那厚厚的云层所遮盖。风神有一个善良的女儿，她同情渴望美好生活的人们，就在那天，偷偷地把遮在云层里，能给人们带来希望和幸福的阳光剪下一米，洒在陡峭的悬崖峭壁上的一个山洞中。让那些爱情的勇者，那些对爱情执着而又不惧怕困难和危险的人们，可以在那天得到那一米阳光的照耀，因此过上幸福美满的生活。

这就是一米阳光的传说。其中，那个善妒的风神就是纳西殉情第一人，传说中玉龙第三国的缔造者，纳西女子开美久命金……

美丽的开美久命金和朱补羽勒盘深深相爱，却遭到男方父母的极力反对，伤心绝望的开美久命金殉情而死，朱补羽勒盘冲破重重阻挠赶来，已是阴阳两隔。悲痛之中他燃起熊熊烈火，抱着情人的身体投入火海，双双化为灰烬。

开美久命金死后幻化为风神。她在玉龙雪山顶上营造了一个情人的天堂：没有苦难、没有苍老，无比美好的玉龙第三国，专门诱惑失意的情人步她的后尘。

纳西文化中：人间和天堂之间，有这样一个地方——人与自然和平相处，相爱的人生活在一起。时间变得不太重要，命运也没有明显的起承转合。玉龙第三国显然具有这样的特征。

在《东巴经》里，是这样描绘玉龙第三国的生活：穿不完的绫罗绸缎，吃不完的鲜果珍品，喝不完的美酒甜奶，用不完的金沙银团，火红斑虎当乘骑，银角花鹿来耕耘，宽耳狐狸做猎犬，花尾锦鸡来报晓。这玉龙第三国就是纳西人心目中的爱情国度，理想的天国。所以，当纳西人的爱情不能完满时，就到云杉坪双双殉情，进入玉龙第三国，去获得永生的幸福。殉情前的男女会穿上最漂亮的衣服，带上最喜爱的物件，在玉龙雪山下生活一段时间，然后含笑而去。

这样的爱情观，如何不让尘世中浑噩的心灵为之一震呢。

那个第三国的入口，那个不胜计数痴情人儿舍身的地方，传说就是玉龙雪山脚下锦绣谷中的云杉坪。

云杉坪，纳西语称“游午阁”，意思是“情死之地”。它之所以对我有如此的吸引力，就是因为这个有着凄美与希冀相伴的民间传说。

在这个无穷无尽的雨季，在迷蒙雨雾笼罩的七月，我踏上了这块向往已久的土地。

乘坐环保大巴，换乘索道，我来到了这个海拔3240米的锦绣谷。换乘敞开式的缆车，穿行在茂盛的云杉丛林中。我坐在最后一排，面朝车后。车子无声迅疾地行驶，我有一些紧张，并不是畏惧速度，而是感觉太过快速地逼近，让我不安。若是可以选择，我宁愿，一步步缓慢地走进去。

很快就到达云杉坪的上步站。这里还不是云杉坪，到云杉坪还得步行一段栈道，也许这就是开发者的聪明之处。在这一段路途中，你可以放飞想象，在大脑里构思那个凄美的爱情故事。栈道两边都是参天的古树，绿荫匝地。栈道的木廊上，层层叠叠系满了各式各样的许愿铃。我挨近细看，种种笔迹：飘逸潇洒、清丽娟秀、稚嫩笨拙，甚至歪歪扭扭……表述着种种的愿望，绝大多数与爱情、婚姻有关。虽然实际生活中，人们已经给爱情附加了许多的砝码，甚至可以说，爱情已经成为消失在现实中的传说。可是，这个圣洁的爱情之国度，还是唤起了人们对爱情的渴望。那些心愿，看得人暖暖的。

一路看看走走，停停拍拍，不久听导游说，到了、到了。

一大块！隐藏在原始云杉丛林中的巨大草坪，豁然呈现在我的面前。远处，视线所及是高耸入云的玉龙雪山，雨雾弥漫中，清清冷冷地矗立着。我看不到那能给人带来幸运的阳光和圣洁的雪山。回顾脚下、眼前：坪内草甸平缓而起伏，被四围参天的云杉丛林包裹。那些树，高高低低，枝叶交错，在我眼里，宛如一对对人儿相互依偎着、缠绵着。高大的挺拔健壮，撑起一片能遮蔽阴云的天空；低矮的小鸟依人，修长的枝条，优美地伸展。二者似被温柔的情丝缠绕在一起。有风吹过，只听见簌簌的幽音，在林间盘旋。我停住脚步，痴痴地看着、听着：树与风应和着，风歌树舞。那样的动人、婉转美妙，那样的深情款款……

这就是云杉坪了，就是纳西族青年男女殉情之地了。这个传说已经被演绎成了今天的歌舞剧《鲁班鲁绕》，在张艺谋的《印象丽江》里也是主题。前者没有机会看过，但是同名的《东巴经》殉情长诗《鲁般鲁饶》曾深深感动我：高山上放牧的九十七个小伙子和七十七个姑娘集体“游舞”而死，这是多么的惨烈。但是，这个故事却因为有了玉龙第三国的存在，而使得相爱的年轻人从此过上了幸福美满的生活，从而渲染上一层温馨的暖色。然而，真实的纳西族殉情文化中，更多的还是令人心碎的悲情。在行前，看过一位老东巴的回忆录，那里边就记载了他所亲自经历的，无数次纳西族青年男女奋力抗争包办婚姻，在最终不能如愿的情况下，双双选择到像云杉坪这样清幽之地殉情自杀的真实故事。最多时有十六对情侣同时殉情。这种种的传说，使玉龙第三国多了一层凄美，云杉坪多了一层神秘。

巨大的云杉坪四周也是原木栈道，中间是不能进去的。我慢慢行，凝神看：绿草茵茵中夹杂着紫色、黄色、褐色的花，不时有扇动着美丽的翅膀的小蝴蝶轻巧地舞过。栈道上虽是流水般的人群，虽是断不了的欢声笑语。但我的内心中，却只有一片静谧。我茫然游走在人群之中，我的灵魂已经飘离，沿栈道缓缓绕行。她不听高声喧哗，她只看到那双双对对盛装的情侣，正情意绵绵地在这宁静的第三国里幸福着。

再长的栈道，也有行尽的时候。我踟蹰了一个小时光景，雪峰始终不能得见。没有什么遗憾，我知道，终有一天，我还会回到这儿，在一个无人的季节。可是，就要离开云杉坪了，心里却突然涌出一丝不舍。几次回顾，芳草依旧萋萋地绿着，我看到，那一对对曼妙身影的婆娑，在向我挥手。

回程，经过白水河、蓝月谷。

云杉坪脚下，有一条从雪山流出的河水，清澈明晰，因白石为底，水流其上，故名“白水河”。河水系雪山积雪融水，后又经岩层过滤，由泉水涌出而成。

我来到白水河边。果然，大大小小的白色鹅卵石层层叠叠积满河底，使得本就没有经受任何污染的河水，颜色更加明净。河边，我俯下身，掬起冰凉刺骨的河水，细心地洗手。据说在这里净手许愿十分灵验。

蓝月谷，是上玉龙雪山的必经之路，也是传说中，去往玉龙第三国的必经之地。很久之前，人们只有骑上圣洁的牦牛，才能蹚过湍急而冰冷的河水，到达理想的彼岸。

这是一条幽深的河谷，由河水冲刷，形成了4个大小不等的湖。湖水碧蓝，呈现幽幽的绿意。湖面水平如镜，映落水中碧蓝的天幕与湖边并不茂盛的丛林相映成趣，真正是一幅动人至极的写意山水。离开前，我曾在略高处俯瞰蓝月谷：近乎凝固的温柔、梦幻，湛蓝湖水中，些许的绿意点缀其间。白云连横，浮于山际，倒映在湖面，如梦幻影……这分明就是仙境。

按行程安排，我们最后来到了剧场，观看《印象丽江》。关于这出歌舞，很早就听说过，褒贬不一。有的极尽赞美，有的不以为然。我赞成一位朋友的看法，觉得再原始的歌舞，经过这样的整合，在这样的原始之地翻腾，终是有毁坏这一片自然、元真的浑朴之嫌。可是，由于是集体活动，还是要去看看。

露天剧场阔大无比，赭红色的背景在青绿的山谷间，衬着背后的玉龙雪山，格外夺目。

整场的演出，场面壮观，描述了此地各民族的生活、习俗。慢慢看进去了，距离遥遥，看不太清演员们的表演，主要是听歌声，那些姑娘小伙儿的声音还没有褪尽原始。《回家》响起，那歌声让我想起《东巴经》的《鲁般鲁饶》，想起了倔强的开美久命金和痴情的朱补羽勒盘，我甚至看到他们在熊熊烈火中的身影。听不懂的歌词，听得懂的歌声和旋律，我的泪终于潸然而落……

掩饰着抬起头。剧场后面，云雾在淡去，远远的玉龙容颜，瞬间展现，圣洁地逶迤着……倏忽间就不见了。瞬间醒悟：所谓爱情亦是一种神秘，亦如这云雾中的玉龙雪峰呀！真正的爱总是深锁在沉沉的内心的，无须撩开那层薄纱，明了的亦是明了。每个人的心灵深处是不是都存在一个玉龙第三国呢？或许，那些执拗的、不肯堕落的灵魂在那里已经轮回了无数次，而通往这第三国的心田，或许已被反复的足印踏出了无数条羊肠小道。内心的美丽百转千回，身外声色不动。

在去云杉坪的上步站路上，有很多当地人摆的摊子，都在放一首《阿哩哩》的曲子。曲调平缓舒展，有如梵歌。背景中我听出了笛子、匹克吉他和架子鼓的伴奏，间或有几个稍显华丽的波音，使曲子多了一些明亮。询问了一下，摊主告诉我，这首曲就叫《玉龙第三国》。回来后在网上当了下来，收在手机里。

啊哩哩，啊哩哩，花花色喂，啊哩哩
微风中牵着你的手
细雨里吻着你的脸
在这充满花香飘着飞雪的小桥和流水边
传说中你我永不分
歌声中你我爱到死
一起飞舞风中漫步云海的玉龙第三国
……

穿行雨季之宁静香格里拉

该写写我的香格里拉了。

香格里拉，是我此次云南之行的终极目的地。因为，那是一个久远的梦。

最早听说这个名字，是1987年吧，接待一位新加坡华裔诗人。闲聊间，给我们介绍新加坡，特意提到了这家酒店。对什么档次、设施并不感兴趣，倒是觉得这个名字格外的别致，就记住了。也好奇于它的含义，但并没有去探问。

大概是20世纪90年代初的样子，我读到了《消失的地平线》。詹姆斯·希尔顿在这本书里描绘了一块永恒、和平、宁静的土地。

大概是这样一个故事：大约在60年前，几个英国人因为一次意外而来到一个陌生的地方。那里，四面雪山环绕，大峡谷的谷底有金矿。在这个似乎与世隔绝的地方，他们受到了极好的接待。他们发现自己正处在东方文化的神秘核心——在这里时间似乎失去了意义。在峡谷中人们惊人的长寿。他们活得逍遥自在，静静地享受阳光和雪山的赏赐，却对峡谷的黄金不屑一顾。在这里多种宗教并存，藏传佛教被特别推崇。喇嘛寺领导着整个山谷，形成一个与世隔绝的社会。这里居住着以藏民族为主的居民，他们的信仰和习俗各不相同，有儒教、道教、佛教等教派，但彼此团结友爱、和睦相处、幸福安康。在这儿的所有领域，在处理各教派、各民族、人与人、人与自然的关系时都遵守着“适度”的美德。他们认为人的行为有过度、不及和适度三种状态，过度和不及都是罪恶的，只有适度才是最完美的。

在一个喇嘛寺院中，他们见到了当地的精神领袖——一个活佛。在活佛的影响下，他们中的一些人被东方文化所折服，他们觉得世界已向他们展开了令人惊奇和敬畏的一面。

这个地方被叫作香格里拉。香格里拉，是一种永恒、和平、宁静的象征。

这部书，成了西方人的《桃花源记》，为西方的文化价值观念，植入了人间乐土的意境。从此，香格里拉就成了“伊甸园”“世外桃源”“乌托邦”的代名词。

这之后，藏区、香格里拉就成了我心中的一个梦。

时光荏苒，梦终归还是以梦的形式存在，直到此次云南行。

晚间入住迪庆的萨龙大酒店。当晚，导游带我们去藏民家走访。还没到门口，便见主人一家唱着高亢、嘹亮的藏族迎客歌走出门外，先给每位客人献上洁白的哈达，道一声“扎西得勒”，然后献上香气四溢的青稞酒，再热情地把我们引到二楼上。

藏居很宽，到处是雕梁画栋，宽敞的客厅每面墙壁都贴满了藏八仙的吉祥画，客厅中间，有一根大红圆柱，导游卓玛介绍说：这根木柱的粗细象征一个家族的势力。

热情的主人，早早就在陈设好的一排排座位上放置了具有民族特色的酥油茶、奶酪、青稞粉、荞麦等食品。我们在主人的指教下，学着捏糌粑。之后是主人家的姑娘、小伙子，还有80多岁的老爷爷、老奶奶用热情奔放的藏族歌舞为客人助兴。悠扬的弦子醉人心脾，在这浓郁的民族风情里，你时刻都能感受到，在这个能歌善舞的民族里，每个人都是一颗自主的星辰，他们简单而快乐地生活。在这片天空下，他们可以尽情挥洒自己的喜悦或悲伤。

第二天清晨，我们早早就从酒店出发，前往普达措。那里有闻名遐迩的高原明珠“碧塔海”。碧塔海位于中甸县城约25千米的高山峻岭中，海拔3504米。是由雪山溪流汇聚而成的高原湖泊。

由于我们赶了个早，云海成了沿途的奇观。“人在云中行，云在脚下飘”梦境在这里变成了现实。

进入普达措国家森林公园，终于踏上了我魂牵梦萦许多年的这片神奇的土地。

导游提供了几种游览方式，我选择了步行。之前，朋友就提醒，像我这样的，怕是只能乘车了。并不是忽略他的担心，只是很想独自一人，独自行走。

先至属都湖。这里周围群山环绕，古木苍翠。湖水和天空一样湛蓝，一缕缕、一团团洁白的云朵静静地、低低地悬浮在湖水上的天空里，再倒映在湖水中。你根本无法分清，天空与湖水，究竟是谁映照着谁。天是净的、水是净的、空气是净的，连大片大片翠绿的青草，都洁净得没有一点点杂色。这是一种摄人心魄的宁静：一切纤尘不染，一切处于静止，就像《消失的地平线》中所形容的。停住脚步，屏住呼吸，伫立良久，只有一个念头：纵身……融化……

慢慢沿湖行走。穿过大片的原始森林，和木栈道两旁的野花邂逅，同那娇憨的小松鼠亲近，不经意间，走完了如诗如画般的2.4千米。约莫半小时后，我们又换乘环保车，到达了碧塔海。

如果用画来比喻这些高原美景，真真是俗到了家。但请原谅我的语拙，我真的再也找不出更形象的比喻了。只是属都湖该是一幅清丽为主色调的小品。而碧塔海则像一幅翠绿碧蓝的巨幅油画。湖水由岸边的碧蓝，一点点深下去，一直到湖心，形成了深邃的蓝灰。辽远的湖岸周围长着杜鹃花林，据说杜鹃花开时节，花瓣飘落湖中，被鱼误吃，不时有鱼被醉倒，漂浮在杜鹃花之中，随波荡漾，形成神奇“杜鹃醉鱼”奇观。

除了湖面的深邃、辽阔，引人流连的还有与之相依的翡翠般的草原。远远近近、零零落落不多的马匹安详地垂首吃草，没有一点点声响，更让人觉得无比的宁静。一路上芳草鲜美，野花遍地：有鹅黄、粉红、朱红……最惹人喜欢的是一种紫色的小花，一簇簇灿烂地绽放着。清新的空气中弥漫着醉人的花香，置身于这样一幅蓝天、草毡、碧水的高原风光之中，怎不令人痴迷、流连忘返……

身边的人都安静下来，绕湖缓行，只是不时举起相机，想把这些美景全部贪婪地带走。4.7千米的高原之路，没有一丝的疲惫和不适。我，带着满满的感动、体会，还有深深的遗憾离开了这颗高原明珠——普达措。

穿行雨季之大理三印象

此次云南之行，到了大理两次，但绝对是匆匆的过客。

乘车沿洱海边行进时，就想着什么时候再重访苍山，再游洱海。

或许源于这个心思，一直没有从记忆中翻检大理的影子。

今天，之所以想起这个地方，是源于茶。

和朋友聊起茶，让我想起大理，想起大理白族人的三道茶。

大理，只有两个印象深刻的影像：

其一，水墨长卷大理城。

抵达昆明的次日早晨，就坐上大巴前往旅行第一站：大理。

午饭后到了大理，我们只去了古城老街。

天，微雨。

看得出，老街多是做旧的新建筑。好在沿袭了古风古貌，加之因雨吧，游人较少。我乐于欣赏这薄雨中富有特色的建筑，就慢慢徜徉。

曾有人比喻建筑是凝固的音乐，是固体文化。苏州园林布局精巧别致，浓缩了大千山水之精华；徽州民宅无处不精致儒雅，讲究的是布局方正；皇城北京的四合院大气磅礴，内敛而不深藏……眼前的大理白族民居兼有上者并取其精华，于精妙中不失生活韵味，古朴自然，在深厚的文化积淀中彰显了浓郁的民族特色。

因是商业街，少见那闻名遐迩的“三坊一照壁”和“四合五天井”。倒是在民居建筑的一些细节上体现了独特的风格，如在门楣、窗户、墙面、院门等装饰修建上，处处都可见精美的雕刻、绘画装饰。门窗都是镂空雕花制作，各种动植物图案造型千姿百态，栩栩如生，情趣盎然。

常在江南流连，见惯了粉墙黛瓦。而此地亦是熟稔的“青砖黛瓦、粉墙画壁”，依旧传递着一种清新雅致的情趣，让我倍感亲切。特别是那富于装饰的门楼，精巧而雅致。大多像大大小小的殿阁，飞檐串角，依稀可辨那些泥塑、木雕、彩画、石刻、大理石屏、凸花青砖等内容，组合成丰富多彩的立体图案，显得气势轩昂、富丽堂皇，又不失典雅精致、古朴大方的整体风格。

面街房屋外檐的墙面上还绘有书画，像扎了一条腰带。书多为格言，画多为山水花鸟。墙面上还画有白色卷草花纹或墨色山水花草。街角、门口道路旁还有形态各异的花坛花盆，有我熟识的山茶、杜鹃、丹桂、石榴，还有很多不认识的奇花异草。看得出种花爱花是白族的传统，怕这也是白族人民长期生活在山明水秀之地，渐次形成热爱生活、热爱自然的体现吧。

漫步在古街巷道上，时而轻抚那手工扎染的蓝花布，感受那些白族姑娘们的细腻情思；时而，蹲在小小的银匠摊旁，看沉默的工匠，用那双粗糙而灵巧的大手，挥动一把小锤轻轻锻击。红红的火苗从小小的炉膛中蹿动着，在这微寒的细雨中，传递着一丝温暖。

要离开了。走出了古城门，驻足回首，看这些风韵别致的建筑，在青山绿水的背景下，就像一幅幅清新淡雅的水墨长卷，让人欣赏之余，油然而生一种亲近。

其二，人生百味三道茶。

大理三道茶，也是今夜谈论到的。

从丽江返回时，又到了大理。这一次要去参观白族民居，品三道茶。之后去瞻仰崇圣寺三塔。崇圣三塔是其三。是后话。

白族民居和在古街上所见风格一致。只是由于是官宦人家，气魄更大，"三坊一照壁"和"四合五天井"样样俱有，而各种构件的装饰纹样更为精美。在导游姑娘娓娓的叙述下，体会更深。这些待你们去后自己细细品味。

参观民居前，观看了一场表现白族婚俗的歌舞表演。对这个，并不是多感兴趣。倒是看歌舞期间，身着民族服饰的姑娘小伙子们奉上的三道茶，我细细地品了品。

第一道，观之，茶汤橙红而清澈，是略浅的琥珀色。嗅之，清香浓郁。对，是这种矛盾的感受，因为那清香之中，有一种焦香，给这香味添了几分厚重。品之，茶味之外，多有苦涩。

第二道，茶汤颜色略淡，漂浮着两个半枚的红枣。啜一口，甘甜无比。

第三道，茶汤颜色深褐，沉淀着少许细根草屑之物。端到唇边，一股馥郁之气抵达鼻端。浅饮一口，茶香中，甜、辣、苦，还有微微的酸……每一种滋味都不明显，但都能感受到。每一种又都不是单纯之味，就说那种辣，绝不是辣椒、葱蒜一类；那种甜，也不是糖；而薄薄的酸辛之气更带着几分圆润。茶尽看底，我只辨识出，细碎中，有花椒。这该是辛辣之味的来源了。其他的，不得而知了。

想想，这三道茶，和人生何其像也。谁的人生不是经历了艰难的奋斗，饱尝了苦涩，才会寻找到并品味出生活的甜美。然，循着岁月潜行，终有一天，那颗沧桑的心中会充满如第三道茶一般的复杂情怀，这情怀却又是那样的丰富而精彩，你定是万万舍不得用这份浓厚去交换之前的甜蜜。

启程。那位清秀的小导游问大家：三道茶喝过了？喜欢吗？众说纷纭。又问：喜欢第一道的请举手……你们正在奋斗中。第二道……在初享生活的甜蜜。第三道……我举了举手。我的座位在第二排，看不到身后有没有人举手。只见他深深看了我一会子，说：姐，你是一个有故事的人。悚然一惊。故事？谁的人生不是故事？只是故事的情节各不相同。

三道茶，由此，在我心中久久回味。

再见：崇宁寺外神思远。

之后午餐，就在苍山脚下一家挺有特色的饭店。

饭后，驱车直达崇宁寺。

远远地，就看到了闻名遐迩的三塔。堂皇大气地矗立在薄雾弥漫中的苍山怀抱之中。

轻风薄雨，润泽的气息。行走在洁净如镜的青石砖路面上，梵音佛号不绝于耳。那一刻，心静如止水。

雨渐密，坐上游览车，在寺内静悄悄地穿行。在宝相庄严的大雄宝殿前、在无人的方亭内。凝神看，用心读，默然坐，让清音在灵台盘旋。极目，且见淡淡薄薄的雨雾中，苍山逶迤，洱海蜿蜒，浅灰、银白，浅绿、深黛……间或点缀着姹紫嫣红。就这样，心中渐渐滋生出柔情，产生了与之融为一体的冲动，想象着，若是在这银苍玉洱、静谧山水间，有一间粉墙黛瓦的小屋，一卷书，两个人，三道茶……

结语：

时间，真的不禁过。匆匆间，那个七月，那个夏季，那一段的旅程，就成了永远的过去，再也不复重现了。尽管每至静夜，每至无人，那些明亮的景色，还会重现脑海。可是，那一段生命却已消失在岁月的流年，容不得你叹息。在时间面前，你为了挽留所作出的所有努力，都是那样的无力，甚至是那样的毫无价值。

而香格里拉、玉龙雪山，还有雨中的古城，那些个可以让生命图腾的人间净地，就这样让它和那些曾很温暖的过往，一起留在了记忆中吧。希望它们的星光和露珠、古朴与宁静，还能残存于我的额角、衣裾，寄托于这颗喧嚣尘世中疲倦的心灵，滋润自己的一生。

第五辑

相看两不厌

无法述说的感动，由心中一点一点满溢，直到泪湿眼眶。其实，人与自然的融合，就是在某一个不经意的时刻，你心灵的空隙突然被那一草一木或一云一星所填充得恰到好处，不空、不虚，也不壅塞。

皖南桃花潭

桃花潭水深千尺，不及汪伦送我情……一千年前的李白，对汪伦的理解让人喟叹。

在一个秋高气爽的周末，我们倾慕着李白的诗情来到桃花潭。景区内石板路的两侧，满是低矮的桑树林。虽是仲秋，可桑叶仍旧是鲜绿色。让人不由得想起李白的诗句：燕草碧如丝，秦桑低绿枝……

沿石径行走，先到的是文昌阁。文昌阁占地宽绰，外围有院墙，内有花径、松岗、竹林、水池。进得园门，细细端详，此阁呈八角形，共三层。三层屋面逐层加陡，八角翘向天空，翘角处瓦转九十度铺盖，造型典雅，别具特色，为皖南地区所罕有。每层八角均系有风铃。下面两层为铜铃，最上层为铁铃。

出文昌阁之后，走进南阳古镇，踏足在镇中那条河石铺成的街路上。长长的、深深的街巷两旁的屋宇，白墙灰瓦，岁月的侵蚀让墙体斑驳，昭示着无数风雨的沧桑。墙脚下，浓重的青苔，细细地述说着历经过的艰辛……整条街巷清洁宁静，曲折细长，通向东园古渡，那就是当年汪伦送李白乘船的渡口。

临渡有一奇特的建筑,叫“踏歌岸阁”。阁,跨街而建,街道穿阁抵渡。阁两层,从街右侧边门入院,穿院才可上阁。时间关系,我们没有上阁。而是径直走出巷门,抵达江边的渡口。隔江,直面相对的,就是闻名遐迩的桃花潭了。

桃花潭,不似我想象的那样。

在我的想象中,桃花潭应该是一个由陡峭的岩石构成的圆形的深潭,应该有颇为壮观的水面,更应该有令人叹为观止的深度。因为,李白诗说“桃花潭水深千尺”。然而,眼前的桃花潭只是青弋江的一段,只是小山下一个小水潭。

天色渐晚,夕阳红霞铺满了西边的天空。小山、小山上的亭以及稍远处那个有名的万家村,与天空的灰色,形成了剪影般的效果图,安详、静谧,似乎凝固在了那一刻。

我们踏上渡船,船夫舞动长长的竹篙,送我们到了对岸。那对岸怪石耸立,如狮、如象,似老树纷披,山峦起伏,一幅美丽的天然画卷。

上岸便是门楼,嵌题“桃潭西岸”。拾级而上,就是怀仙阁了。怀仙阁坐落在垒玉仙墩岩石上。垒玉仙墩地势高,临潭岩石悬崖陡峭,墩后衬出一片天然翠竹。三层楼阁依山临水,里面一层层造型奇异的门,给人神秘之感。观阁外,飞檐叠出,气势挺拔。缓步登阁,极目四望,桃花潭上下尽收眼底。夕阳下的青弋江清冷净洁、默默地流淌,微波粼粼,釉亮闪动,充满动感,似乎在告诉我:流逝,或许才是永恒。

良久,回到江边,又上了渡船,从彼岸回至此岸。渡船上,看到夕落的太阳红得像火,从西边山头直射过来,照耀在河东踏歌岸阁的粉墙上,“踏歌岸阁”的牌匾反射出耀眼的光芒。楼阁飞檐翘角,沐浴在夕阳里,生出了“西风残照,汉家陵阙”的苍茫意象,仿佛那楼阁不再是由砖瓦所成，而是由友情筑起的一座真挚的丰碑。

置身潭烟迷蒙中的渡船上，突然恍惚起来。仿佛穿越了千年，回到了那个盛唐时代。李白就立在船头，正在朝岸上的汪伦挥手致谢，高声唱道："桃花潭水深千尺，不及汪伦送我情。"……这一幅已过千年的友情场面，在我的脑海中又一次清晰地浮现，亦真亦幻……

如今，青弋江流水依旧，诗仙、豪士早已作古，然当今浮躁红尘中难以寻觅、真挚的友情将千古流芳。

晨昏查济行

渡过了那盛满深厚友情的桃花潭，驱车赶往查济。

此刻夕阳晚坠，少有车辆，路旁树木的颜色渐次浓重，显得这盘山道更为静谧而深邃。从桃花潭到查济不足二十里的路程，就这样缄默地在车轮下消失。

灯火阑珊时，抵达了查济。

查济是泾县一个具有明清风格的古村落，位于泾县、太平、青阳三县交界处，离桃花潭不足二十里。这里，一座座古朴的小桥，一道道潺潺的流水，鳞次栉比的古民居，庄严肃穆的祠堂，巍巍耸立的宝塔，飘逸的凉亭，还有一株株生命力仍然旺盛的古树，在你刚刚走近它时，就攫住了你的心灵。

景区前的十字街口，一家红灯摇曳的客栈门前停下了车。走进去，大厅空落，柜台后出来的老板，笑意蔼然。登楼看房，拐角的一间，宽敞整洁，俱是实木家具，有几分家的味道，犹得我喜欢。三两句问询后，决定就这里了。这时老板娘也从外面回来了，爽快开朗的她接过我们养鱼的桶，就进了厨房。那一拃长的呆子鱼还是桃花潭边的收获。不多一会子，豆腐炖鱼，外带几样鲜蔬就好了。老板娘还送给我们自己榨的南瓜汁，更是热心地教给我制作方法。

饭后，走出客栈，已是满天繁星衬着一钩银月。

走过一条喧哗的街道，这条街两面都是饭店客栈。很多的大、中学生，一群群地在聚餐烧烤，年轻的活力蕴藉在各种香气和笑语中。每家店门前都有红灯笼悬挂，但都不很亮，使得这些热闹没有掩去夜的静谧。

穿过村子外围新修的灯火辉煌的店铺厅馆，踏上延伸进村的小径，信步往村子里走去。灯火更加零落，都在深深庭院尽头的房屋中。小小的窗，昏黄着，倒是显得格外温馨。偶尔几声犬吠，流露出乡村的韵味。

愈走愈暗，渐渐已看不清房屋与道路的轮廓。停住脚步，暗忖别惊动了猫狗，扰了入眠人儿的清梦。

再次穿行商业街，那些孩子们还在，在唱歌。歌声或婉转悠扬或直率高亢，间或夹杂着哄笑声，那满溢的青春的气息让人羡慕不已。

客栈小窗望北。酣梦至夜半，悠然醒来，满室寂然。裸足至窗前，掀帘启牖。依窗凝眸，天空似一匹巨大的幕布，这天幕是透着青光的深蓝色的金丝绒，缀满了大大小小的星星。星星居然是金色的，可是没有月亮。于是，星星们格外璀璨、活跃。远处是山脉，黑沉沉的，逶迤出一条柔曼的曲线。

黎明即起。背上相机，悄悄走出客栈。环顾四下，万籁俱寂的夜色未退，薄薄的天光下，沿着昨夜的路，悄悄行来，渐近村庄。

一点声息也没有，只有我们轻轻的足音。乳白色，带点浅灰的薄雾从四面八方升起，整座村庄浸在这样的温润中，模糊了轮廓，也模糊了我的神智。你看：那灰墙青瓦，古树高木，在雾气的映衬下，显现出深深浅浅的黑白图案，还有些飘忽，就像步入了虚幻之中。还真不能用仙境一词来形容，因为，那些瓦檐石陌、小桥清溪，有着太多人间的烟火，令人亲近。

一径忘情地看，贪婪地嗅着这清新的乡野气息，把轻纱一般的雾气走得越来越清淡，山庄的轮廓越来越清晰。渐渐地，像走入了水墨画，只是这是一幅有声有色的画：有了鸡啼，有了早起的人们的身影，有了袅袅上升的缕缕炊烟……

在一条岔道的不远处，隐约露出一角庙宇的飞檐。我好奇地寻过去，却见一排三间略显低矮，极普通的民居，左右两间门户紧闭。中间大门洞开，传出阵阵钟鼓磬钹之声。稍近些，隐隐看到室内布置成佛堂。门前两侧是小小的菜园，一位灰袍僧人，就着低矮的龙头洗漱，然后把口杯里的残水，泼到那些青绿的菜秧上。

房后，就是飞檐的主体——一座新修的庙宇，有两三层高，算不得高大，但和附近民居相比，轩昂太多了。

相传查济昔日有一百零八座庙宇，虽无法查考清楚，但从行走途中所见的新庙老寺，还有那些荒废的基墟来看，数量确实不少。查氏向为礼义传家，此地又是富庶之地，惯于敬祖信佛，也自在情理之中了。

转身离开，前行不远，有两棵高大的樟树。

这两年，行走江浙皖，到过不少古村落，见过不少古树，特别是皖南，五百年以上的树木也常见。

这两棵未见其有那样的老，因为树干远没有那些古树粗壮。只是它们很高大，又在坡上路边。衬着崖下的瓦舍，更显得雄伟，树下有一长条粗粗厚厚古朴的石凳。

我走向石凳，因为我看到，一轮温和的软红，已在灰白斑驳的墙壁间闪现。

时至今日，我仍能清晰地在脑海里描摹出那朝阳。那是从来没有过的让你感到亲近的、温柔的暖红。晨雾中，她柔和而饱满，盈盈润润，带着几分水汽。一点也不耀眼，你可以瞪大双目，把她装进眸子。

无法述说的感动，由心中一点一点满溢，直到泪湿眼眶。其实，人与自然的融合，就是在某一个不经意的时刻，你心灵的空隙突然被那一草一木或一云一星所填充得恰到好处，不空、不虚，也不壅塞。

鸡鸣渐众，咿呀门响处，人语渐响。偌大个村落从长梦中醒来，开始舒展自己那虽庞大却不失柔美的身躯。生机渐浓。

旭日正好，薄雾已散。这千年的村落把古老、生机、沧桑中的美好清晰地呈现在我的眼前。

查济民居的外形全都是青砖黑瓦，一派徽风。房屋结构为多进式，或三进、或四进，进间有“四水到堂”式的天井，沿天井二楼廊廓置有“美人靠”；条石砌就墙基，柱基多为圆形雕石，墙体青砖，屋上黛瓦。传统的人字屋顶半掩半露，躲在重重叠叠的山墙后面。山墙造型丰富，有云形、弓状、阶梯式等，墙头呈翘首长空的马头状。从建筑学上看，这高出屋顶的山墙既可阻止火势蔓延，又具防盗作用。

乡民一脉和气，见之均含笑颔首，任我们随意进出观看，还有热情招呼进入室内的。这让我能更近地细细欣赏古老而精致的砖雕、木雕。所有的门窗扇格均有木雕，加之厅堂柱础的石雕、门楼门汇的砖雕，均繁刻精镂，玲珑剔透。而雕刻的内容各异，或花鸟、或禽兽、或人物，但无一不栩栩如生。

不辨东西，不挑路径地走着。时不时就与雕梁画栋、翘角飞檐的明清建筑劈面相逢，门旁的小小铭牌告知你它曾显赫的地位和如今的宝贵价值。什么诵清堂、爱日堂，都是住宅，却都是高大宏伟，结构精致。

印象最深的是德公厅屋，这是一座四柱三层牌坊式门楼，五朵斗拱的屋面，略带翘角，分三层覆盖着门楼，古朴典雅、雄浑大方。牌楼背面以镂雕手法雕出二龙戏珠、丹凤朝阳、鱼跃龙门、狮子滚绣球等吉祥图案，图案精美，活灵活现。

查济的建筑除了庙宇还有两多，一是塔多，二是桥多。青山、如松、巴山三塔，就是查姓家族为振兴查济文风，于清嘉庆年间集资兴建的。这里也的确出了不少文人名士，比如查秉钧、查春如都是清代书画名家。这样看来，这里不少地方是各个学院的写生之地，随处都有写生的学子，也就不足为奇了。除了山清水秀，雕梁美宅，更有厚实的文化底蕴蕴含其中呢。

再说桥多，聪明的查济人巧妙布局，"依山造屋，傍水结村"。民居的分布看似散乱，实则巧妙。你站在任意角度望去，都是一份幽景。这恰是合理运用了中国古典园林艺术的借景、对景等手法，形成"门外青山如屋里，东家流水入西邻"的"天人合一"的格局。房屋间有街巷相通，岑河、许河、石河三水合一的查济河穿村而过，逶迤的石渠绕着每家每户。那查济河因落差较大，清澈的河水叠瀑式地流淌，给这个古静的村子增添了不少的生机。沿河错落有致地建有多道石木小桥：拱石桥、板石桥、洞石桥，等等，将两岸民居相连。那些饱经沧桑的石桥，藤萝缠绕，远望犹如碧玉横架水上，与两岸青砖黑瓦遥相呼应。还有正在新修新架的，也造型独特，堪为一景。

行走中，还有一幕让我感兴趣——废墟。常常，在一条街的深处，或者就是路途的一拐弯，你就会见到一处废宅，残垣断壁，藤蔓遍布。推开斜倚虚掩的门，可以看到大大的院落，长满了荒草，房屋更是只残留了半片瓦檐。站在这样的院子里，岁月的荒芜感会淹没你，你才能真实地感受到时光的无情。还有的就纯粹是废墟了。没膝的荒草杂树中，残存的一个大大石柱门框，就那样兀立着，藤蔓缠绕着，那些牵牛还开出了淡紫、粉红的花儿，承着细碎的露珠儿，美丽无比。新生与古老，娇艳与沧桑，就这样和谐地融合在一起。我抚着冰冷的石座、石柱，想象着这里曾经是怎样的热闹：大人忙耕织，孩子在读书；养鸡喂鸭，笑语盈盈。又是怎样的家道式微，或举家外迁，空余这石柱，坚忍地面对岁月，无望地等候……

漫行在这些建筑间，高墙寂寥，空气中却有隐隐淡淡的香气。这里的人们喜爱花草，门前屋后，处处都有各色盆栽，加上巷陌路旁恣意开放的野花，让人们的心又轻盈柔软起来。不知不觉，走到了村子的尽头了。远远望去，金黄的麦田那边是层叠不穷的群山。山顶的雾气还没有散去，缭绕着、飘浮着，宛若仙境。

离开时，在一个坡上，看到一个大半人高的八面石柱，每一面都雕刻着一尊佛像，有石经幡为顶，煞是奇异。问询得知，这是查济特有的八面佛，相当于一座小庙。我想这八面佛一定会保佑与之相邻共生的人们，世代安享这一份宁静，传承这一脉文化，生生不息。

·相看两不厌

周六一早，开始了皖南的敬亭山之行。

“相看两不厌，只有敬亭山”，年年给孩子们讲这首诗，可是并不遥远的宣城却没有涉足，所有的了解都停留在文字上、想象中。

一路冥思，车已悄然驶近敬亭山，在薄雨中，车子静静地行驶。极少人，直到车子停在一座禅寺下，才看到几个少年男女在购香。

放眼四望：轻纱笼罩，雨雾温柔地把一座不大的山裹在怀中。身边一座造型奇特的朱漆三角亭，崖上是黄墙红瓦的禅寺，前方是不宽的、蜿蜒的山路，一直通向迷雾之中……

沿山道前行，觉得坡度挺大，步子渐缓。这倒让我得暇细览身边的景致。路旁树木都不算高，但葱郁异常；雨雾的清洗下，洁净异常；路旁野花很少，星星点点的是黄色、白色细碎的野菊；放眼望去，远黛近绿，深深浅浅，一水儿地绿下去，让你的眼睛像水洗了一般舒润。

行不久，一大片的茶园。茶树低矮，树头圆圆，一行行沿着山坡逶迤出一条条柔和的曲线。园旁有一标识牌，说明这里是敬亭绿雪的原产地。也不知道千年之前的青莲是否品尝过。

转过弯，就到了一个可以休憩的空阔方地，可惜石桌、石墩都被雨濡湿。右边，有石梯通往一座古朴的六角凉亭。走上去，亭边依旧是满坡的茶树。

石阶边是浓密的夹竹桃，低矮的枝条覆盖了石阶的上空，好多地方你要低头弯腰才得过。刚走两步，家人就被我的惊叫吓住了。之后，就是一路惊叫伴随着到了峰顶。那是因为蓊郁的树木上悬吊了极多的小虫。

家人看不善运动的我已气喘吁吁，就不再前行，沿另一条山路回返。心中正遗憾怎么没有见到李白独坐处，就见前方一扇六边瓶形的小门掩在绿树之下。走进去的我被一株奇异的桃树吸引住了。这株树，根部只有小碗口那么粗细，一人来高，可是苍老的枝干却一直向一个方向延伸，遮住半个院子，那细细的枝条似乎承受不了浓叶的重量，低垂着，每一个低处都用木板支撑着。看着这株树，你可以知道什么叫顽强的挣扎。

转过小楼的正面，太白独坐楼！金字匾额告诉我，我和一千年前的青莲居士在此不期而遇了。

端详良久，觉得一种荒漠凄清在蔓延。正门紧锁，楼上的木窗却扇扇洞开。我们绕过去，侧门开着，进入。空旷的大厅什么都没有，只有一座太白像独自侧身坐着，高傲的头颅仰望着灰蒙的屋顶。是了，那股子孤独就是从这儿生发出来的。细心的家人看到墙壁上的题诗，招呼我看。“慧眼不明不识真，酬逼真人万里云。踏遍千山敬亭美，大道光明人景亲。”另有一副对联：“楼中无人风扫地，一片好景鬼哭声。”落款为龙门廿五代传人，名玄岳子。繁体字，虽格律算不得工整，但字迹却是娟秀，不知是何许人。墙角有一道窄窄陡陡的木梯，沿梯上到二楼，还是空旷荒芜，木窗被风儿吹得吱呀微响，依窗远眺，云雾迷蒙，水烟缭绕，雨色山岚收于眼底。

突然想起来，南齐的谢朓有一首《游敬亭山》，好难理解，只“渫云已漫漫，多雨亦凄凄”一句深刻内心，而这句，是如此切合今日的景色！

那谢朓独坐、独游之处又在哪里？据说谢、李诗篇传诵后，敬亭山声名鹊起。之后，白居易、杜牧、韩愈、刘禹锡、梅尧臣、汤显祖、施闰章、梅清、梅庚都曾慕名登临，吟诗作赋，绘画写记，这也是一座“江南诗山”。若真是游尽，怕是要穷其一生。念及此，消了再觅诗踪的想头。

回到停车处，再细细读那座三角亭，原来亭下覆着一眼古泉“虎窥泉”。这就是梅尧臣《和真上人万松亭虎窥泉》的虎窥泉？那这崖上就是“闲云庵”了。不经意间，每一步都走在中华民族厚重的文化史上。就止步于此吧，剩下的，留待将来。

世外三日闲

结束了一个月的疯狂工作，就到了“十一”长假。选择皖南泾县爱民乡的三日休闲，就为避开闹市的喧嚣。

十月三日，一车二人，启程。

一上午的路程，心却已遥远，飞向那一片世外的净土。

清溪石影

车子驶进丛山，树木的颜色渐渐清新起来，打开车窗，洁净的空气奔涌而入将我拥抱。山路渐窄，细细凝望：左山葱翠，右边临崖近水；水势忽而大、忽而小；大处有稀落漂流的竹排、汽艇；小处三两农妇浣衣，五六孩童戏水沐浴。远远近近，皆是动人心目之处。

转过几道弯，山坡上几处民居，有一挺醒目的大广告牌：山乡野菜馆。

房屋前，不大的空地，充盈着山乡气息。一位和善的农家大哥早就迎了出来，清澈的笑容濯洗着一路上的风尘。没有围墙的院了里，种着各色蔬菜和平民的花卉，弥漫着直入心灵的清芬。

惦记着那清浅的碧水。打了招呼，都未及收拾行李，我就急着下河滩了。

很近，就在家门前。下小坡，过马路，就与那一脉清流相遇。

宽宽的河滩，遍是鹅卵石。大的，像脸盆；小的，和指甲盖儿一般，形态各异。一样的，都是圆的、椭圆、扁圆……毫无棱角。

我感受着脚下的不平、不稳，却还是步履匆匆，一直到那欢笑的清溪把清凉的吻印到我的足踝、小腿……

寻一块大大的石头，安安稳稳地坐下，与水细语。尘世的芜杂在此刻已远如隔世，满眼满心，都是这让人忘尘的种种。

这水，清澈得出乎想象。浅处，刚没过脚背。若不是阳光映射，一道道曲曲弯弯似金鳞般闪烁，你根本就看不到水，只是水底各种颜色、形态的石子，好看得可爱。

细细挑拣：这一块，有着细细的纹脉，像简单古朴的水墨画；这一块，暗红和烟灰斑驳着，色彩大起大落；这一块，手掌大小，紫褐的底子上，匀称排列的黑紫斑点，像煞了我蒸制的紫薯发糕……

我把这些摆放在水底一块大石上，闪着金波的清水像透明的软缎，静静覆盖着它们，它们的色泽在这水的润泽下，更加鲜艳而柔和。

看，那小鱼儿，只有寸长，深褐色的细长身子，环着一道道的黑，在水底的卵石缝隙间静伏，我的指尖还未触及，它们就惊得蹿出，瞬间就没了踪影……

沿溪上行，一俏丽农妇蹲在水边，洗菜剖鱼。细细瞧瞧，那鱼儿和我见的小鱼极为相似，只是体形大了很多，有虎口长短。闲聊几句，知道这鱼儿就是山溪里生长，滋味很不错，想来晚间可以尝尝了。

起身，远望。略远处，溪流旁，秋来水浅，裸露有大片的河滩，有数顶鲜艳的帐篷，有奔跑的身影，隐约还有嬉笑之声，一定是更爱山野的人们了。青山下，碧溪旁，高远的天空，璀璨的星星……这样的山野之夜，露营多好。

结庐深山

回到农家，吩咐了晚饭，看来还得有一阵子。于是，沿村间迷踪般的小路往村后行去。沿路所见甚喜：壮硕的冬瓜吊在细细的藤蔓上，摇摇欲坠。娇憨的丝瓜，弯曲着圆润的身子，顶着黄花卧在矮墙之上。家家门前都有一块平整的水泥地面，刚收获的豆棵整齐地摆放着晾晒。蹲下身，从爆裂的豆荚里翻拣出饱满的豆粒，看它们圆鼓鼓地睡在我的掌心，煞是可爱。

不觉间，已走进狭长山谷，本来这个村庄就在两山之间。谷底有清浅的山溪，淙淙地流淌。两侧满山浓密的竹林灌木。溪流上有一座小小的木桥。刚走到桥上，听到招呼，回首……于是，呆住了：眼前分明的梦境。

以层叠的青山为障，在丛生茂密的竹林、灌木的掩映中，一所小小的房屋，白墙黛瓦，屋后轻烟弥散，山溪潺潺，在门前拐了个弯，沿屋旁流走……

屋门紧闭，门上残破的春联告诉我，这里很久没有人住了。心中微微一动，竟有了据此为家的念头。

刚刚，我就是从它身边绕过来的，却没有发现它是如此的美丽寂然。或许，这正应了那句：不识庐山真面目，只缘身在此山中。只有远离，才能发现熟悉的美丽。

回到小屋旁梭巡，一栋三间青砖瓦舍，红漆木质门窗。透过右手一间布满灰尘的玻璃窗，可以看到室内山墙下一张小床架，木的，左手靠墙一张陈旧的布艺沙发，暗红的大花朵洒落在深米色的底子上，犹自给人一种温暖的感受。地上挺干净，没什么杂物，只有两张小木凳还随意地摆放在当中。似乎曾坐在上面上的人刚刚离去……转过身，门前是一块水泥坪，有半个篮球场大。再前面，就是那条斜斜掠过房山的山涧，我知道，那溪里就是淙淙的山水，纤尘不染。倚门看着，渐渐有些痴……若我客居于此，我必要砸去这些水泥，让那些青葱的小草自由地生长欢笑。再以门为始，用河滩上大大小小的五彩鹅卵石砌一条小径，直抵涧边。左边山花烂漫，右手瓜藤盘绕。小屋内，素白墙壁，青纱幔床，木桌瓦盏，深酌浅唱……

原来，梦想与现实就是咫尺天涯。若你能想开、放下，就是唾手可得。比如，我朝思暮想的小屋，此刻就在眼前，租下来，就可以过上这避世出尘的日子。然而，这只是一种形式，是梦想的外衣。又有多少红尘俗世的繁累牵绊，将每个不甘的灵魂牢牢地束缚……所以，每一次，与梦境相遇时，只是猝不及防，看着梦想擦身而过；所以，每一次，思绪驰骋过后，留下的只是怅然……

良久，家人呼唤，才意识到天色已暗。回到农家，山蔬两三样，四只清蒸蟹，自带的家酿。

不顾农家大嫂善意的劝告，我执意在院子里的鱼池边就餐。浅酌慢饮，看暮霭沿身畔青山缓缓四合，山势曼妙的曲线，在渐渐深蓝的天空的映衬下，愈加清晰起来。偶尔抬头，却星光隐隐，渐至灿灿。这样的星河，除了儿时，就是前年送母亲魂归故里时见过。此时，月华淡淡，星河璀璨，秋虫声声不绝于耳。由不得心地空阔而神思悠悠。天过暗，大嫂开了灯，引来无数飞蛾虻虫，这才觉出腿上、胳膊上被咬出无数的包包，只有仓皇逃离。

自进入山区，手机就没有了网络信号，偶尔的开阔地，才有微弱的显示，也无法上网。虽然不便，但带来的直接好处就是可以安静地看山看水，同时真正的休息，就像这一夜：洗了澡，换上家居服，走出房间，顿时被清凉的黑暗所淹没。在黑暗中，伸出手，真的感受到了不见五指的效果。伫立半晌，稍有适应，才敢轻步悄行。漫步在这纯粹的黑暗中，感受到无边的宁静将人柔柔地包裹起来。

竹林深处

一夜酣然无梦，醒来时，阳光透过窗帘的缝隙，映在素花被子上。身畔无人，知道习惯早起的人肯定去拍清晨的美景了。懒懒地起来，走出堂屋，天空碧蓝如洗，甚至有些耀人眼目；凉沁沁的空气纯净而湿润，就好像掬一捧能滴出水来。由不得人深深地、长长地呼吸。

早饭毕，沿昨天黄昏的路，继续向山谷的纵深行进。路途逶迤而不崎岖，无数的山花烂漫，从大米粒般，一直到巴掌大，惹来一阵阵的惊喜；还有蜂蝶，在鲜花碧草之间欢乐地流连，留驻于我的镜头；更有身畔那时缓时急的山水，一只小小的青蛙，一枚还鲜绿的箬叶，安静地在水面溪底，或静卧、或曼舞……不知行了多久，山涧愈加深了，人已经在半山腰了。一眼望去，周遭已经没有杂树，漫山遍野都是竹林。脚下是厚厚的竹叶掺和着茂密的杂草，还有的高地，粗大的竹根裸露，让你每一脚都迈步艰难。那竹子都有小孩子大腿粗，抬头看不清枝梢。平日里喜竹，也多有读过吟诵竹子的诗文，然此竹非彼竹。这样气势浩大，姿容轩昂的竹子,给人唯有敬畏。

向西,翻过山岭,就又回到了借住的农家。午餐是农家自种的蔬菜,还有农家大哥夜间在河里捕来的鱼儿。一拃长的身子是深深的褐色,环着一道道的黑,细长。加上豆腐红烧,极是鲜美。

高枕安然,长长的午睡后,跟着家人,从村子北面一条新开的大道进山。那是午餐时,农家大哥推荐:这条山沟景色很美,特别是深处有一条瀑布,颇为壮观。

秋来茶香

山里路途,一步一景。最喜处处可见的山水,虽越来越深,却不减清澈。且行且赏,在都市里那早秋的热燥此刻荡然无存,唯有沁人心脾的清凉,涵着大山的温润,将人融入。

大约半个时辰,山势渐陡,坡上遍生着茶树,脚下狭长的沟谷里也是,比常见的高不少,枝叶纵横,恣意地生长。我细细观看,每个丫杈间都有鲜嫩的新叶萌发了出来。晶莹的,叶边蜷曲,半开着呢,像一枚小小的叶船。“春苦,夏涩,秋白露”讲的是秋茶“味道和淡”,怕就是这小小的秋生芽叶吧?好吧,偶遇即是缘分,我且携你回家吧。随着心儿,按一旗一枪的标准,精心地采撷,半个时辰吧,只采了方便袋一小半,看天近黄昏,方眷眷地离开。

回望,茶树依然,心仍于其中徜徉,人在草木间,是为茶,可以想象,清茶入腹,则身内身外皆草木葱茏,馨香氤氲,必可凡俗顿忘。

山中三日忘忧行,尘世风云几多重。桃源再好,终是他乡。第三日的夜晚,这半袋青叶已被我草草焙制,静静起舞于我带回的山泉水中。

我看着它们缓缓舒展开自己的曼妙，想着自己零零落落的心事，就像这茶与水一样，是一段缘分。水不经茶，终是浅白。茶不遇水，也枉受蚀骨的炙炼。可是，不管如何，它们终有一逢，也算是不解之缘吧。但是，"金风玉露一相逢"时，水得茶之馨香，茶得水之滋养。演绎出彼此最美好的绝唱。

夜色周庄

这是一间临水的小楼,门前有一座小小的石拱桥,叫通秀桥。那么,这条小河就该叫通秀河了吧。

对岸是景区外了,因此这里极是安静。偶尔三两声房东两口子的对话,软软的吴语,间或有船划过,只有咿呀的桨声。

天台不大,却布置得很田园,很书香:原木桌椅,藤制吊篮,宫灯摇摇,花木扶苏。还有一架书,可以随意取阅。

一杯阿婆茶,放了茉莉花,已是香透,使得周身都泛着淡淡的花气。我想,怕是我敲下的这些字,也有着江南水乡六月的温润吧。

喜欢极了这江南水乡入夜的风韵,那就写写我与周庄的雨夜初遇吧。

前天抵此时已是夜暗,安顿好走了出去。天上下着细细的雨,整个庄子安静得如微酣。沿着小巷慢慢走,巷子里一个人都没有。我却突然想起戴望舒的那首诗:《雨巷》。悠长、悠长又寂寥的雨巷,应该有一个丁香结一样的姑娘。我把这话说给身边人,他笑了:你不也撑着伞吗?我望望:要是油纸伞就好了。

路面湿漉漉的,泛着光,幽幽地长,路旁的店铺还开着,却没有多少行人。店里的人都安静地做着自己的事。我喜欢看那些中年的女子，她们几乎都是手执针线，在编织。一根线、两根长针，岁月就在纤纤细指间，被编织成绵绵的温情。

三弯两曲，就到了河边。灯火在此刻次第亮起，倒影在河水里，幽幽地颤动着。河水流动，悄无声息，没有星月的波光，有一点寂寥和孤单，却又是那样的悠然自得。

心自悠悠地痴了、迷了。就拣临水的那排卡座的一处坐了。店主笑容可掬，可我却没在意听，只有那一波河水由眼至心。

一中年女子手拿歌牌问要不要点，婉拒了。她到了前面不远处，唱了起来，声音有些沙哑，却很是柔和。吴侬软语的小调和这雨夜却也相配。

趁着微凉的夜色，漫无目的地行走。一会儿在巷弄里，一会儿又到了河边，三步有两桥，窗对窗隔岸。

“君到姑苏间，人家皆枕河。故宫闲地少，水巷小桥多。”

我边信步缓行，边把杜荀鹤的这首《送人游吴》的前两句，在心里念了又念。

夜雨湿地，路面亮莹莹的，细细的青砖洁净，灯光在路面上微微地波动，使我的每一步都走在明亮中。

周庄，四面环水，水绕街镇。巷与河，便相偎相伴。一段长巷，必要接到河边，河上就有一座小小的石拱桥在安静地等你。

这些桥都是那么小巧玲珑、耐人寻味。据说周庄至今仍保存着建自元明清时代的石桥14座。我不刻意，却也觉得始终在与桥相遇。

夜色灯下，小桥静卧，似在酣睡。我喜欢那些半圆的桥洞，它们倒映在河水中，形成一个圆满。

富安桥、贞丰桥、梯云桥、报恩桥、太平桥……

我站在了两桥之间。清澈的银子浜和南北市河在这里交汇成十字，两条河上的石桥便联袂而筑，方向一横一竖，桥洞一方一圆。我走上石阶引桥，就置身于石拱桥上了，那一端就连着一架石梁桥，桥栏由麻条石建成。

突然想起南京真有条街叫三步两桥，可是却不见桥。哪如这里，一步跨两桥呢。

这就是有名的双桥。

细雨悄悄地停歇了。霓虹灯闪烁中，水汽烟岚迷蒙中，粉墙黛瓦，小桥流水，恍然若梦。我不知曾有多少人走过这些桥，可我知道我的每一步都能重合上一段历史。

桥静静地横卧在水面上，被九曲柔肠似的河流滋润着，妩媚着小镇的清韵，联结着古往今来的风情。

回返时，已近子时。客栈的架子床上，雪白的帷幕低垂，隐约透出蜡染青花的窗帘。帘外细细的水声汩汩，直流进我的梦乡……

· 爱民乡纪事

秋夜寒凉，点上茶蜡，炖上一壶茶，让茶香氤氲了整个书房。

壶中大叶颜色老绿，隐隐褐色，在开水中渐渐舒展，叶片很大。

这是皖南的朋友寄来的老茶。

还是在春雨潇潇后，趁清明假日，夫妇二人一车取道宁芜高速，又转至宣城，很快就进入泾县爱民乡。

爱民乡这里，是我熟悉的地方。有五六年了，我把这里当成了心灵的桃花源。也许是烦累了，也许只是想放松下身心，两个小时的车程，就到了这大山深处。这说起来容易，可在最初，我们有过走上大半天的经历。

也是宣城下了高速，不久就进了山。这山道，跟我们曾经走过的川藏线、神农架相比，不陡、不险，但弯多路窄，道路情况实在不佳，只得车行缓慢。左岸青山翠竹弯弯成荫，遮蔽了路面，右岸碧水缓缓宛若流动的碧玉。尤是这样的美景，都没有使我们轻松下来。特别是对面来车时，那车速不减，只到面前才戛然慢下来。偶尔遇到有小面积塌方或落石，路面仅容一车得过，若是有会车的，一方一定要紧紧地靠在路边。

好在当地的司机技术娴熟。家人也跑过很多险路,所以一路有惊无险,在美景的沉醉中和心惊肉跳中交织着。时时路边有山民,骑着摩托疾驰而过,更多的是提篮背篓,负重而行。突然想到,以前没有这虽窄虽险,毕竟可行汽车的山道,乡民们同外界的联系该多困难,怕是难得出山呢。

我们联系的民宿是在蔡村爱民乡的黄坑。当初这个名字是偶尔出现在一个驴友的记录中,我们费了挺大周折,才联系上唯一一家农家乐的老板,一位章姓大哥。

道路与山溪在两座连绵的大山中并肩向前,路旁偶有房舍,分布在不大的山坳中。一直到我认为最深处了。路左的房屋多起来,有一条小斜坡,上去就到了。家里就章大哥一人,这是一个憨厚清瘦的汉子。他招呼我们放下行李,赶紧吃饭,我们比预计的中午迟了一个多小时。炒的菜看起来很粗糙,但是味道不错,真正菜有菜味、肉有肉香。大哥说都是屋后院前自己种的,家里大嫂厨艺好,却是被镇上其他人家请去帮忙办事了,也算是收入吧。

看大哥衣着简旧,房屋还不错,特别是院子里还挖了一口不大的塘,养了几尾鱼。闲聊中得知,这地方原是靠山吃山,主要是满山竹子,还有些茶山。由于交通不便,生活不方便,所以风景虽好,却留不住人,年轻人都跑出去打工了。章大哥家有一个儿子,在上海打工,前一阵回来就想着搞农家乐。于是就在网上发布了消息,留了电话。只是来的人太少了,儿子觉得没干头,就又回上海去了。我们找来,他都觉得意外。

之后的三天,我们就在这深山小村,过着几乎与世隔绝的田园生活。因为这里没有无线网络,手机信号也几乎没有。我们等于和原有的生活失联,这倒是让我们得到最彻底的安歇,复归于大自然的规律。

黑夜来到数数星星，没有灯光污染的夜空，群星璀璨恍如梦境。鸡鸣时悄悄起来，乡民犹在酣睡。薄雾轻笼山峦，远黛近翠，山坳里零散的民居白墙红顶、青砖黛瓦，宛若仙境。如此美好的环境里，我们见到的都是五六十岁往上的人们，还有在县城读书放假回来的孩子们。因为闭塞的环境，发展的滞后，使得年轻一代都离开了这美丽的山乡，去到繁华的都市打拼。远的如房东大哥家的儿子在上海工厂，还有邻居家的两个女儿也在上海，近的也有在泾县工作的。即便是节假日，因为交通不便，也不怎么回来，这让我们感到这美好的田园生活中少了些朝气。

度过三天安静美好的田园生活，我却急不可耐地想离开。因为没有了网络是小事，手机无法使用，又不好意思总用房东家的座机，我和儿子失去了联系，这让我很不放心。或许正是因为信息闭塞，所以山外人不知道这里的美丽风光，山乡的青年纷纷外行。

临走时，房东给装上自家腌制的小菜，新结识的邻居凤莲妹妹给我带上新采新煮的春笋，还塞进来一袋茶，这让我突然感觉到我似乎不是离开素昧的异乡，而是故土。乡民的纯朴，使得主客间竟如久别的亲人。

源于这份亲近、纯朴还有深山的静谧，这以后，我把这里当作了真实版桃源，经常寄放我在现实生活里疲惫了的皮囊和灵魂。渐渐地这里有了变化，先是凤莲的两个女儿还有章大哥的儿子都结了婚，章大哥家的两个小夫妻在县城买了房，人又回到了上海。凤莲的两个女儿，婆家也是附近，婚后也依旧在外打工。不过来的游客渐渐多了，章大哥和他的夫人汪大姐都说托我的福，因为好多人是看了我和家人的游记慕名而来，一来就报名是王老师介绍的。他们的朋友再因他们而来，有时赶到假期，章大哥家住不下，就安排我们住在凤莲家。

凤莲是个性格爽朗的女人，曾经在上海做过一家企业老总家的保姆，特别会做饭。和汪大姐不同，她的菜带着城里的细巧别致。他们不是把我当成游客，而是客人。

记得第一次春天来的时候，章大哥递给我个竹篮，说我带你们去采茶吧，回来我帮你们炒。我们绕过村子，沿山间小路，经过漫山遍野的竹林，爬了半小时的山，才看到茶山。章大哥说，头道茶都已经采过了，现在可以采二道了，然后教我们怎么采，采什么样的。我说，你们采茶就在这里吗？大哥笑了，说，这儿不是主要的地方，真正的茶山远着哩，每次去都要一天，爬山都要两三个小时。

那天我采了快三个小时，只有小半箩。回去后，邻家少年看了失声大笑，说：王老师你采的品相不错，可是这个量，连猫都养不活。

再后来去的人多了，章大哥置办了漂流的橡皮筏子，还翻修了房子。客房多了几间，节假日儿子也回来帮忙，还在河滩上支起帐篷，带游客们烧烤。这条河不小，应该是汀溪的一段，在这儿随山势形成一个漫湾，叫月亮湾。河面阔起来，河水静起来，靠山的那一边挺深，看上去碧幽幽的。浅处则清澈见底，大大小小的彩色鹅卵石为底，细小的鱼儿在石缝间钻来钻去。这鱼儿长得慢，大的也就是男人手指般大小，可是肉质非常鲜美。章大哥和凤莲的老公都会在河里下一种长长的笼网，夜里置放，早上来收。鱼儿和一些大小不一的草虾一起蹦蹦跳跳的，成了我们午餐的美味。

后来暑假也去避暑。我们也喜欢下水，我不会游泳，就在岸边浅潭中坐着，透明的水被阳光照得温温的，触身如母亲温柔的手。那些身躯近乎透明的鱼儿就在你的身边成群游动，甚至穿过你的腿弯而无所畏惧，只有当你伸手或者身体一动，它们才四散逃离，瞬间不见。

有一两年，路更不好走了，是在修路。路修得慢，但在修，虽说灰尘漫天，路面坑坑洼洼，车子颠颠簸簸，却是嘴里埋怨着，心里期盼着——下次来路就好了。

是啊，路好了，进山的路拓宽了，新铺的柏油马路洁净得如同水洗，是等级自行车山地赛的标准，之后年年春天，这里都举办中国·泾县自行车邀请赛呢。

人多了，热闹了，章大哥家又盖起来一排四间客房，全部是标准间的模样。转过年，后面的凤莲妹妹家也在门前房后起了客房。月亮湾上也被外来的客商投资，做起了大规模的漂流项目。移动电话、网络信号也强了，家家都有大功率的无线路由器。天南海北的游客来了，都喜欢这里的山水风光，无污染的蔬菜和茶叶。旺季时我们就不去了，一是我喜欢安静，同时也不愿意给他们添麻烦。因为这几年下来，大家处成了朋友。但我每年春天都能接到两家的电话：王老师来吧，这周要上山采茶了。于是我就打点行装，找出时间，来到深山里恢复了安静的这个村子，住一两天，买上许多茶叶，带回来分给朋友们。

采茶的时候，是这里最辛苦的季节，乡民们一早就背着干粮和水进山，红日西坠才背着挎着鲜叶回来。草木识春，使劲地长，不抓紧时间，芽叶就老了。人们喜爱春芽的鲜嫩芬芳，茶农就要和春光争夺时间。

今年我去的时候，也是新叶正采好二道茶。一直阴差阳错，没能跟着乡亲们进深山采茶。

我们也曾几次自己进山。道路不错，景色很好，我们走上半天，自以为足够远、足够高，都人迹罕至了。可待返回时一描述，都是没有到达最高的茶山，而最好的茶就产在那里。

总想看到茶山高处，不仅仅是出于好奇或者好胜。几年来，我带回的茶征服了所有喝到的人。那是一种纯净淳朴的山野之气，甚至有远方的朋友从初春就开始盯着我，期待着。而每次我见到采茶回来的乡民们都无比疲惫。他们的衣着随便捆在腰间，背着大包的鲜叶，被春阳晒得黝黑的面孔和被树汁染黑的指甲，让我明白他们的劳作绝不是戏曲里采茶女那翩翩的舞姿般浪漫。这比较符合我认定的一个规律，每一种的美好都来源于辛勤的积蓄，茶香也不例外。而我想追寻这美好的源头。

采回来的茶要在通风阴凉处晾晒，然后才炒。这里家家都有茶房，有炒茶机，很多人家差不多全机械化，炒茶烘茶都用电。但是凤莲家一直坚持用炭火。除了机器翻炒，其余工序都还是手工古法。春寒料峭的夜晚，茶房里灯火通明。炒茶机下和烘茶的木笼中炭火明亮，散发出温暖。我最爱待在茶房里，看凤莲灵巧地端匾倒茶，木耙轻拨，茶香随着热气蒸腾起来，氤氲了灯光。我看着那柔软的鲜叶在炭火催热的炒茶机里翻滚，渐渐裹起身子，变得消瘦干硬，肃穆起来。等凤莲提起炒茶机，炒好的茶叶就都倒到了前面的木槽里，我会拈起一撮放在手心里，托到鼻端，细细地嗅香。那是一种炙炼后显得厚重浓郁的草木香氛。

这一次住在凤莲妹妹家，她的两个女儿都回来帮忙了。家里还有两个小宝宝，三岁了，正是顽皮可爱的时候。尤是这样忙碌中，凤莲妹妹的老公查兄弟，还是决定带我们去采高山茶。

头二道茶刚刚采完，茶农们多数都在家里休息，清晨的小山村无比寂静。稍事整理，吃了凤莲妹妹准备的早餐，就随查兄弟出发。

我们要去的茶园，叫十里长涝，据说进山后还有十多里山路。当地茶农都是备好干粮和水，一早进山，干上一整天，日落才归。能干的熟手能采 20 斤鲜叶，出三斤茶。

进山前，大家对我都有几分担心。家里的大妹有些惊讶说：阿姨，你真去啊？得到我肯定的答复，她再三嘱咐，要慢些，小心。

因为我们，平时一个小时的路，今天走了快两个钟头。途中仅遇一位早起的山民，他已经完成了采摘任务，就要回去了。我扒着他的大篮子看，都是肥肥大大的叶片了。这就是山民们自己喝的大叶子茶。查兄弟今天也是要采这种的。

一路行来，草木芬芳，野花灿烂，修竹茂林连天蔽日，清风拂过，飒飒有声，风景如画。然而，腿是越来越软，脚是越来越重。最后半小时的路程，我们是沿着"之"字形山路往上爬，路只有一脚多宽。我不知我脚下的山有多高，可我望得到对面的山峰，绝不比紫金山矮，而且重重叠叠。

抵达茶园，接近山顶。这一片茶园在山林之间，山坡陡立，驻足都难。原来这些都曾是野茶树，藏匿在茂密的山林里。后来人们把树木砍去，茶树见到阳光，生长得茁壮起来，就成了一块块茶园，一代代地发展下来。我好不容易站稳，四下里张望，发现这里似乎很荒芜，不像曾看到过的那些茶园，茶树整齐肥壮。

对我的疑惑，查兄弟给了我最意外的惊喜。原来这里的人们不打除草剂，不施农药。夏末秋初，茶农会请人来拔草，草就堆在茶树下，风吹雨淋，沤成天然草木肥。而这周围，初春开始，满坡的野花芳菲，熏染的茶叶也有几丝花香。查兄弟说，用了化肥和除草剂，是省力，可是要不了几年，土地就不好了。特别是这样的陡坡地，若是土壤板结，雨季时水土流失，不仅茶园受损，连这里的山水都会受污染的。他直起腰，四周望了望，说：如今日子好过了，可不能干断子孙根的事啊，现在这样是辛苦点，可是给子孙留下了好土地、好茶树、好山好水啊。

心中感佩油然而生，这就是口口声声说自己没文化的山民，这样一份对家园的热爱,对后代的责任,在我耳中心里,比那些冠冕堂皇的大道理,更有一种让人踏实的感动。这些朴实如山间林木的乡民们,是民族兴盛的沃土大地。

我感觉自己像一只大大的壁虎一般,似乎是贴伏在山坡上才能行动,从一棵茶树挪移到另一棵。接近中午,我的竹篮里才有半下子,查兄弟看了看,夸我手巧采的品相都好。我看他那个比我大好多的筐里已快满了,都是三四叶的,肥油油的浓绿。这样的大叶子茶耐泡味浓,在盛夏之时,泡上一大壶,晾凉了,喝着十分解暑。而到了深秋或寒冬,手捧一杯老茶,茶香浓郁热气氤氲,也能温暖一个个寒夜。

日过中午,我们找了棵大树,坐下来歇息午餐。查兄弟还在远处忙着,那里地势更不好立足。凤莲给带的鸡蛋和炒饭此刻吃起来格外香。饭后收拾了下,我们就准备返回。一是想趁午后光线好,沿途拍些风景;二是想着目前我们这个体力肯定走不快,时间晚了,拖累查兄弟。见我们要走,他再三嘱咐要小心,路旁有下山人放的木棍,可以取用。我们把带来的梨子悄悄放在查兄弟放水壶衣物的小篮子旁就返程了。

晚来,凤莲帮我炒茶,她笑我采的好少,查兄弟就把他采的倒进来不少,说:反正你们自己喝。

我看着那一篮子鲜叶倒进炒茶机,随着机器的簸动,渐渐发暗,蜷缩,成条索,依旧的草木香氛中多了几丝亲切。我想,我是从骨子里爱上这深山草木的纯粹和深山里纯朴的人们了。因为我不仅在这里享受到了世外桃源般的古朴幽静,乡民们亲人般的相待,更感受到这些年来这里令人欣喜的变化:道路宽了,游人多了,年轻人回来了。曾经寂寞的山村有了生气,也热闹起来了。人们的眼界宽了,生活也更好了,特别是他们更多了环保意识,有了更长远的发展眼光。

最近这半年，忙碌的工作阻断了我再去的脚步，却没有阻断我和这深山小村的联系。凤莲和她的大女儿都加了我的微信，如今她的大女儿留在家里做农家乐，娘儿俩常在朋友圈晒山水，晒游客们的游玩活动，还有他们给客人准备的美食。我知道游客越来越多，入秋时，还起了新房，全是用来做客房。凤莲说，我再去，就可以住条件更好的新房了。

这么忙，她依旧记得我，记得我带回的春茶肯定喝完了，把自己喝的老茶寄给我。

斟上一杯，茶色澄黄明澈，茶香扑鼻，浅啜一口，和我带回的头道、二道茶相比，少了些鲜嫩的清香，入喉厚重的香中有微微的苦涩，但只转眼间，回甘弥漫于口腔，似乎带来修竹茂林间的清凉，是纯正醇厚的山野之气，一如那些可亲的乡民。

第六辑

失落的故乡

母亲当初的离去，和以后的未归，难以说清，是故乡抛弃了她，还是她丢失了这片土地……在朋友文中，读到这样一句话：故土还在。是的，岁月的风沙，侵蚀了历史，故人不见了，故居不见了，故乡也不见了，只有脚下的这片故土，还留存着祖祖辈辈的血脉和气息。这就够了，缘着这一缕记忆里的乡愁，我们每个人，都会找到自己梦中的故园，让疲惫的心灵栖息。

失落的故乡

母亲故去，我最大的心事就是老人家的安葬问题。因为她生前表示极不愿意回父亲的故乡，而三十年前，妈妈却把故去的父亲安葬在冀中平原那个小村落里。因为，那是父亲日思夜想的故土。

不论是如何的纠结，终还是循着嫁夫随夫的传统，我还是在三年前把母亲送回河北，同父亲合葬。

之后的光阴中，常常回忆起这一段艰难的心路。蓦然惊觉，妈妈已经在潜意识中把自己归于那块她既嫌惧又牵念的土地了，那是和父亲融为一体的。要不，为什么每每叨念的都是她所说的那块贫瘠的土地。而她自己的故乡，我只在童年，父母膝下盘桓时听到过，还只是一个离开的沉重起点。而后就湮没在父亲逝后的岁月中了。

去年夏天，在整理旧文件时，发现了一封书信，陈旧却完整，字迹潇洒俊逸。信笺的开头抄录了一段毛主席语录，称呼是爱兰侄女。爱兰是母亲的名字。信中告诉已经在公社开具了证明，证明母亲以及外祖父母，没有分得老家的财产。落款是三叔姜仁吉。信封上的地址是一个陌生却觉得熟悉的地方：山东省黄县新嘉公社位姜大队。母亲的祖籍不就是黄县？母亲就是姓姜啊。

捏着这封信，思维突然一片空白。我心心念念的就是父亲的故乡，我的祖籍。怎么从没想想，母亲也有故乡？可是、可是，她童年的脚印温存着的那块土地怎么就让母亲搁置在言语之外？无论眷恋或者憎恨……

心中一阵疼痛，那块土地突然漫天铺展开来，似一层网，紧紧缚住了我，只是无言的窒息。

还是去年，国庆长假前，家人神秘地告诉我，安排了一个给我惊喜的旅行之地。惊喜？每个假期都出行，或长或短，我已习惯了这样一种放松。对我的不以为然，他果然忍不住告诉我，源于一个信封，他找到了母亲故乡，找到了还在的亲友。他想带我回去，寻根访故。

我，开心不已。整日思忖着给故乡人准备什么礼物。

但是、但是，随着时间的必经，心情却越来越惶恐，甚至是害怕。终于在行前，我推翻了这个返乡的决定……

春节时，家人告诉我，老家的亲友来电话问候了。心中油然的暖意和歉疚。就说，还是去看看吧。

然而，今年的五一，老故事重演：我又一次地逃避。我分析不出自己的心理，是在躲避什么？又是什么使得我脚步重重，欲行又止？

匆匆又是一年国庆近，家人旧话重提。想到清明回乡，给父母扫墓时，那三年坟上已有衰草轻摇。想又能有多少时日，我可以自由地行走找寻呢？于是，就有了这一次的胶东半岛行。

假日第一天的，拥堵的路途人人讨厌，可却在一定程度上舒缓了我忐忑的心情。

果然，没能按计划，黄昏时分，不愿夜行的我们搁浅在赣榆。

看过海边滩涂，寻到徐福祠。看看两千年前这位为主寻仙的方外之士。

徐福，齐地琅琊（今江苏赣榆）人，秦时著名方士。他博学多才，通晓医学、天文、航海等知识，且同情百姓，乐于助人，故在沿海一带民众中名望颇高。传说，他又是鬼谷子的关门弟子。学辟谷、气功、修仙，兼通武术。他出山的时候，正是秦始皇登基前后，后来被秦始皇派遣，出海寻仙药，一去不返。乡亲们为纪念这位好心的名医，把他出生的村庄改为“徐福村”，并在村北建了一座“徐福庙”。

此刻，我就站在这座庙前。

广场空阔，石砖墁地，坐东向西的庙宇在多层台阶之上，显得更加轩昂。拈裙移足，悄步登上台阶，走进造型精美，古色古香的仿汉式三层门阙。一个方正的院落，甬道两旁是高矮错落有致的花卉草木。

流连在安静的寺院中，思绪乱纷纷。想那徐福东渡，在两千年前当是空前的壮举，而由于徐福第二次扬帆东渡的一去不归，给这壮举涂上了神秘色彩。而秦始皇病死于沙丘，徐福“得平原广译，止王不来”时，又何尝不是最好的结局？

自古以来，有多少离乡者？又有多少得归？怕都是如同我的母亲，随岁月飘摇，埋骨他乡吧。母亲离开时，或许还想着有一天能重回故土，可是，命运的结局虽与古人暗合，却是迥然的际遇……

第二天，继续沿海东行。道路通畅，心情却起起伏伏。凝眸于远方，看天渐蓝渐浓，云渐白渐低。到了平度附近，这天空宛然一幅透亮的水粉画：蓝得通透，白得洁净。那些云朵不算大，一朵朵低低地悬浮在天空，在我眼中，这就是盛开着洁白雪莲的花园了。这，就是母亲故园的天空了。

近午时，抵达龙口。过了收费站，家人停车，征询我的意见。一阵茫然排山倒海般涌来，淹没了思维的能力。他调看了导航，说，有个姜村呢，会不会就是……我肯定地点头。

十几分钟后，车子驶进一个村子里。村子规模周正，东西走向的大路两边，高大的瓦房整齐地排列着，一条条小路笔直，把村子条理清晰地连通起来。有祖孙三人在收拾玉米，金灿灿的玉米棒子堆在院墙外。爷爷和父亲用大大的平锹，一锹锹地把玉米扔上屋顶，小孙子跑来跑去地收拾着、玩耍着。地上摊着一地的沾满黑色泥土，胖鼓鼓的花生。一种沉静使得这个村子透着富足的安详。这是母亲的家吗？我坐在车里不动。家人下车询问，过会子回来，说没问到。还是先回市内，再给亲戚电话吧。

到了酒店，家人先给亲戚电话，然后办理入住手续。

我依旧在车内静坐，想着，来的应该是表亲，是表兄还是表弟？和母亲准确的关系是什么？

正想着，就见一中年男子走进宾馆大院，稍一打量就直奔我的车子，径直敲了敲窗户。我赶紧下车。

“南京来的？”

“是，他在宾馆。”我指了指，慌乱地说。

“住什么宾馆。”他大步走了进去。

很快，两个人就都出来了，没有什么寒暄，就上车回家。

路上论了年纪，我为大，是表弟了。

家就在不远处，三拐两绕，驰下大路，车子很快就停在一户人家墙外，表弟招呼着下车。这里不是刚才的姜村。更……破落些，不太大的村子，新房叠着旧屋，旧屋不修，新房也多有砖墙裸露。在周遭林立的的高楼的包围中，显得很沧桑。有些失望，更是疑惑。

走进表弟家大门，沿院墙是新盖的房屋，是平顶，正屋是人字顶。原来姜村那父子是往围屋的平顶上扔玉米晒呢。

老家的房子也很奇特，似乎是屋套屋，重叠着。

坐定，手捧热茶，和表弟叙谈家常，一一印证血脉渊源：我们的外祖父是亲兄弟。兄弟三人，我祖父为长，被高祖送到大连经商；在青岛的商号由二外公执掌；三外公，就是表弟的外祖，最小，留在家中守着祖产。

走出家门，跟着表弟，行走母亲的村庄。

村子不大，房子排列整齐。一排两栋，每栋近百米，有十几排。我们沿着两栋间的小路缓行，问起外祖原来的老宅。表弟指给我们看：左右两栋，各有小半段那么宽，纵深近百米。都是原来的老宅，有十亩地呢。1947年“土改”时，被分了，现在前面小学的球场都是老宅的庭院。

我细细打量，满目的大瓦高屋。就是外墙不一致，有的甚至没有做墙面。弟弟说，是因为要拆迁了，大家就不费神了。找不到老屋的痕迹，看到我怅惘的样子，表弟带我们绕到其中一栋的后院墙外，隔着铁门，可以看到大屋包围中，在角落里，有一栋一间两厢的小瓦房屋，孤零零的，很凄凉却不失端正娴静。腾地，想起母亲。是这样的小屋里，走出来那样的坚强，才能用安然的态度，走过数不清的艰辛，走过了山重水复。

眼前，似乎有一个小小的身影，和这座老屋重叠着。想着，年幼的母亲，小小的足迹，必是没有走出过这个大大的老宅，小小的村落。就在懵懂中，背井离乡，成为断线的风筝，让这个家，成为眼中望乡的疼痛。

晚餐，在街对过不远处一家挺大的酒店，表弟为我点了皮皮虾、牡蛎、海螺……让我点菜时，我问：有没有饺子？有。鲅鱼馅？有三鲜、牛肉、蔬菜的，鲅鱼馅的没有了……

又是一阵失落！我多想吃一顿母亲那么怀念的故乡的鲅鱼馅饺子。

或许是血浓于水，一餐饭温暖无比。特别是乖巧、懂事又漂亮的外甥女，灵巧的手儿为我熟稔地剥着皮皮虾的壳儿，让本就喜爱女孩儿家的我更觉熨帖。想着，母亲的当年也一定如此。只有这样灵秀、温厚的底蕴，才可以抵挡此后的岁月中，风霜雨雪的侵袭。

走出酒店，已近子夜。酒店的霓虹灯火灿烂，使得这个秋夜的凉风也有了几丝暖意。表弟说这块地原是是村子的，卖给人家盖了这间酒店。

走过长街，远远看到母亲的村子，在林立的高楼拥围中，缩紧身躯，黯淡地静卧着，有着说不清的苍凉和无奈。或许要不了多久，这一片尚存几分田园野趣的平屋院落，也将被水泥森林所吞噬，由不得几分悲哀。回想自己这些年的行走中，常常在猝不及防中跌入时光的断层——当初巍峨耸立山巅的白帝城，变成了水洼中的一个孤岛；古迹遍地的屈子故里，也已沉睡江底……我的祖国，这有着五千年古老文化传承的祖国，要怎样守住你的厚重的积淀，才能令你停下疯狂的脚步？

故乡第一夜，安睡无语。这也是很奇怪的一件事：自母亲安葬后，挑床难眠的我，睡眠好了很多，特别是外出旅行，竟常常在陌生的酒店，长酣不起。

头一天，就和表弟一家说好，不扰他们，我们独自看看，然后继续前行。因此，吃过早餐后，驱车直奔了徐福祠。就在徐福大道旁，一座小小的庙宇，门锁着。庙前满地金黄，成片的是剥好的玉米粒，大堆大堆的是玉米棒子，一些农夫村妇，正在那儿说说笑笑地剥玉米。近前探问，得知此地为徐福村，这个庙就是村里的祠堂，里面有家谱，可以烧香。绕墙转转，看到后院深深，树木蓊郁。那些亭角飞檐，隐隐约约，颇有古意。

驱车前往屺坶岛，途中经过一个安静的小村庄。路旁的房屋青石起地，青砖为柱，白墙灰瓦，斑驳的陈旧中，隐隐透着沧桑的安静。

登屺坶岛，看南山湿地，跑进路旁的果园，大呼小叫摘苹果……不一一而论。再启程时，家人说马上就出龙口了，前方的目的地是蓬莱，之后烟台、威海、文登，然后结束胶东之行，回宁。听了，心头猛地一凛，强烈的不舍突然袭来。这突兀的寻来，又戛然地离去，全是我的率意。而母亲的村庄，没有了故景的故乡，却默默无语，就在那里。母亲当初的离去和以后的未归，难以说清是故乡抛弃了她，还是她丢失了这片土地……在朋友文中，读到这样一句话：故土还在。是的，岁月的风沙，侵蚀了历史，故人不见了，故居不见了，故乡也不见了，只有脚下的这片故土，还留存着祖祖辈辈的血脉和气息。这就够了，缘着这一缕记忆里的乡愁，我们每个人，都会找到自己梦中的故园，让疲惫的心灵栖息。

·山海之间——日照

2012-05-09 16:15。这是动笔的时间，距今日整整20天。

这是我有史以来写得最慢的一篇文章，笔端时时胶着，或许是因之还牵扯了母亲的缘故吧……

——题记

立了夏，有些热。

所以盼着一阵雨，尽管穿着绣花布鞋。

这会子，太阳没影儿了。天空的颜色比我的裙子还略暗一些，算是深银灰吧。

偶尔那些已经超过5层楼高的香樟、水杉，枝头轻摇，是有风在徘徊呢。

源于这突如其来的热，忆起“五一”期间的旅行了……

时间、地点、气候迅疾地转换，让我觉得那好像是很久以前的事情了。

原本家人安排，带我回母亲的故乡黄县去寻根。并费尽周折，找到了只有母亲保存下来一个破旧信封的家乡。然后，回程再到我曾生活过的淄博去重游故地。

临行前几日，我却犹豫了，甚至抵触。

唯一的理由是时间太短，难以达到寻访的目的，或许是吧。

我说，我只想好好休息一下。

于是，选择了日照，也是因为我奢食海鲜。

……

清早，早早，家人唤醒了我，简单的早点已备好。

出门的时间很早，除了过二桥时车子很多，绝大多数的大货车。平日里挺讨厌这些狂飙的大家伙，可是这样看来，他们也很辛苦。为了谋生，大家都不容易。

一路疾驰，4个小时的旅程。我看着东方那呈现一脉明亮的金色，并渐渐扩大。一轮初日一点一点地上升，透过薄雾呈现暖暖的嫣红，很快就也是一轮金盘了。

路两旁有雾，时浓时淡。我甚至看到那雾气沿着护坡缓缓地爬行。而成片的树林也浸润在一层一层的乳白中，衬着朝阳，格外好看。

车子在沿海高速急驶，九时过半，抵达日照。

想起第一次来是2003年。那年学校组织我们沿海旅游，从连云港到日照，然后青岛。

那时，母亲还在，儿子尚小。人行千里，心在家中，电话不断，遥控着家中事务，玩得牵牵绊绊。

这一次，母亲已在天国，儿子自己单飞。我和家人，优哉游哉，随性而至，由不得感慨万千。

时间尚早，一径奔海边。

对海，并不陌生，甚至有几分亲近，尽管我不谙水性。

或许是源于从小就听妈妈的叙述——赶海的快乐，海鲜的美味……

又或许是因为我的儿时，也是在水边，虽然门前只是一条河，但在我幼小的双眸中，它足够阔大、足够有趣。

所以，一直喜欢水，喜欢水边的驻足。所以，一旦由我选择，我的旅行总是离不开水。海，亦如此。

车，沿海边公路悄无声息地行驶。路上车少，人也很少。略咸的海风从窗外扑进来，吹乱了发丝，清凉了烦躁的思绪。

车停在一处平台上，是一个小规模的观景台。

下得车，耀眼的阳光，凉爽的海风，心豁然轻松了下来。

沿着石阶，下到海边的沙滩上。

沙滩，金色的，一直向两边延伸，无边无际，逶迤出一个大大的、好看的弧线。

临着高高的防潮堤，此处的海岸不算宽阔。走过十数米的沙岸，就登上了兀立的礁石。向大海深处眺望，脑海里跳出一个“碧”字。是的，辽阔的海洋，在灿烂的阳光下，是一种澄澈的绿意漾漾。甚至让你感到一种被吸引的魔力，不由得就想亲近它。海波不算大，一波一波地在你的脚下爬行，翻起细碎的白浪，温柔地舔舐着礁石边缘、沙滩、裸露的足踝……

家人招呼着我上岸。

回到平台上，一位渔家大嫂端着一洗脸盆的皮皮虾要我购买。我听不太懂她的语言，意思是明了的，刚打上来的，新鲜，不贵。看了看，还有一条不认识的鱼和一个大大的海星。我触了触，挺肥。虽是活的，但并不活跃。没有敢买，因为怕找不到能加工的饭店。

继续前行十几分钟，见到了森林公园。右拐，驶向海边，停车在沙滩上。

这片海滩没有经过任何修饰，只是岸边有一排小饭店。

我喜欢在这样原始且宁静的海的裙裾上行走。

对，就是海洋美丽的裙裾：碧绿的长裙，沿岸泛起的雪白且逶迤的浪花就像精致的蕾丝边，还有金黄的沙滩就是薄薄的轻纱。我，就在轻纱上悄移脚步。

海浪退去的一线，有隐约的亮点闪烁。是一颗颗宝石般的小石子，大小不一、色彩不一、形状不一，唯有圆润是一致的。

我俯下身子，精心挑选着：这一粒，小小的晶莹剔透，纯白得近似透明，是大海的眼泪吧？这一粒，没有光泽，是暗暗的褐色，细密的黑色斑点，握在手中，有些微的暖意，它也是海里走来的吗？怎么没了大海的寒凉？

还有一粒，是深绿色，狭而长，像一只合拢的眼眸……此刻，它们都安静地卧在我的掌心，在强烈的阳光下，我看到海水渐渐干去，它们的光泽也渐渐减退，泛出深深的沧桑。我的手感觉到了岁月的重量。

时已过午，在沿海诸多的海鲜饭店，随便拣了一家。说话间得知：老板娘是哈尔滨人，北方口音让我感到无比亲切。

扇贝、皮皮虾，新鲜肥美；清炒海蘑菇嫩滑爽口，老板娘还亲自送上来一盘凉拌海蜇，主食的鲅鱼、虾仁馅的饺子。

就想说说鲅鱼馅的饺子。

从小时候，就常听妈妈回忆在故乡、在大连的海边生活。特别是当父亲买来了海杂鱼时，妈妈一边收拾，一边告诉我：这叫乌贼；这样的是墨鱼，它有一块梭形的骨头，轻轻的，叫海螵蛸，能止血、治胃病；这个呢，是红娘子，有毒，要把它的血和内脏全部清理干净才可以吃…………

说着说着，母亲都会停下手，向往地说：要是有新鲜的大鲅鱼，就可以包一顿鲅鱼馅饺子,鲜死人不偿命的哟……我注意到,她的神情有些怅怅的。

我一直没能完成让母亲吃一顿鲅鱼馅的饺子。

身边的朋友、同事都知道我对母亲的孝敬。那一年,快过年了。一个朋友的单位分福利,有那种鲅鱼,我很羡慕,但并没有流露什么。第二天是星期日,休息。大约是快中午了,我在家中就听到门外有人喊我名字。扒窗一看,是那个朋友。急忙迎他进来,他手里拎着一条两尺长的大鲅鱼。他是特为送这条鱼过来的。

鱼很新鲜,但是冷冻的。我很开心,想着这回可以让妈妈满足一下。

但是,后来,母亲把这条鱼红烧了。

为什么没有做饺子呢?至今我都不知道原因。

后来,条件好了,物资流通快了。

家人常会买来母亲喜食的海鲜,特别是螃蟹。

我最爱陪母亲吃蟹。

在吃蟹的时节,家人常会买来许多。我会一股脑儿蒸好,留出四只。余下的,用保鲜袋包好,速冻在冰箱里。

在母亲身体硬朗时,我都把四只蟹子和姜醋端到母亲面前,把一只最大的母蟹递给她,她是严格按顺序进行:先吃八足,接着两螯,然后揭盖吃盖里的黄,最后才是蟹身。而我,就只把八足两螯掰掉,直接揭盖,把盖子给母亲,她最爱吃。我会接着剔除大螯和大腿里的嫩肉,点上姜醋,送到儿子和家人的嘴边。这二位,怕腥气,怕麻烦,是不动手吃的。我呢,随便吃点,也就忙得没了心情。只有母亲有时间,每餐吃完后,还把我们掰下来的蟹足,慢慢吃掉,就像吃零食一样。

冰箱里的那些,就会隔三岔五地,被我或者母亲自己拿出一只,热了，母亲独享。

后来母亲身体渐渐虚弱，我就先给母亲剥蟹。把蟹壳里的沙包清除，然后把剔出的蟹黄、膏，还有白嫩的蟹肉，黄黄白白地堆满，递给母亲，之后，才是那爷儿俩。

只是，我真的没有机会给妈妈做一顿鲅鱼馅饺子。

饺子很快送上来，两种馅混在一起。

我吃了一个，略许的鲜气，但口感较面，还有些发涩。这就是母亲想念的鲅鱼馅饺子吗？还没有我在兴凯湖吃的大白鱼馅的好吃呀。再吃一个，是一个饱满的大虾仁，鲜美，既嫩又Q。两者相较，后者明显胜出一筹。

我很不甘心，不知道怎么会是这样。是岁月美化了母亲的记忆，还是时光销蚀了我的味觉？抑或是这家店的粗糙的制作？母亲童年的鲅鱼馅的饺子，究竟会是怎样的呢？我是否还有机会品味到那属于母亲的美味？这一切，谁都无法给我答案。

这一顿饭，感伤、失望与遗憾使得它五味杂陈。

餐后，在这个小城浮光掠影地巡视一遭后，我们落脚在早已联系好的渔家客栈。

店家年轻的老板娘挺热情，待我们收拾停当，就让她那憨厚的父亲带着我们到不远的码头，购票上了太公岛，目的：赶海。

我拿着准备好的小桶和小铲，满脑子的是母亲描述的场景：翻开小礁石，小螃蟹惊慌四窜，一捏一个，回家用油一走，香、酥；还有，到处都是花蛤、海虹，翻累了，坐在礁石上，用铲子铲下海蛎子，就着自带的玉米面饼子，那个鲜美……

快艇，在辽阔的碧海上划出一道大大的弧线，拖起一条雪白的绸带。它载负着我劈碎了前方的波浪，如一匹烈性的骏马。我坐在第一个位置上，不，那不叫坐，根本坐不住。风猎猎地啸叫着，撕乱了我的头发，从衣衫的每一个缝隙钻入，那溅起的浪花打湿了我的面庞……

我把一船的惊叫抛在了脑后，专心体会着这种释放的感觉，真的是痛快极了。

太公岛，据说是姜太公钓鱼之处，附近就有姜太公故里。这姜太公的故里多了些，对此不做评价。略约记得《史记·齐太公世家》中有言："太公望吕沿者，东海上人。"东海上，乃"东夷之土"，就是淮河中下游。这个是比较让人信服，所以对此处的故里不感兴趣。可是写到这儿，突然有了小小的遗憾，怎没有去看看？或许会有新的收获呢。

不过，太公岛倒是个赶海的好去处，它在平时半隐于海下，只有小小的岛顶和一个逃生塔露于海上。只有退潮后，整座岛才浮现出来。可以在上面拾贝、海钓。

登上这座岛，申时已过。黑黢黢、高低不等、大小不一、接连起伏的礁石上，到处都是穿着橘黄色救生服的游客。大家呼朋唤友，拎铲子，拿袋子，个个兴致盎然，在礁石缝里，搜寻着、翻找着……

我一登岛就管不住自己了，甚至连家人的招呼都听不见，目光就落在礁石间羁留下来的清澈的海水中了。

你看：海水清浅如镜；水中碧绿的海藻随着水波荡漾着，摇曳多姿；礁石上铺满了大大小小的海蛎子；细细一瞧，那水中小石旁，还有近乎透明的小鱼儿悄悄游动着，我小心地翻起石头，那鱼儿不见了，一只小小的螃蟹，惊惶地横着逃走了，你根本来不及抓；还有那小小的海葵，墨绿的触须飘呀摇啊，你一碰，它立刻就蜷缩了回去……

我忙活了半天，桶底有一堆海蛎子，不大；海虹，也不大；一条小鱼儿，后来莫名地不见了，几只小螃蟹也没了踪影；唯有被看岛人吆喝返回时，认识了他们采的龙须菜，足足采了一大捧，算得上丰厚。

上了岸，坐在车上，带着喜悦检视着收获，方才觉得手上疼痛不已。一看，手指上布满了大大小小、深浅不一的伤口。就是此刻，还有淡淡的痕迹……

晚来，就在渔家，整治了几样海鲜，加上我的赶海所获，还是挺丰盛的。

自带的酒，浅浅慢慢地品着，细细碎碎地谈着，零零落落地想着……

家人去厨房，发现了房东家的煎饼和油炸小鱼，带来了给我。手指长的跳跳鱼，酥香可口；小麦的煎饼，口感柔韧好吃极了。可我，却想起了小时候妈妈烙的玉米面煎饼。我也才醒悟，赶海时，我做的一切，都是妈妈曾描述过的。

原来，海的熟悉源于儿时！

一夜，觉着睡得很香，但却知道雨水落地。跟身边人悄悄说：下雨了，明天怕是看不成日出了……家人迷迷糊糊说，没有雨，睡吧。

早上，不，是拂晓，我们就起来了。这时，真真切切地听到雨水窸窸窣窣的声音。明知没了看红日喷薄的希望，却还是跟家人说，海边气候，时雨时晴，或许一会子就云开雾散呢。

于是，轻手轻脚，走出了渔家。雨雾清漫，若有若无地在脸上落足。我已经把毛衣风衣全都穿上，并且系紧了腰带，还是忍不住打了个寒战，不由得又把围巾裹紧。

车行不足5分钟，就抵达了海岸。

淡淡的天光下，海在安宁地熟睡，鼾声细微绵长。深碧色的海平面如阔大的胸怀，微微起伏着，一直向远方延伸，直到同深灰色的天空融合为一体。

迎着寒凉的海风向前走，走上那平坦无垠的沙滩。此时看不到她金色的美丽，却能感受到她温柔的弹性与包裹。与海亲密无间了，浪花就在我的脚下，在昏暗的光线下闪烁着细碎的银光。

我望着东边，深灰的天空不动声色，丝毫没有柔软下来的意思。海风更强了，我把腰带又紧了些。突然不合时宜地想起了母亲说过的话：一根草绳抵得上半件棉袄。想起妈妈叙述的三年困难时期，在寒风凌厉的冬季，带着哥哥跟着邻居去农村要饭的经过。

母亲的叙述，总是淡淡的，没有怨责。而在我，却惊心动魄。眼前浮现的描写中华人民共和国成立前穷人逃荒要饭的电影、连环画交叠的场景。于是，心中疼痛不已。我想，这也是我为什么特别孝敬母亲的缘故之一吧：她经受了太多的苦难。

寒冷中，家人唤我上车。

车，沿着海岸，无声地行驶。整个天空是一色的，每一处都是铁灰的宁静，我却并没有多少失望。风雨雷电、阴晴圆缺，都是大自然赐予的表情，我们只有满怀恩宠的心，欣悦地接纳。

早饭后，车至万平口。

万平口，取“万艘船只平安抵达口岸”之意，也包含着万事平安、一生平安的美好祝福。

这里有江北最大的天然泻湖，是天然的避风港。在元朝的时候，万平口就是南来北往的商船停泊之地，每年都会有万艘船只从南方运大米到北方来。如今它是世帆赛基地。源于地理位置吧，这里还有“日出初光先照”之美誉。想象一下，若是天朗气清，灿烂的阳光下，蓝天、绿地、碧海、金沙滩，将会是一种怎样的绮丽。

此时，细雨密了一些，天光大亮却越发寒冷。

景区的停车场，车辆密列。游人如织，成群结队，携儿带女。

这样的寒冷丝毫没有抵消人们对海的向往，穿着单薄（多数是短衫薄裙）的人们毫不畏惧风雨的袭击，一径向海扑去。戏水、拍照……

我，打着大大的黑雨伞，偎在家人身旁，凝视着：海似乎被吵醒了，她愠怒地躁动，追逐那些孩子般同他嬉戏的人们，把海浪在黑沉的礁石上摔得粉碎，激起一片片碎玉。

伞，被风撕扯着摇摆，衣袂已濡湿。而海，和看海的人依旧是我眼中的风景。

离开万平口，去了日照最大的海鲜超市，买了蟹子、扇贝……

饕餮过后，湿寒的天气使我倦倦的。若在家，当是清酒、热茶，读诗写字。而在外，早起的我，选择了重回梦乡。

蒙眬中，有人呼唤，是老板娘。她告诉我们：下午有船出海，带我们去的人已在等候。

车至桃花岛渡口，我们要从这里购票上船。

2003年我随学校到日照，就是从这儿上的桃花岛。在这儿买了海龙，到了崂山时又买了蛤蚧，为了妈妈的腰腿痛。结果泡的酒妈妈不肯喝。事隔三年，我的腰出现了问题。家人想起了这坛酒，逼着我喝，很大程度上缓解了痛苦。写到这儿，突然有个感悟：在你为人着想时，最后受益的常常是自己，我经历了许多事都是这样。这或许，是老天爷眷顾着像我这样的傻瓜吧。或许，也正是这样，才一直有我这样的傻瓜存在着。

我们登上了一艘白色的渔轮，沿着舷梯上到了顶层。

船一离港，即如脱缰野马，在起伏的海面上颠簸。

看起来波浪不够狂野,可船却摇晃得可怕。

深碧色的海水,铅灰的天空,雨丝更密……我迎着猎猎的海风,踉跄地走到船头,任风雨撕捋我的发丝衣袂……感到从未有过的畅快!

家人被我的举动吓坏了,紧跟着、招呼着,从没跟我说过重话的他甚至训斥了我。

我也无法解释,不谙水性的我,对海并不陌生的我,为什么在这样的时候感受到海的无比亲近。抑或是她那阔大无垠的胸怀,深邃的潜藏着亘古的沧桑,却只是自己涵着,而不张扬宣泄的品性令我认同吧。

船行海中,停了船,抛了锚。渔民们开始起网,其中一位告诉我,这样的捕捞,打不上什么,就是一些海星、小鱼,待会儿你自己拿,都是送给你们的。

在我看来十分巨大的网被绞盘拖了上来,空空荡荡。只有网壁上挂着零星的海星,一些彪形汉子涌上来争夺。全不顾践踏了从网底倒出的小鱼们……我见是在渔家吃的那种小鱼,就弯腰捡拾,还有一些出水的海马,也在甲板和人们的脚下扭动着细长的身子,我也把它们放进了小桶里……

船,返航靠岸。我看着桶里的小鱼,有点发愁:这样它们活不到家呀。看护游客上岸的渔夫好像看出了我的顾虑,指指船身和码头间的石阶说:你去打点海水吧。我走下去,侧桶舀上了半桶海水,小鱼和海马立刻活泼泼地游动起来,真好……

回到渔家,整饬了收获及衣服,就又上了床,在海上的放纵已使我疲惫。不知过了多久,蒙眬中听到窗外楼下家人说话的声音。我喊了一声,他上来了,告诉我,是四个年轻人结伴,借助两辆挎斗摩托车来日照旅行,就住在隔壁渔家。

已经恢复了体力，且外面雨意渐止，遂步行至海岸，沿着海滨木栈道漫行。寒凉的天气，阻止不了游人们的热情。很多的人，都流连在沙滩上，与海嬉戏。

黄昏，细雨又飘。回到渔家，点了乌贼豆腐煲，还有带子炒蒜薹，加上渔家自己种的茼蒿，我出海收获的小鱼儿也被渔家用清油炸得酥酥的。两杯暖酒，几张煎饼，结束了这个阴冷的海滨之夜。

第三天，5点，天色还是暗沉。

我们离开了渔家，下一站是孟良崮。

家人驾车，又绕到了海滨。

自然依旧是没有日出。

我想，这或许是海与我的默契吧。她要留给我一份牵念，留待再一次的相聚。

北上行之唐山

暑假，同家人，二人一车，行程近万里。先回归儿时故园，之后，穿行于北国山峦、蒙古高原；再取道黄土地，回程。

与去年从湘西返程一样，8 月 15 日回到了家中。

时日匆匆，今天 21 日了。

才觉得，刚刚落静，短暂得有一瞬间的安静。

十九天的旅途感受多多：故乡的感怀，美景的震撼，佳肴的诱惑，无形的牵挂，以及归途中，得知下半年工作变动的错愕……都绞缠在一起，此起彼伏。

十九天，之于我来说，也是不小的挑战。

……

以上这段文字，已陈旧得像窗外的衰草了。

因为，今天已经是 9 月 9 日。过去的日子就像落下的叶子，已经回不到大树的枝头了。

我就捡拾起来，哪怕它褪去了新鲜。用记忆的黏度，粘贴成过往的画卷。

今天，说说出行第一站：唐山。

抵达这个毁灭中重生的城市，已经是黄昏时刻。

这一天，是7月28日。36年前的今天，这座城市变成了废墟。我们赶的这个日子实在太巧了。

车子驶进唐山郊区，直奔地震遗址纪念馆。我着意打量着路旁的建筑，挺破旧，都不高，这让我感到了那场灾难留下的余悸。

纪念公园前，很多车辆，很多人。

刚下过雨，天还阴着，我想，大概是老天也在为那些远去的亡灵哭泣吧。

我们从侧门走进，就看到左前方，一长排高高、高高的墙……黑色大理石的，足有百米之远。走近，看到上面密密麻麻的名字。

虽已黄昏，来凭吊的人依旧络绎不绝。有的独自一人，举着望远镜，在凝望高处的亲人名字；有的扶老携幼，静默着相互依偎；也有的反复整理着碑墙下的花圈、花束……碑墙上，有的名字粘上了小小的鲜花，幸存的人们，用各种方式来表达自己对亲人的怀念。

没有哭声，却压得心沉沉的。

广场上，很多蜻蜓，低低地在人们身边飞舞，没有人去惊动这些小生灵。它们，会不会是那些生命的化身？也在这一时刻，回望故土、亲人……

脚步缓了、轻了，怕惊动了这沉睡中离去的亡灵。

一直一直走。尽头，就是36年前的残垣断壁：扭曲的水泥梁柱、东倒西歪的钢铁构件、参差的残墙……还有广场中央，扭曲着潜进水中的铁轨。

突然，时间回去了——36年前的深秋，一个瘦小的女孩，跟着同样清瘦的母亲，在一列绿皮火车上，穿过这个残破的城市。她小小的脸靠着车窗，看着这样的荒败，想着的却是春末夏初，躲在父亲用双层铁床、厚塑料布、油毡纸搭成的防震棚中，没有恐惧地酣睡……

那是1976年的夏天，那场灾难后，余震不绝，波及邻近的城市乡村。家在山东淄博，也有震感，为了安全，单位不让住在家里，都要求搭防震棚。我们是中央直属企业，物质不短缺，每家发了两张双层床，两卷油毡纸。父亲就在家门前的空地上，和邻居们相邻着，把两张双层床并排，铺上床板，应该是拉开了一些，因为印象中，是四四方方的一间，油毡纸遮顶防水，里面妈妈还加了一层厚厚的花塑料，防潮，也好看。我记得那塑料布的花色，本白的底子，拳头大的洋红色花朵，是儿童简笔画的纹样，干净明朗，增添了家的温馨。

防震棚分为三层。中间一层是床铺，睡人；床下放着装满水的水桶，还有米、面；双层床的最上一层放着一些包成包袱的衣物，还有篮子，里面是妈妈烙好的葱油饼，平时极少吃到的饼干，另外还放着我的好些书和书包。

白天，我们照常上课。放学后，照样地在家里写作业、玩耍，只是不能离家远。男孩子们把地震棚当成了捉迷藏的大兵营，吆喝着窜进窜出，惹来大人们的一阵笑骂；女孩子呢，就会在棚子里过家家，随便哪家都可以任意进去，哪家大人在，都会把准备的吃食，分给孩子们一点。只有晚上，要睡在地震棚里。一家人，在那大大的铺上，相互关照着、依靠着。有的男孩子调皮，隔着棚子，还会猛不丁地锐声高叫一声伙伴的名字，引来大人们一阵笑骂。而这时，我通常是和姐姐一起依偎着妈妈，在棚子里听着故事，安睡。而父亲则在家中的堂屋里，喝茶，安歇。他怎么也不肯到棚子里，说要看家，而且睡觉警醒，即便有事，也来得及。妈妈不放心，就在平坦处倒立几个酒瓶子，说一旦地震，瓶子会倒，就会发出警报。

可是，我总是蒙眬中听到细碎的声音，知道不是爸爸过来看我们，就是妈妈出去了——她也不放心固执的父亲。

不论是饭后，趴在父亲的膝上，闻着爸爸身上淡淡的烟草味，听着收音机里的桐柏英雄，偶尔喝一口父亲杯子里的酽茶；还是夜暗后，在棚子里，躺在妈妈的怀里，妈妈的身上是若有若无的中药味道。我听着妈妈讲着各种神话或者传说，母亲的手轻轻地、有节奏地拍着我的肩膀。这一切，让我和所有的孩子们，完全忽略了大人们脸上不时流露的紧张和不安，只深深沉溺于父母的宠爱和所有大人超乎以往的宽容中，就像在玩着一场刺激的游戏。压抑着的兴奋，全然是节日般的热闹……

如今回忆起来，心中痛到极点——当时的我怎么知道，那是我和父亲最后的欢乐时光！

地震的余威未退，父亲就病倒了。在病榻上缠绵过那一个肃穆冷寂的秋季，他就离开了我们。

此刻，令人惊恐的震动没有了，父亲也已躲进小小的木盒，跟着婶娘远行了……

窗外，那些残破的房屋，让她想起自己那小小的、静静的家，没了父亲的身影，也没了那一份笃定。

深夜了，对面的小姑娘还在啜泣。她的哥哥，一位面色疲惫的军人，揽着她，沉默着。她是这次灾难中家里唯一的幸存者……

无法叙述。

那场劫难的年份，原本离年幼的我很远、很远……却因父亲的猝离,永远镌刻在我的心中,冰冷冰冷!

36年后,伫立在这片不容改变的废墟前。我,过去;24万,今天;父亲,半盏茶;母亲,无声的泪……

眼前,是昏暗的车厢,车窗外漆黑的夜,还有迅疾掠过如狐狸眼睛般的信号灯……清晰如昨。

好想,好想,化身为狐,回到那个冷冷的深秋,寻找那个远去的身影……

离开时,在门口的时钟雕塑前拍了照。这里的时间永远定格在地震发生的时刻。而我的童年,也定格在那一个深秋。

车行迅疾,似乎想把沉重远远地抛开。

前方,夜宿北戴河。

北上行——匆匆北戴河

我已记不得这篇小文，三言两语，停停写写，写了有多久。拖到今天，已经让自己对自己失去了耐心。匆匆草就，匆匆收笔。不管如何，都是对自己和关心我的人的一个交代。

——难堪的题记

背负着回忆，暮色中，车子继续向北方行进。

一路高速，车行很快。

今晚的目的地——北戴河。

对海滨城市情有独钟。唯独对北戴河，不能说不屑，起码是淡淡的。

看了太多清澈的透蓝碧绿的海水，它的混浊我不喜欢；吃多了平民且新鲜的海鲜，它的昂贵我不喜欢；走惯了寂静的海岸线，它的喧嚣我不喜欢。

在这里停留，除了路途、时间的因素，还源于看日出。家人说，北戴河的鸽子窝公园，是观日出的绝佳地点。而我们，与海上日出睽违已日久。

“在北戴河那著名的二十四景当中，最美、最壮丽的景致要算是那在东山鹰角亭上看日出了。"

"这时候，残云已经散尽了，几颗寥寥的晨星，在那晴朗的天空中闪烁着越来越淡的光辉。东方的天空，泛起了粉红色的霞光，大海，也被这霞光染成了粉红的颜色。这广阔无垠的天空和这广阔无垠的大海，完全被粉红色的霞光，融合在一起了，分不清它们的界线，也看不见它们的轮廓。只感到一种柔和的明快的美。四周静极了，只听见山下的海水轻轻地冲刷着峻岩的哗哗声，微风吹着树叶的沙沙声。此外，什么声音都没有，连鸟儿的叫声也没有，仿佛，它们也被眼前这柔和美丽的霞光所陶醉了。

早霞渐渐变浓变深，粉红的颜色，渐渐变成为橘红以后又变成为鲜红了。而大海和天空，也像起了火似的，通红一片。就在这时，在那水天融为一体的苍茫远方，在那闪烁着一片火焰似的浪花的大海里，一轮红得耀眼光芒四射的太阳，冉冉地升腾起来，开始的时候，它升得很慢，只露出了一个弧形的金边儿，但是，这金边儿很快地在扩大着、扩大着，不住地扩大着涌了上来。到后来，就已经不是冉冉飞起了，而是猛地一跳，蹦出了海面。霎时间，那辽阔无垠的天空和大海，一下子就布满了耀眼的金光。在那太阳刚刚跃出的海面上，金光特别强烈，仿佛是无数个火红的太阳铺成了一条又宽、又亮、又红的海上大路，就从太阳底下，一直伸展到鹰角亭下的海边。这路，金晃晃红彤彤的，又直又长，看着它，情不自禁地使人想到：循着这条金晃晃红彤彤的大路，就可以一直走进那太阳里去。

峻青的文章看得很少，但是这篇《沧海日出》却是知道，就是因为这段文字，我们决定夜宿北戴河。

阴天，天色暗得越发早。刚出唐山，雨就下了起来。先是淅沥；之后，时而急促，时而朦胧；终于达到了瓢泼，雨刷急速地摆动也看不清前方的路，只有隐约闪烁的车灯，成为前行的参照物。

想起去年湘西之行时，也有这样一次大雨。不过，那是午后，而且时间不算长，个把小时，就穿过了雨幕。

天愈来愈暗，车速不减，好在雨势渐渐趋缓。前方灯火由阑珊而至璀璨，五颜六色的彩灯，映照着积水的道路，更是一片辉煌。

北戴河，到了。

雨微微了，过了收费站，心中安宁下来。偎在车窗旁，静静看着霓虹灯火，在晶亮的路面闪烁出美丽的光晕，流泻成五彩的河流。

然而，进了市区，灯光却暗淡下来，雨又大作，路面积水深了起来，有的地方竟淹没了半个车轮。看前方的车辆，在深深的积水中，小船般激起高高的浪花，乍然想起“7·21”，心中有了几分不安。小心前行，却见前方路口已成了宽宽的河流，水势湍急。家人把车驶到路边的高处，真不敢走了。

车里很安静，我感觉到一丝放松。家人一贯稳重严谨，刚才的情况下，他一定也紧张了，只是绝不会流露罢了。

而我，也惯于关闭恐惧。这曾被一些长辈称赞：逢临大事有静气。于我，其实是一种迟滞。

总不能一直搁浅在这路边。雨势稍弱，车子又启动了。

试着，缓缓行。终于冲过了低洼地，不一会儿就驶进宾馆的大门。

是一个好大的院落，暗暗的灯光下，影影绰绰的树木和错落的小楼。

家人停下车，嘱我在车里等候，他去落实预订好的房间。

雨，已经停了。透过洁净的前车窗，月亮，就悬在小楼的尖顶处，映衬着枝叶的斑驳，是那样的宁静而亲切。

恍然间，这一盏灯火，半轮明月，竟让我有了落地归家之感。

一夜安眠后，早早地醒在清凉中。家人出去已复归：外面阴天，太阳又一次失约了。

出来看，满院子鲜绿。长廊上藤蔓满绕，楼前屋后，俱是大朵大朵十分艳丽的花。这些花儿，很熟悉，是儿时家门院中见惯的，就如同扫帚梅一样，我记不起她们的名字，却忘记不了她们的容颜。

对了！芙蓉，学名木槿，我忆起了她们的名字。这是成片的单瓣芙蓉。昨夜的急雨让已盛开的那些花儿低垂了娇嫩的头；而扬起明媚笑脸的一定是昨天半酣不露的。

早餐，再一次点燃了我的记忆。告诉家人：这种圆圆的，中间剖了两刀的油饼，小时候，逢年节，妈妈也会做，我叫它炉箅子，是不是很形象？这个豆浆是不是很香浓？是当年的新豆子，这儿靠近产豆子的黑土地了……

家人含笑颔首，默不作答，任着我的兴奋游走，只是给我一次次取来爱吃的。

餐毕，我有些急切地想启程，既是与日出无缘，那就走吧。不远了，我童年的家呢。

车子驶出宾馆，我不知道哪里是正确的方向，只知道在一径沿着海岸线。不多时，竟到了鸽子窝公园。这时园门前已是熙熙攘攘，我知道家人是要我莫错过，可我实在不喜欢这样的拥挤。我情愿在荒凉的海滩上承受腥风冷雨，也不愿意摩肩接踵嗅汗气。

于是车过，只是沿海缓行，看看东临碣石以观沧海的那一片。

于是，走过北戴河，之后天下第一关——山海关。

没有登关，我没有兴趣花钱去和拥挤的人群抗衡。只是远远望着，在关内、关外的新修古城巷陌徜徉。我知道，只有身旁的这座城楼和脚下的这条街路，有着记忆。

一脚关里，一脚关外。

一脚祖辈，一脚子孙。

一脚往昔，一脚未来。

我依稀看到，8岁的父亲，抿紧了嘴角，跟在陌生人的身后，匆匆走过这座关城，没有回头，没有留恋。

还有我的母亲，乌黑的长辫搭在身前，扶着小脚的外婆，在烟尘弥漫的城关道上，吃力地前行，明亮的双眸中几许不安、几许期盼……

他们来自不同的地方，在不同的时间，同时穿过了这座高耸的城楼，穿越了自己的命运。

多年以后，父亲的眼里满是怀念、渴望，两次重返故里——关中一座村落。直到年迈病中，数次蹒跚懵懂地想要走出家门……回家。

而母亲，晚年，每日功课一般的闲聊中，从不提及自己的故土。全然失去了曾经和我叙念往事的兴趣。

突然意识到这一点，心中一阵惊颤：我的父亲、母亲，一个赤子般无以保留的眷恋，一个海洋般深深藏匿。哪一种都是积久成殇的疼痛。

笔滞于此。隐痛和飘忽的记忆，使得这黑暗中的梦零碎不已。

我似乎在苦苦追寻，那曾清晰如刀刻，如今却已渐渐成烟的往昔。

那一切，似乎在某一个节点，突然开始了消失的旅程。

如同我的游记。

很恐慌，极力想抓住、留下。

这，该是我能坚持写下来的原动力。

好了，接下来秦皇岛外，瞩目老龙头，极目那远远、杳杳的渔船。想起岁月的烽烟中，所谓的历史，纷纷风化为缤纷的残片。真正永恒的确是你不会留意的这浩渺大海之下的沙石，无论如何的风起云涌，它们悄然地存在，从这里到那里。

它们，是自然真正的生命。

午餐，就在老龙头不远处，一家挺气派的海鲜馆。

这里的食物一定不错的，门外如车展般的车子就说明了一切。

大厅里还比较空落，因为时间尚早。

临窗坐下，家人让我随服务员去餐台点餐。长长的展示柜，全部养着海鲜，许多叫不上名字的古怪不敢问津。只点了烤蛤、蒸蟹、白灼八爪鱼。回席，请示。家人离不开蔬菜，补点了紫海菜。

虽然昂贵，真正的新鲜却也算是值得。

餐后，去了路过的孟姜女庙，老远就见被圈起来的大块地方，看来将来这个主题公园也小不了。

我，兴趣索然。这样源于一个乌有的传说，如今又沾染了太多的喧嚣，我不愿去。妈妈当年曾把这个凄苦的故事演绎得童趣盎然。她侧重于孟姜女童年在孟、姜两家备受宠爱的快乐，琴棋书画技艺出众的聪颖，与范杞良孟园一日巧相会的浪漫。而那千里寻夫妈妈只突出了她的一往情深的坚贞。而年幼的我，印象深刻的则是明代才子徐渭的那一副长联：海水潮朝朝潮朝潮朝落；浮云涨常常涨常涨常消。记得随父兄迁居山东后，临时居所相邻着单位的门房供值班的人员休息办公，有一位河南籍的转业军人，姓张，一肚子的故事，常常给我们这些小孩子讲，我也喜欢听，因为他有很多妈妈没有的故事，还有手抄的一本本小说。他还喜欢给我们出一些古怪有趣的题目，什么猎人带着狼、羊、白菜过河；和尚分馒头；火柴棍摆成的甲虫的图形，只需动规定的根数，甲虫就转了身，等等……我常常是胜出者，而张叔叔也特别喜欢我，常把那些抄下来的书借给我看。有一次，张叔叔就讲了这个故事，举出了这副对联，让我们读。我读出来最常见的：海水潮，朝朝潮，朝潮朝落；浮云涨，常常涨，常涨常消。赢得张叔叔的夸赞和小伙伴们的艳羡。这算是孟姜女故事留给我的又一愉快回忆。以至当教师后，遇到给孩子们讲述四大民间传说时，就一定要把这副对联写给孩子们看，读给他们听，让他们带着兴味去寻找其他的读法。

说远了，打住。我没有下车，就倚在车窗遥遥看了看那庙宇的屋顶和门前的大兴土木，就让家人离开了。还是随着疾驶的车轮向前吧，故园的亲人已经再三电话催促了。

前方就是我阔别经年的故土家园了。

·北上行——故土家园

今天阴雨，立冬后的第一场冬雨，在午后，飘落。在江南固有的阴冷中，我怀念北国的故乡。

那里，应该是白雪飘飘了。

儿时的故土家园，是梦里的仙境。

记忆的常青藤，随岁月疯长，演绎出童年的欢乐，镌刻在已渐渐衰老的脑海中。

当曾经变幻为冥想后，往往比过去的真实美好。现实，却常常给怀念一记嘹亮的耳光。

2012年7月28日：

暮霭，随疾驰的车轮快速升腾。

从塔山登程后的第一个停歇处，已过了省界。跨省时，家人提醒我：到家了。

无声息的我，目光停留在前方最远处的天空：蓝得高远，淡得庄重。

而此刻，西边已被晚霞染上一抹绯红。

母亲去世后的几年里，故乡是我内心深处最纠结的事情。

故乡：出生或长期居住过的地方；家乡；老家。这是词典上的解释。

那么，我的故乡与父亲的不同了。

那一个浑河日日夜夜静静穿过的那座小城，就是我的故乡了。

故乡的河畔有我的庭院，深深的，阔大……栽满了果树，还有一架经年生长的葡萄……

门前高高、长长的大堤春绿秋黄，冬日如白龙蜿蜒……

在那里，我度过了我清贫却富有，让我无时无刻不魂牵梦萦的童年。那里，让我在多年以后，奔波了N多城市，繁华的、宁静的、美丽的，包括我经久居住的金陵，都找不到家的感觉。

我的家，固化为那一座低矮的瓦房，明净的玻璃窗，冬季里美丽的霜花……慈爱的双亲、宠溺我的兄姊……

我站在服务区的广场上，微微的风，在裙裾边舞动，凉意隐隐。几只，不，是三五成群的小燕，从眼前，迅疾地掠过去，又飞过来；在人们、车辆、屋檐之间，高低地盘旋着。

"'燕子低飞蛇过道，大雨不久就来到'，要收衣服了。"阔大的院落里，我跟着母亲。她取下一件，我抱着一件。这高高的晾衣绳是粗粗的铅丝，两端的木桩也是粗粗的，笔直，深深地埋在地下。平日里妈妈在上面晾晒衣物，到了春节，上面就挂满了艳红的鞭炮，就成了鞭架。

北国的冬季，大地覆满白雪，鞭炮是不兴放在地面上的。待到除夕的交子之时，这些鞭炮就会炸响，还有初一的一大早，也会有震耳欲聋的鞭炮声把睡梦中的我们叫醒。等到出得门去，雪白的大地上，遍布着鲜红的纸屑，宛如朵朵春梅盛放……

如今的故乡，断然是找不到这样的景致了，我知道。可是心底依旧难以割舍，这样一幅童年的画卷。甚至，还在梦想着，能在某个地方，偶遇。

继续前行,却在沈阳南被拦下了绕城,前方修路。导航仪最大的麻烦就在这里,它可以指给你遥远的目的地,却无法提示你眼前的障碍。

此刻,暮霭已经笼罩了这座城市,层叠的楼宇,灯火次第闪亮。

这座城,亲近而生疏。它是故乡的近邻,又是省会城市,常听大人略带炫耀地说:这是沈阳买的;昨天去沈阳了……可是,直到我离开,也只是在火车上,暗夜里经过。印象最深的是那铁轨两边红蓝的信号灯。

车子如同甲虫,在高耸的水泥森林中穿行。或是因为是新城区,灯火渐暗,更显得夜的深沉。特别是穿过深陷的隧道,刚从地下出来时,仰望前方,一道夜幕,点缀着银亮的星星,恍然间有穿越时空的错觉。

接到兄长电话,他已在家门前等待了半个小时了。这时,车子已进到抚顺境内,楼房矮了,视野开阔了,心也急迫起来。走过这一段,就见一道霓虹长廊,在车右逶迤。家人告诉我,那是浑河。

浑河?浑河!

记忆,先于我的眼眸,跨越了万水千山,击溃了数十年时间之墙,回到了那条河边,回到了我的童年,回到了父母膝下……

心中一恸,泪水潸然。

再看身旁,彩灯之外,黑沉中些微的波光依稀。我知道,这不是看到,而是心里的影像,是记忆的折射。

凭着导航仪和哥哥的电话引路,车子终于停到了哥哥家楼下。

老远,就看到了那个身影。20多年没见的哥哥,胖了些,头发全白了,面容苍老。年轻时的英武帅气,哪里还有一丝一毫?由不得眼眶又是一酸,许多年的不解和埋怨,刹那间土崩瓦解。

哥哥也是,见了我,似乎有些手足无措。我喊了声哥哥,他才急忙帮着拿行李,招呼着上楼。

哥哥的脚步有些怪异的熟悉，细问得知，前年他也得了脑中风，有些后遗症。此时，我才知道哥哥的面容和步态的熟悉，就是源于父亲当年病后的影子。

第一次见到续弦的嫂子，瘦弱，也显着几分病态。原来去年也得了一场中风，现在主要是哥哥照应着。

小小的家，很逼仄，条件太过简陋。饭菜已在桌上，一条鱼、一盘肉丝炒蔬菜、一份凉拌茄子、一个卤菜拼盘，还有一个汤。主食是一大盆的大米捞饭。嫂子说，这些都是哥哥做的，忙了一天。

哥哥笑问：小妹，哥哥手艺不错吧？

我却是心中一酸，这是我那曾饭来张口、衣来伸手、呼风唤雨的哥哥？

这样的岁月，这样的跌宕，这样的人生。

晚来，躺在哥嫂非让出的小小卧室，听着隔壁阳台改造的小小房间，哥嫂的细微鼾声，辗转不眠。

第二天一早，吃过早饭，就跟着哥哥出来了。我想好好走走这座城，这座魂牵梦萦的故城。

车行很快。按照哥哥的指点，在陌生的故乡，我一点点、一点点努力寻找着自己儿时的过去……

这儿，是当时的小学校。

我的最初的学堂生活就是在这儿的。可是，那敞开的红漆楼门呢？那四方的操场呢？那曾站在上面，用稚嫩的声音宣读入队誓言的土台呢？

还有我那可敬可爱的师长呢？

这里，是咱们当初的家。

我的家？可是，我的灰瓦红砖墙的房子呢？我的木棱玻璃窗呢？我的阔大的庭院、高高的葡萄架呢？我慈爱双亲的身影呢？

还有，还有，我那澄澈的浑河细浪，那逶迤如龙的长堤……

都哪里去了？哪里去了？

这层层叠叠、灰色方正、毫无变化的楼房，就这样一重又一重地压迫着我的家园……哥哥说，这株柳树的位置，就是咱小时候的院子了。

轻抚树干，我想问问它：你的根须可能触到我故土的心脏？听到她的倾诉？

倚柳回望，还是楼房。我的河呢？

哥哥说，一道河都被填平，盖了这些房子了。

好吧，就去看河。

回头看，小区尽头，视野低处，窄窄的路上，我的车，静静地停在那里……那里原本应该是我魂牵梦萦青葱的大堤，现在已了无踪迹。

走过林立密集的楼群，抵达岸边。

一眼就看到了那座桥，熟悉的钢筋骨架，水泥墩梁。可是熟悉中，却怎样都觉得突兀，不自在。这座老桥是我童年影像中最深刻的几个之一。小时候，跟着妈妈常常走过这座桥——记得四五岁那年深秋，妈妈推着带车子（两轮手推车），带我到河对岸的葛布街买过冬的白菜。回程时，满满一车。妈妈让我坐在码得整整齐齐的白菜上面。母亲推着，上桥时很吃力，我要下来，她不让，我只好尽量俯下身子，在心里给妈妈使劲。更可怕的是下坡时，车子沉重，母亲有些拉不住，车子带着我们越来越快地向下冲去。妈妈急了，转了车子的方向，车子便向桥栏冲去……车子反弹回来，把手正撞在母亲的胸前。瞬间，母亲的脸煞白，但还是停稳车才蹲在地上。吓坏了的我从车上爬下来，紧紧抱住母亲的膝盖。良久，母亲才缓过气，坚持着回到家。后来很久，妈妈喘气都皱着眉头。但没有见到她去医院，也没见她耽误工作或是家务。还是我成年后，带妈妈去做胃部透视，熟识的医生说，肋骨上有老伤。我恍然记起那一次的惊险。于是，所有的记忆复苏、定格在这一座桥梁之上了。

长长的引桥没有了，那桥沧桑地静卧着，没有行人，也没有车辆……

这座老桥叫葛布桥，是伪康德二年间日本人建造的，已在战火中受过重创。虽经修复，但经过了这许多年，现在已成了危桥，两头的引桥已拆除。我，只能在下面看看了……

长长的水泥堤岸，即便是盛夏，也没有了旧日的草木葱茏。被水泥框束缚住的草生长得束手束脚。伫立堤岸，视野毫无阻碍地抵达了曾那么遥远的河之彼岸。同样的水泥森林，压抑着我的眼眶和心脏。我心底的母亲河，故土的象征，所有还残存的故乡影像，都凝聚在这条河上了。突然，一股莫名的恐惧涌上心头：有生之年，我还能回来几次？这条河，会不会日渐消瘦，直至淹没在人类贪婪的攫取中？

之后的故城游走，始终沉浸在这样的感伤的沧桑中。失落地寻找，使得脚步渐至迟滞。此刻，也胶着笔端。

第一天的故土寻访，找到了姨家的姐姐，探望了长兄的儿子女儿，转遍了这陌生的故乡。

晚上，家人在哥家附近订了酒店。他知道我住不安，也不忍看哥嫂为我们挤在逼仄的空间。

第二天一早，备好了香烛、烧纸，跟着侄子，我来到了长兄嫂的墓地。

2006 年家母过世，兄长们一个没来。彼时，心中的难过和怨责交织。谁知转过年，长兄就过世了，不及三年，嫂子也走了。此刻站在墓碑前，望着兄嫂那并不苍老的容颜，所有的抱怨都烟消云散，只有无尽的疼痛和伤感，止不住的泪水打湿了手中的黄表纸。这种触及内心的疼痛甚于告别父母。因为，不管有多年长，哥嫂终究是我同辈人，这让我更感到时光的可怕、生命的无常。

把二哥二嫂和侄儿侄女聚到一起，千叮咛、万嘱咐，只盼我离开后，他们能相互照应。

第三天，家人安排去了沈阳，他说要带我走遍这座城，了却童年的遗憾。

故宫、九一八纪念馆、大帅府……脚步沿着那一段充满疮痍的沧桑走过，实在是无法走出轻松的节律。可想起父辈们，虽然把青春销蚀在这战火中，却还能用对生活和子女无尽的热望与慈爱，为我们经营了那充满色彩和情趣的生活。由不得感激万分。是的，如我，把虽不富庶却无忧的生活过舒坦了，不难；把清贫艰苦的岁月经营得津津有味，才是智慧。由是，敬佩母亲。

老边饺子店，沈阳有名的百年老店，午餐就在这里了。店面富丽堂皇，客人熙熙攘攘。点好的食物好久才送上来，味道并没有传说中那么美味。看到我的表情，家人笑了，说：不如你的手艺。其实，这一路，我遇到就会点饺子，总想寻找到童年的味道，可是，却总是失落。是的，在家人的口中，比不上我的手艺，又怎么能赶上我内心深处，妈妈的味道呢。

第四天，足迹踏遍故城周边的青山绿水：赫图阿拉城、萨尔浒、满族老街……这一天是阴雨天气，细雨微微中，路旁的山峦近青远黛，薄雾缭绕中，如仙境般清丽脱俗。

要离开了，车上有侄儿媳妇给我买的菇娘、炉果，哥嫂装的咸菜、玉米面和高粱米。这些什物，浸染着厚重的故园梦和浓浓的亲情。

满怀的不舍，随着晶莹的珠泪满溢出来。挥手告别的那一刹那，突然想起童年时离开故土的情景：那一个寒冷的冬夜，火车站台闪烁的信号灯，那个身穿黑色裘皮大衣的九岁女孩，紧紧拉着妈妈的手，偎在父亲的身旁。她明亮的眼睛，映出了满天的星辰……

乡愁浓处是归程

看着父母亲这两张残旧的照片，我在拟一张名单：

长子:_______长媳:_______……

次子:_______次媳:_______……

长女:_______……

次女:_______……

三女:_______……

这是准备为父母立碑的子女署名，我，是三女。年长我二十岁的长兄长嫂已随父母身后仙故。二哥也因脑梗后遗症而行动受限。这安葬父母的重任，就全在我的身上了。

团聚故土

父亲去世后，母亲一直同我一起生活。老人家生前同我闲聊时，常常提起百年后想继续留在我的身边。而当年，她却满足了父亲的遗愿，把父亲的骨灰送回了老家。如今，母亲去世已经四年，源于我的纠结而迟迟没有安葬。今年春天，我终于决定送母亲回去，和父亲团圆。

3月24日，晴冷的一天。我在殡仪馆的骨灰堂里，爬上高高的梯子，把母亲抱了下来，乘上她喜欢的自家车，在南京城绕行了一段，让她再看看这个她喜欢并且留恋的和我一起度过她最后一段，也是最宁静的一段时光的城市。

之后，一路疾驰。目的地，冀中平原的那个村落，父亲的故乡。父亲在那里，静静沉睡等待了35年。

一路无语，只看高速两旁的景色变幻：由如烟的垂柳转至延绵的山岭，再呈现笔直的白杨……这，提示着我：出江苏，过母亲的故乡——山东，进入父亲的祖籍——河北境内了。是夜，宿在清河。

25日。因为老家定的合葬吉时是下午3—5点，所以不急着启程。慢慢行来，路边是辽阔的冀中平原，裸露的黄沙土地，嵌着一块块返青的冬麦。这是我的故乡，是母亲常常叨念却总是不喜欢的地方……心中愈来愈沉的惶惑，这是我有生以来，第二次踏上这块土地。

接到二堂兄的电话，约好，我们从藁城下高速，他到那里接我们。

我们先到了约定地点，再一次整理好。妈妈静静地在我的怀里……

一辆黑色的帕萨特驶来，闪灯停靠。车上下来两个人，虽然20多年没见，我还是一眼就认出了其中的二堂兄。

堂兄在前，我们跟在后面，继续向前驶去。大概有一小时的路程，老家的乡亲们来接了。他们坐着两辆三轮摩托车。见了我们，就开始鸣响了鞭炮，前行……

车子穿过广袤的田野，穿过村庄，穿过热闹的集市。在鞭炮持续的炸响中，又行进了半个多小时，停下了。路旁，就是墓地……

我抱着妈妈，就坐着，不想下车……

在人们的催促下，我下了车，堂妹扶着我，走近……感觉脚下踩着棉花一样。

很多人围在那里，水泥铸成的四四方方的墓穴，一半遮着板。主事的乡亲让再等等，时辰还差两分钟。

我抱着妈妈，想看到爸爸，家人也在那里询问。乡亲们捧出了父亲的骨灰盒：除了有些泥沙，完好无损！只是，一活动，前面镶嵌的玻璃掉落下来——脑海中一道闪电，35年前的记忆一瞬间复苏……35年前的那个夜晚，爸爸的骨灰供奉在家中，就是这块玻璃后，爸爸的笑容停落在浮雕的花纹上……

我想跳下去，堂妹紧紧拉着我。有人要接过妈妈，我紧紧抱着；有人催促，怕误了时辰；我还是抱着不松……究竟是谁从我手里接过了妈妈，我想不起来了……确认了骨灰盒的正面，爸妈终于团聚了。跨越了生死，跨越了35年，跨越了我4年的纠结……他们终于又在一起了。

我们兄妹们跪下，按家乡风俗磕了四个头。我不想起来，因为我怕此一去，再无亲近的机会了……

堂妹拉起我，扶着、叮嘱着：莫回头，千万莫回头……赤手的我，跌跌爬爬地被堂妹拉到了车上。

车子驶向村子。我的心里，空了，什么都没有了……35年的不安，4年的纠结，一个月的矛盾，两天的不舍……统统画上了终止符，随父母的骨骸沉入了地下，或消融，或石化……

此时，无法敲击指下的键盘……

盼父母，能在今日之夜，与我梦中相聚。特别是相离苦久的我的慈父……

想念父亲

我来到这个世上的时候，父亲已经53岁了。之后的岁月，父亲只陪伴了我短短的12年。据母亲说：父亲是个脾气暴躁的人。然而我的印象中，清癯的父亲一直是微微笑着的，以至我清晰地记得那两道法令纹。

记不得父亲的片言只语，哪怕一句。即便是梦中偶遇，他也只是缄默。最深刻的一个梦是在父亲去世后不久，我梦到在暗夜里，父亲穿着一身黑棉袄，递给我两个簸箕，示意我把簸箕夹在腋下，跟着他飞。我毫不犹豫地照做，于是，我和父亲就像一大一小的两只鸟儿，在低矮的房屋之上，夜空之中缓缓地飞过……父亲，梦中的父亲，从没有话语，只是微微的笑容，不变。但是，我却能毫无障碍地明了父亲的意思，去做他让我做的一切。在我的梦境中，没有任何声音和色彩，就像一帧帧有些老旧的黑白胶片……

儿时的家在F城的浑河边上，出了大门是一条四五米宽的马路，过了马路就是一条高高的防洪大堤。堤的两面坡遍生着无数种野花野草，尤其是春夏两季绿草如茵，点缀着繁星般的或蓝、或紫、或白、或粉的小花，真如锦缎般美丽。

大堤很宽。夏天的傍晚，人们三三两两地散步、乘凉，孩子们游戏、打闹……父亲很少上堤，他就在家中，守着一壶酽茶和房屋中间点燃的熏蚊子的艾草。记忆中我家有套白底彩花的茶具，总是擦得洁净无比。可大肚子的茶壶里面却是厚厚的茶垢。父亲从不让擦洗里面，说这叫茶山，要养。据说养的年岁多了，不放茶叶都可以沏出茶来。茶壶和四个小茶碗就像妈妈和孩子一样，总是团聚在一个圆形的大茶盘中。四十多年过去了，搬了无数次家，迁徙了大半个中国。这个大茶盘还奇迹般地留存在我现在的家中。

父亲爱茶如命，却不专嗜，各色茶均合其心。八级精细木匠的他徒弟众多，年节下的敬师礼以茶居多。我随着父亲，也喝茶。母亲反对，说：小女孩儿家喝茶不好，把牙喝黑了。父亲却是宠溺，替我争辩：就喝一点，没事。那时，我爱喝绿茶，只放几片茶叶，淡淡的清香，叶碧汤清，是那样的单纯可爱。

父亲故去后，与茶绝缘。直到客居金陵，妈妈在阳台上养了盆茉莉。盛夏时，花枝满头，芬芳四溢。一晚，和母亲阳台闲话，她突然提起了父亲，说那时，她曾给父亲做过茉莉花茶。突然间，记忆就被唤醒。于是那个夏天，我和母亲都喜欢上了茉莉花茶。

父亲患有高血压，这个家族的男人少有活过70岁的。祖辈的事不清楚，父亲这一代里，二叔父走得最早。三叔也是因为这个病早早离开了工作岗位。这位戎马一生的军人，不算晚的晚年被囿于家中，蹒跚着。我唯一一次去看望他时，他望着我一会儿问：你是谁？大哥的小女儿？然后流泪。

我尚小时，父亲中风过一次。记得平日里，都是我放学后，在门外等候父亲下班回来。而那一天我回家时，父亲已经在家里了。他的嘴有些歪斜，说话不清，动作笨拙。从那一天起，每天晚饭后，都见母亲在大锅里熬中药。一大锅，倒在洗澡用的大铁盆里，里面放一张小凳，然后扶着只身着短裤的父亲坐进去，外面用大大的塑料布包起来，只把头露在外面。父亲在热气的熏蒸中表情先痛苦而后舒展。等水温略凉，母亲就用药汤、药渣替父亲擦洗。就这样，父亲在出身中医家庭的母亲的自行调治下，渐渐康复，一切如初。

这样的幸运并没有一直伴着我们。父亲在66岁那年再一次病倒。这一次正逢唐山大地震，我们虽然远在淄博，却也感受到大震的余威，简陋的地震棚里没法子熏蒸洗，妈妈只得依赖医院延医用药，可惜医院也人满为患，压根儿住不进去。

爸爸病在家中的日子，是我和妈妈交替着服侍。固执的父亲只吃我和妈妈喂的药和食物。到后期，神志不清的父亲总要往外走。于是，我只好休学在家照顾他。到后来父亲起不来床，虽说大姐也赶了回来，但是伺候父亲吃喝拉撒还都是我。

父亲临终前终于住进了医院，母亲在医院衣不解带，我就奔波在家与医院的路上，送饭。最怕的是去送晚饭。帮妈妈照顾父亲，等收拾停当返回时，天已经快黑了。这段路有一大段穿过一片荒郊，还有荒坟。此时，路上一个人都没有，也没有路灯，我很害怕。走到这里，寂静中常想到读过、听过的鬼神故事，而且不由自主地想病床上的父亲会不会……后来，父亲陷入了昏迷。每天去看他，我只需用棉签蘸着温开水，润湿他干裂的嘴唇。看着父亲愈加清瘦的面容、紧闭的双眼，听着粗重的呼吸，真的心痛害怕得无以复加……

一个深秋的寒夜，很久没回家的母亲回来了，带上了我和姐姐，还有一大包的东西，去到了医院。我看到了抢救室病床上的父亲。他已经去了……嘴角有一缕缕血痕。后来母亲讲，是抢救时做人工心肺复苏时按压所致……每每想起这个情节，我都心痛如绞。我情愿让父亲安静地离开，也不愿他在最后的时刻，还要经受如此痛楚！此刻，我依旧潸然泪下……

之后的丧事不忍赘述。反正是石家庄的二婶婶和大堂哥来了，带着二哥和大姐，依父亲久存的心愿送他回归故里。

手足情深

我们兄妹五人中，二哥和大姐是和我相处最少的。

浑河边上的那片民居，是沿河堤盖的几栋横排的平房。有四五排？我印象中从未走到最后一排。我家是第一排的最东头。我们习惯地称我家为一号。我记事时，年长我20岁的大哥都要结婚了，住在我们一排的第四间，叫四号。后来，长兄就一直在抚顺生活。

我有记忆时，二哥已经也参加了工作，在三线，是野外工作。不久，长我10岁的大姐也参加了工作，也是在三线建设单位。母亲曾抹着眼泪一遍又一遍地描述送姐姐走的情景：一件母亲的棉大衣剪短了下摆还拖在地上……那年，大姐16岁。

我的二哥、大姐分属于不同的单位，但都在湖北，参加当时荆门炼油厂的建设。因为都属于保密单位，我只记得家里接到的信件上，哥哥单位是解放军总后勤部化工局红旗总队，大姐的叫石油燃化部十七团。

那时候，没有电话，日常联系只有书信。父亲不识字，母亲虽然粗通文墨，却是工作家务两头忙。又或许对自己书写的不自信，所以极少拿笔。这样，回信的任务就落在我的头上。也是源于老师的教导和整日的夸奖，让父母信任了年幼的我。才读二三年级的我，行文格式是不懂的，就是模仿哥哥姐姐的来信。但是绝对能把父母要说的事讲明白。这不但赢得了哥哥姐姐的表扬，更成为父母的荣耀，逢人便夸，而我则更要尽力把信写得更好些。隔壁住着一位转业的张叔叔，特别喜欢我。他教我怎么针对不同的收信人，把信纸折成不同的形状。比如把信纸纵向对折，再对折，然后再横折三分之一。这一般是给长辈的，叫跪信。

平辈写信，先对折，再把一角对折过来，然后把尖部下折，坡形的一边回折。后来大了，还知道了好友、恋人之间信件的种种花样折法。但我还是独爱这最简单的两种。

写好信是要寄出的，分平信和挂号信两种。多数信件是寄平信，所以要贴八分钱的邮票，扔进街边墨绿色的邮筒里。要是给哥哥姐姐寄粮票，或者较重要的文件，比如证明什么的，就要到邮局寄挂号信。

寄出信，就是漫长的期盼和等待。因为，除了父母交代的事情，我还会和哥哥姐姐谈自己的事情，问很多想问的。而哥哥姐姐也常有惊喜给我，比如小书签、歌词卡片，甚至有一次姐姐夹了一对丝质的发带。而且信件里，哥哥姐姐还会给我讲各地的奇闻趣事，这在增长我的见识之外，更加浓厚了写信的兴趣。

那时的邮递员叔叔，都穿着绿色制服，骑着绿色自行车，铃铛一路响着，在谁家门口一停，腿撑在地上：某某某，信！或者，某某某，汇款单（挂号信、包裹单）！带图章！

在我们一条街上，这某某某通常都是爸爸的名字，我就会骄傲地举着爸爸的图章奔出来。常常第二天，爸爸就会取回来包裹，挂面食品是家里的，小人书、小人酥糖、小动物饼干、花裙子……每次都有我的礼物。那是分别年长我15、10岁的兄姐给予我的，超乎平常兄弟姐妹情谊的暖暖的关爱。这份关爱点亮了我灿烂的童年。

也许现在的人不理解为什么这么早就叫孩子走上社会。从某种意义上说，这是当时石油系统的一种福利，也绝对是我哥哥姐姐的幸运。1968年12月22日，《人民日报》发表了毛泽东关于“知识青年到农村去，接受贫下中农的再教育，很有必要”的指示。如果不是父亲在石油系统工作，我的姐姐是要到农村插队落户的，这是父母亲不愿意的。父亲由于是老工人，被单位安排到工宣队，曾到农村看望过插队的单位职工子弟。回来后，就让姐姐参加了工作。后来，我家邻居齐婶婶家的大女儿，我姐姐的同学，一个漂亮的大姐姐，下乡没两年就患上了精神分裂症。

虽然没有下乡吃苦，但少小离家，只身在外，有多少不易，只有他们自己知道。他们最好的年华，就在深山里，在军事化帐篷里，在繁重的劳动中度过。是如我兄姊一般付出青春的人们，奠定了我国石油工业的基础。

离别早，相聚少，兄姐和父母的感情也就淡淡的。这恐怕也是父亲病重中，不接受他们照顾的直接原因吧。后来姐姐定居北京了。二哥本来在山东，后在一场变故后，回到了抚顺，我想，他一定也和我一样，那里临河的小瓦房才是心目中最好的故乡。

初识故乡

父亲去世后，由于生活的拮据，一直到1982年的清明，我才有机会第一次踏上我故乡的土地，祭奠父亲。

我记忆清晰：那一天，我和二姐姐在已定居石家庄的二婶的陪同下，坐车往老家赶。近一个小时，我们在一个小集镇前停下，因为庙会，车子不能前行了。究竟是离家不远了，二婶大着喉咙，喊着看到的熟人，让家里的亲戚来接。一会子，一个精瘦憨厚的汉子赶着一辆驴车来了，二婶婶让我们喊他舅舅。

我第一次坐这样的车，对那头毛驴特别感兴趣。它低头顺耳，不紧不慢地倒腾着碎步，颈下的铃铛发出悦耳的脆响。舅舅坐在车辕上，鞭子拿在手中，摇啊摇啊。我很担心他会抽打毛驴，可是直到我们下车，他也没有动一鞭子，这让我对他感到了几分亲切。

我们娘儿仨坐在后边。冀中的乡村大路是黄澄澄的土路，一阵风儿过，就是一阵烟尘。婶婶让我们把丝巾蒙在脸上，我和姐姐对望一下，忍俊不禁。二婶婶也笑话我们，像回娘家的小媳妇。印象中，路旁的两排高大的白杨，新叶已经发出了，那种嫩嫩的新绿彰显着春天不可抗拒的力量。这种新绿嵌入我的眼中、心里，成为故乡的象征……

走了半个多小时吧，广袤的黄沙土地上有了红砖黑瓦的房舍，这就是父亲魂梦相牵的故土了。

第一次有老家的概念是在7岁时。那年我该上小学了，但我没去，原因是父亲想趁下放的时机阖家迁回原籍，让我等回到老家再上学。这件事，母亲坚决反对。可我上学的事，也就这样搁了下来。每天看着小伙伴背着花书包，拿着小板凳，蹦蹦跳跳地去学校，很是羡慕，但是从未和父母说过。小小的我在想什么呢？可能已经意识到，这是我命运的第一个转折。在心底，已经对那个叫作老家的地方有了一点惧怕、一点好奇。

对于父亲和老家的许多了解都来自母亲断续的回忆——

父亲八岁丧母，自幼学艺，做一手好木匠活。十来岁独闯关东，直到三十一岁才在我姥姥的赏识下和母亲组成了家庭。母亲说婚后三天回了娘家再返回时，才知道结婚的被子都是借的。母亲大哭一场，擦干眼泪，收拾残局。在母亲的料理下，这个小家一点一点充实。第二年，我的大哥来到了这个世界。初为人父的父亲每晚都要为大哥打扇驱蚊，怕臭虫咬，还在大哥的襁褓外撒一圈俗称"六六粉"的驱虫药。

传统型的父亲信奉男主外女主内，他把赚来的钱都交给母亲安排生活，零用钱也是母亲装给他。家里渐渐地有了积蓄，日子好过了，抗日胜利的消息也令人振奋。父亲开始谋划衣锦还乡，他不顾母亲的反对，把家当变卖，买了台照相机准备回乡。按父亲的筹划，一路上帮人拍照挣钱，再加上家里的积蓄，足够回乡买块地了，从此就可以在故土过上日出而作、日落而息的安稳日子了。可是被回乡念头缠绕的父亲忽略了一个极其重要的事实：彼时还是兵荒马乱。

母亲回忆说，一路上风险迭出。先是照相机被没收，还差点被当作间谍抓起来；接着身上的钱被抢劫一空，只有母亲塞在袜筒里的一点幸存了下来；还有在过大梁河时，遇到了飞机轰炸，母亲抱着哥哥悬在残存的桥栏杆上，脚下是咆哮的河水。母亲心有余悸地回忆当时的心情说：当时只知道死死地抓住衣襟，如果撑不住也只会放开抓栏杆的手……

历尽风险，一贫如洗地回到了老家，冀中平原上的一个村子——北高蓬村。家中有古板倔强的爷爷，嫁得不远的大姑，二叔二婶，最小的三叔当了小八路早就离开了家。在家的人都用一种蔑视的眼神对待母亲，因为在城市长大的她干起农活笨手笨脚，父亲也不是干农活的好手。时日不多，要强的父母亲苦争苦熬仍无法维持生活，只得又一次背井离乡，回到抚顺市。

据母亲回忆，这样的经历有过两三次。其结果是母亲极其憎恶老家，我就不止一次听她说再也不回去了。这也是我纠结4年母亲的安葬地的原因。

而这一次父亲返乡的主张又一次遭到母亲的强烈反对，更主要是因为我和二姐的教育问题。而固执的父亲梦想着田园生活，两人相持不下，直接结果就是我没有按时入学。

父亲是个好客的人，结交的朋友很多，常常带到家里。母亲抱怨过：也不管家里有没有钱，只要人来了，就是一句话：弄两个菜。这让爱面子的母亲常常大费脑筋。不过，这一次，爸爸的同事——田叔的来访却解决了大问题。田叔的几句劝说就让父亲放弃了返乡的念头。估计当时父亲已经知道返乡的不现实，只是不愿向母亲妥协，田叔的劝说给了他一个下坡的机会。

我终于可以上学了。老师说让我跟着试试，不行第二年重读。她还不知道，喜静的我平时把兄姊们的教科书当作最好的伙伴，因此没多久，我的成绩就让她放心了。上学没几天就是一年级新生加入红小兵。我荣幸地成为寥寥数人的佼佼者中的一员，并且要作为新红小兵代表上台讲话。这对我们家是一件大事，感到无比光荣的父母为我进行了种种准备。父亲让母亲用自己仅有的一套黑灰间杂的全毛衣服给我改了一套小制服。开全校大会那一天，是校长亲自把我抱上了高高的讲台，我带上红小兵的标志——鲜红底色上写着“红小兵”三个字的菱形臂章，口齿清晰流利地把老师准备的发言稿通读了一遍。掌声中，大辫子的老师又把我从台上抱下来。我看到老师眼里盈盈的笑意，看到人群后面的母亲，可是我没见到父亲……

写到这儿，已无法下笔，只有四个字反复在脑海里萦回：

此去经年，此去经年……

故土故人故情

父亲的坟不大，周遭都是干枯的酸枣棵子，已经有几个人在那里砍了。这几个人都是男性，有青壮年，也有年老的。穿着青黑为主，年纪大的都用白毛巾包着头，就像地道战里的乡亲们一样。婶娘跟我们一一介绍，这个是哥，那个是叔，俱都憨憨地笑着。一个叫蛋儿叔的矮个子老者，拉着我，一边抹着眼泪一边说：是我银才哥的老闺女啊！婶娘也擦着眼角的泪花说：你蛋儿叔跟你爸最好，要不是他爹就这一个儿子，他早跟你爸跑了……

祭奠之后，婶娘带着我们走访乡邻。因为父亲三兄弟都已离开这里，没有近亲了。听着那生疏却亲切的乡音，述说着父辈的记忆，家族这棵大树的根须叶脉，才第一次在我脑海里清晰起来：

……

父亲有个姐姐，我的大姑。兄弟三人，父亲居长。后来知道三叔其实是父亲的堂弟，由于父母早亡，一直跟着爷爷家生活。可是，在感觉上却是亲的，甚至由于二叔的早逝，对三叔的印象更清晰一些。

二叔一直在老家，娶妻生子。机智活络的他是村里的抗日村干。开门是维持会会长，支应糊弄鬼子，关门是村支书，组织乡亲们支援八路军。中华人民共和国成立后，才举家迁到石家庄，不久就因脑出血，在会议上去世了。当时，小我一岁的堂妹还嗷嗷待哺，而我从没有见过这位二叔。

三叔叔，是个小八路，很小时就跟着八路军离开了家。从妈妈断断续续的叙说和家里零零散散的照片中得知：三叔叔从参军，到抗美援朝，一直到中华人民共和国成立后，和爸爸一样犯思乡病，放弃了留在北方某城做副市长，而转业回石家庄，之前一直在吕正操将军的麾下。由于作战勇敢，年纪轻轻就是团长，还在部队上结婚生子。三婶婶是长沙一个大资本家的女儿，当年也是进步学生，投身革命的。战争时期怎样不知道，后来和平年代时，资本家小姐的脾气又犯了，非常注重生活细节，常常在饮食上约束三叔叔，这让农家出身的二婶婶非常看不惯，常常鄙夷地嘲笑。两家都在石家庄，相处密切却不甚和谐。可是三叔叔对二婶一家是很关照的，特别是对几个侄儿侄女。

我们家与三叔一家的关系，在叔叔退役前是很密切的。叔叔的两张嘉奖令，全部镶裱在镜框里。后来，嘉奖令不见了，镜框里换成了我们兄弟姐妹们的各色照片。后来举家南迁时，这两个镜框依旧在。直到20世纪80年代初期，母亲迁来了金陵。照片都被起下来，装在信封里，而那两个镜框却不见了踪影。后来，问起母亲才知道，搬迁时，母亲正病着，全靠二姐一个人打理。她一个人实在照应不过来，就只把照片留下来了。而当时，那两份嘉奖令就衬在底板下，粗心的姐姐都一起给扔了。看到我惋惜的表情，母亲宽慰说：扔就扔了，人都不在了，还有什么比人更重要呢？

爸爸在世时，最爱唠叨的就是叔叔立功受奖，部队把爸爸作为家长接了去参加庆功宴，吕正操将军亲自敬酒。那时，叔叔的部队就驻扎在沈阳。叔叔常回抚顺探望我们，哥哥们那时大了，都记事了，也常提起叔叔的那匹四蹄乌黑的白马，和那位不比他们大多少的警卫员。大哥喜文，叔叔送他一管战场上缴获的派克笔，他一直用着。二哥哥好武，最喜欢的就是叔叔和警卫员的枪，据说，他还偷过警卫员的子弹。而其时幼小的我，几乎没有任何记忆。当时听来，犹如传奇故事一样。待到我见到这位传说中的叔叔时，看他蹒跚的步履，听他含混的呼唤，让彼时年轻的我有了莫名的感伤。

其实，据妈妈说，接爸爸到部队上，并且如此隆重，还有另一层原因，这件事在后来的“文革”中差点毁了全家……

那还是抗日战争中，冀中平原的战火正盛，时有八路军战士被俘。这些被俘的战士们统统被日寇押运到东北做劳工，挖煤。为了搭救这些人，三叔叔奉命安排我父亲做了警察署署长，前文中父亲的照片就是那时候拍的。父亲虽然没什么文化，但是为人豪爽，且自小就在抚顺市做工，人脉熟悉。在父亲的努力下，救出了不少人。记得妈妈最常说的是一个姓张的，为了救他，爸爸把家里所有值钱的东西都变卖了，连妈妈唯一一件首饰——一枚镏金银戒也卖了。被救走的人，后来没一个回来看看的。而爸爸也从未为此居功，他认为这是帮中国人的忙，是为弟弟办事，脑子里压根没有什么政党的概念。

爸爸的倔脾气是河北人典型标志，为人耿介的他得罪了不少人。"文革"时就有人借此事整父亲，说他是伪警察署署长，是汉奸。父亲被抓后，百口莫辩。幸亏部队、老家地方政府都出面证实，才免于毁家之虞。之后，父亲立下家规：王家后代，无论男女，不当兵，不从政。这也是我在初中时，被文艺部队选中，而被母亲阻止的原因。尽管当时，她还在发愁我和二姐的就业问题。

在这里应该提到一个略带传奇的故事，那也是我们举家南迁的契机。1974年秋，父亲去河南二哥哥家探亲。哥哥家住三楼，一楼住着哥哥的同事。一次，父亲下楼乘凉，同事招呼在窗前坐坐。闲聊时，同事的父亲在房间里招呼儿子，父亲听到了，站起来就进了他家，哥哥和同事感到纳闷儿，就随着进去。只见两位老人面对面站着，互相端量，半天，互相一指：你，是你！

原来，同事的父亲就是爸爸当年搭救出来的抗联战士之一，得救后，他一路东藏西躲，逃回了老家。直到中华人民共和国成立后，才又参加工作，由于那段说不清的历史，"文革"中也被关押了若干年，获释后随儿子落户到这个中央直属企业。

二位老人相对落泪，那段历史终于可以说清楚了。数日后，父亲揣着一纸证言回到了抚顺。转过年，也带着全家，动迁到了洛阳。那位叔叔也姓王，家中最小的女儿长我一岁，我和她在一个学校读书，成了好朋友，直到现在。

细细回忆，经历丰富的父亲应该是个没有大志的人。母亲说，解放后，父亲有过两次极好的机会进身官场，他老人家都不屑地放弃了。一次，是部队出面，送父亲进修学习，因为他文化太低，还给配备了专门的辅导老师。可按父亲的话说是活受罪，弄个小丫头整天看着。他坚决不干就回来了，据哥哥们说带了好多好吃的。第二次，是由于在生产工艺上，有了发明创造，单位又把爸爸送去进行技术培训。这个倒是爸爸乐意的，就去了。结果又是因为文化课学习，触犯了爸爸的倔脾气，结果依旧是不领情地打道回府。以至他留给我们的都是他在疗养院时的照片。他固执地认为，工人凭手艺吃饭，文化有什么用。对于妈妈积极参加街道的扫盲班学习，爸爸是极为不屑。这种漠视文化，也是后来他不顾及我和小姐姐的学业，极力想下放回乡的原因。

所以，一直到退休、到离世，父亲都只是一个大字不识的普通工人。他的身份就是八级木工，是我们兄妹五人的父亲。而在我的心中，全然没有母亲、婶娘、兄姊，以及这次回乡时乡亲们所说的倔强、暴躁、严厉、不羁，他留给我的是宠溺、微笑，永远利落的衣着，以及精湛的手艺……

乡愁依依

此文开篇时，耳机里正在放着一首歌，侃侃的《雪莲花》。那几句歌词突然清晰入心，于是循环地听，只听那几句：走啊，走啊，要找到那雪莲花。日升月落依然是我的出发，幸福童话是手中紧握的沙。走过千年你找到了吗？你的心中有过一个温暖的家……我想，父亲现在应该是找到、寻回了梦中故园，也带回了妈妈，还有我的思念。那思念如同家乡的野枣棵，将日日夜夜生长在父母坟前、碑旁……

26日。按老家风俗，女人在家里折元宝，男人起坟。

一早，堂兄一行八位男性亲属去为父母填土。我们姐妹跟着堂嫂去到店里买了很多箔纸。回来后就开始工作。嫂子们手脚麻利：一挽、一折、一扭，就是一个。嫂子告诉我，这叫锞子。想起妈妈爱看的古典小说中常常提到这种东西。好在不难，很快，我就能追上嫂子们的速度了。

折到了中饭时间，已是巨大的一袋。哥哥们回来了，家人把拍的照片给我看：父母的坟十分高大，这是因为按规矩，新坟三年不能动土。嫂子给我们做了捞面，从不下厨的家门哥哥亲手打卤。自家种、自家碾的面粉让只吃过添加剂面粉的三个南方女婿不禁啧啧称赞。

我想起了父亲，他最爱吃妈妈做的手擀面……又想起妈妈常常念叨的：父亲最爱吃家乡的荞面饸饹。忍不住在堂妹的耳边嘀咕了一句。堂妹拉着我就出去了。

我们穿过村庄，到了集市。饭摊上，妹妹给我要了一碗。淡褐色的圆面条卧在碗中，衬着青绿的葱叶……我挑起一根送进口中，有些硬、滑……口感略粗糙，但是，慢慢感受到了一种淡淡的清甜在口腔中回旋。计算起父亲最后一次回老家，已不知时日。今天，他最疼爱的小女儿替他吃了他心想之、甚念之的家乡食物。我想，在父亲心中，这碗饸饹也许就是浓浓的乡情了……心神一恸，泪水再次滑落……

午饭后，我们买了礼物。跟着家门哥哥去拜访家族中仅剩的四户长辈。生疏的称呼、生疏的面孔掩不住拳拳亲情。我在记忆中搜索：哪些曾在父母的念叨中出现过，哪些是我第一次来时见到的……

27日。按习俗给父母圆坟、立碑。

前一晚，嫂子带着我们做好了准备，叮嘱我们要早起，要在6点之前完成圆坟。

我们姐妹住在家门兄长家的大房间，睡的是炕。这种炕是我童年时睡过的，觉得格外亲切。

……两声清晰的呼唤，好像是大姐姐的声音，把我叫醒。我一翻身坐了起来，伸手去摸枕边的手机，没有。半夜看时间时就放在这儿的，我记得清清楚楚。我的动作幅度大了些，惊醒了身边的堂妹。她打开灯，我看看炕那头的大姐，睡得很沉。再看看时间，快到4点半了。这时听到堂屋有了声音，嫂子起来开始忙了。我急忙出去，嫂子看到我，说还早些，再睡一会儿。但是大家都被我吵醒了，纷纷起身。

我来到院子里，寂静漆黑一片。一阵清冷让我抱紧了双臂。仰头看去，高远的夜空中，一钩银月衬着点点亮星，是儿时承欢父母膝下，听妈妈讲牛郎织女的天空；是这许多年在城市中、灯光污染中、灰霾暗淡的夜空里所苦苦寻觅的梦想……蓦然惊悟：刚才那两声清晰的呼唤，不就是妈妈身体健朗时的声音吗？是妈妈在叫醒我！！泪水，再一次迅疾地涌出，妈妈，你是怕我贪睡误事吗？是让我把最后的事做圆满，不留遗憾吗？

一阵忙乱后，所有的物品装好，我陪着大姐姐坐在三轮摩托上，她托着条案，上面是供品。寒风中我们领头在前，其余人坐后边的车子跟着……

微曦里，星辰天光里，家乡的田野默默呈现出逶迤辽远的轮廓。这片厚重的土地孕育了父亲一生的乡恋，承载了我虽生疏却拳拳的亲近。特别是此时、今日，父母长眠于这片故土之下，我的一颗心也有一半随着我不舍的父母恩情，埋了下去……

墓地到了，一座新坟安详地在那里，和二叔、二婶婶的墓相依靠着……

结束了圆坟，回到了哥哥家。饭后，三堂兄带着我和家人来到纽店一家专做墓碑的石场，等着家门哥哥带吊车来拉墓碑。

为了赶在这一天立碑，墓碑是北京的大姐和姐夫先来定下的。我问了一下：碑的石料叫草白玉，是家乡花岗岩石材的一种，俗称青白石。碑身有2.3米高，70厘米宽，据说有千斤之重。从今天开始，这块碑将凝聚着我4年的复杂心绪，替我守候在父母的身边。

车来了，碑场的工人给装上了车。回到墓地，大家七手八脚，在做工程监理的二堂兄和大姐夫的指挥下，顺利地把这一块巨大的石碑稳稳地矗立在坟前。

最后一次，在碑前为父母焚烧了纸钱，告别了双亲，我离开了。此一去，千山万水，与父母梦中相见多，亲来坟前培土焚香的机会怕是少了……唯可告慰的是：父母终告团聚，入土为安了。

吃完了哥嫂的送行饺子，在乡亲们依依不舍的叮咛中，我们离开了村子——我陌生却亲切的"家"。

我们和石家庄的堂兄妹们一起驱车上了高速，一路并行。到了石家庄绕城路口，堂兄妹竟然把车停靠在高速路的停车带上，下来跟我们告别。担心、难舍再一次击溃了我……

此后行程无须赘述。总之，带着满身疲惫、满心的不舍，我终是回到了金陵。从此以后，一心分挂两处。千里之外，冀中平原上那个村子、那块土地、那座新坟，将是我魂牵梦萦之地。如今日、如他日，每一时、每一刻……我都会放飞自己的情思，回到那里，陪伴我的父母。就像我曾问过的那样，是否穿越了生死之后，我仍可以承欢于父母的膝下？

现在，歌声还在耳边萦绕：等待千年，你知道了吗？你知道了吗？你只在我的梦里，我不想长大……

尾声：

结束这长长厚重的记忆，是在三九里的一个黄昏。

电话响起，是远在抚顺长兄的小孙子。

“姑奶奶，是我。爸妈让我跟您说，今年要你们回来过春节……”

搁下电话，回眸望望窗外，金陵此时暖阳夕照，一片灿烂。深冬无寒，高大的香樟尚绿。一时恍惚，仿佛已走入春天。

第七辑

在书籍中旅行

也许，我们没有机会像作者这样，到乡村去驻村，但是我们却可以像作者这样，懂得工作只是生活的一部分，无论身在何处，都静下心来认真生活，品味生活中最真、最纯、最质朴的美好。

为心灵构建“美与乐的堡垒”

本森的书，我一贯看得很慢。他的书没有惊心动魄的情节，也没有抓人眼球的故事，所以它也许不能让你手不释卷，但它却能让你常常想起，在每一个静下来或想静下来的时刻。

本森是英国著名的散文家、诗人、作家，剑桥大学莫德林学院的第28届院长。这多重的身份与生活经历，加之温柔多感而睿智的内心，使得他的行文笔触细腻，能通过对现实看似不经意的如实描写，却经由精心地选择，深刻地揭示这些事物中所蕴含的自然规律以及深刻哲理。而这些深刻，都是经由轻松且坦诚的语言缓缓道出，在毫无沉重的状态中，进入你的心里。

这一本《心灵乐园》也是如此。然而更为独特的是，这本书是本森选择在最忙碌的工作时间而非自由空间罅隙来写作，目的就是充分考验一下自己的内心感受。因为“如果静谧之心能够在这种条件下得以培养，那么它或许才会真正具有在平静无忧的时日中所无法获得的价值”。

我想，这正是这本书最珍贵的价值。它的真实在我们的生活现实中处处都可以契合，从而激起共鸣，引起沉思，得到一种豁然开朗的喜悦。

本森从“思想解析”开始，写到诗歌与人生、艺术与品德，自我、育人、情感、记忆，待人之道、追求与放弃……25章几乎涉及了思想能够触及的方方面面，人的一生所需要经历的种种生活。可以说，每一次拾起书的阅读，都能与熟悉的自己相遇：我们曾经的想法与做法。由此让我们和作者一起深入地剖析，反思、得悟。

“德艺之辨”是本书较长的一篇文章。本森说：“思想的王国是无拘无束的，有一百扇门会向我们打开。这个王国不像现实中人满为患，它无边无际，到处是未开垦的土地。如果我们能够百折不回，就会发现我们的心灵乐园真的在我们的周围展开。这是我们自己建造的伊甸园。”

“一个人不能让自己脱群和高高在上；当然不是说，人生一定要频繁地与人接触；但是人有必要去感受那种放松的舒适、毫不造作的坦诚、简单大方的质朴；内心喷涌的应该是碧空之下、青山之旁的奔流江河，并不断地与其他更多的快乐而渴望的心灵中静静流淌的小溪交汇。”这是本森在引导读者“找回自我”。

“感悟成长”中，本森说：“人到中年，不愿尝试，也就没有了冒险的意识。他们自己构筑一道城防，基于偏见和固执的信念垒起一个心灵的避风港。没有了风雨的历练，断然就没有了什么希望。风光如此熟悉，如水的心境没有一丝的眷顾，对于山的那边、河的对岸丝毫不理。”

“宽厚待人”是我印象深刻的一章。“世界上没有什么魅力可与那种能够散发高贵气息、予人信心、唤醒情感、消除恐惧的魅力相媲美。”

什么是高贵？就是那种让人感觉到阳光、温暖，产生亲近之感，让人敬重而学习向往之的样子。“对于每个人来说，拥有一个或者几个朋友能与之真诚地交流其关心和重视的事，是一件乐事。”是的，心灵渴望伴侣，人们愿意沟通，渴望有回应的倾诉。但是人们难以接受一本正经的妄自尊大，当人与人坦率真诚、直言不讳、开诚布公时，理解就来到了人间。

我反复流连在这一章节，因为常常某一句话，突然与某一社会现象相对应起来，一针见血的观点使我心中郁结的块垒轰然倒塌。“我们不能强迫任何人去做好事。我们做好事也许是出于良心安慰，也许就是为了解决眼前问题；但做好事的愿望须是自由和宽厚的，这才是人性根本改变的唯一希望。”虽然相隔一个世纪，这种道德绑架不是依然存在吗？面对这样的道德绑架，我们曾多么尴尬。没人反对善良，你尽可以做自己认为善良的事，但你没有权利要求别人按照你的善良标准去做。更何况，很多时候，有些人是假借善良的名义，满足隐秘的自私自利。

“学会包容”，“如果我们因为其与我们自己的愿望和目的不一致而拒绝接纳，那么我们自己的愿望就会笼罩上阴影……”观念的相互冲突中，要尽力去接纳而不是压制，更不要把自己的观点强加给全世界。

本森自己就是这样做的，他所有的观点都是客观的叙述，没有强求接受的意味。但是，他常常借用生活中生动的例子，借用事实来使读者明了。比如就在这一章中，他借用主人的待客之道，让读者明白，在其他范畴，诸如精神与思想等意识形态领域中，道理也是一样的。我们理应尊重他人的自由选择。

本森用诗意的语言来诠释生活，这给读者带来愉悦的阅读感受。“逃离纷扰”一章尤为突出。读者跟随作者的美妙叙述，从大自然朴素生长着的生命中去寻找、感悟。“所有的生命都热爱着自己的生活，好像在向全世界宣布它们活着并忙碌着。”而人类生活的很多时候，许多的烦扰，生活的快节奏，身不由己地远离了森林和田野，“无外乎是因为我们想要的永远比我们需要的多，而且我们从不满足，除非我们被他人羡慕和嫉妒”。

其实,我们亦如一棵开满鲜花的荆棘树,一只金翅的啄木鸟。我们亦可用很多种方式,拥有朴实简单的人生,让生活回归本质,“睁大双眼去寻找围绕在我们周围的简单快乐”。

《心灵乐园》,是的,本森在用自己诗意的智慧引领读者建构自己独特的“心灵乐园”。“在纷繁人生的幕后,内心总会涌动一股无声的思想潮水,轻轻地、无以阻挡地向前流淌。”让我们借助这本书,让思想潮水汇聚成心中这一座“美与乐的堡垒”。我们可以时常在这里汲取宁静、优雅的力量,解除心灵的疲惫,在需要的时候冲出去。

雅致，才是生活的本质

说实话，我是被书名吸引住的。《雅致生活》，一定是教人们如何诗情画意地过日子吧。

收到书后，我知道我错了。

暗蓝色调油画般的封面上一方洁净的白，书名下方一行红色小字：剑桥大学本森教授的生命求索随笔集。

亚瑟·克里斯托弗·本森，英国著名散文家、诗人、作家，剑桥大学莫德林学院的第28届院长。这一本《雅致生活》一定是另一种的心灵旅程。

正是如此，本森教授的确在引领着读者，经历种种美好。

全书四十二个章节中，本森借助各种环境与景物来从消沉、爱情、残缺、苦痛等多个方面解读生活。与我们在图书市场上常见的那些励志“鸡汤”不同，本森的笔触细腻，不轻易言说大道理。他只来细致地描摹所遇所见的种种，以及自然而然地抒发自己那真实的感受，透过对生活细微的观察，触摸到自然社会的脉跳，透过本森的眼与心，我们自己就悟出了深刻的哲理。

“荒废的圣所”是一座老教堂，整个场景是破败不堪的，可是看起来却是那么得体端庄。不远的山庄里，膘肥体壮的小猪、叮叮当当返回的牛群，月桂一路蔓延，这让我们感受到生活的生动与美好。村庄里还有一所安静的老房子，本森被深深吸引——“自己似乎曾在此居住过，似乎刚从远方的战场回到了儿时的家园。房子正用哀伤、温柔的眼神注视着我，它似乎能感受到我对它的爱，并愿意与我分享它的秘密。”“我知道我会永远记住那所老房子，记得它的样子，记得它是如何越过枝条缠绕的树丛向外凝视，看日出日落，记得它是如何等待新的一天的来临，同时又在回味着过去的种种。”本森在描述自己体会到的美好生活时，却让我突然醒悟。什么是圣所？怕就是可以寄放自己宁静心境的地方吧。

在第十章“梁龙的故事”中，本森说：

在整个发展史中，比较奇妙的就是一个新的生物的崛起，那就是人类。人类尽管势单力薄，但仍然能够通过研究、思考和发展教育把逝者生前的情况重构出来，在我看来最为精彩之处就在于人类敢于追溯探寻世界的难解之谜。

本森为什么写梁龙，或者是想揭示思考人类的存在以及壮大。人类为什么来到这个地球，为什么如此弱小却能生存得如此长远？

本森的思考是透过眼中所见的点点滴滴事物，来生发出来，每一个都有生活的起源，因而虽然似乎漫无边际，却不落虚空。

比如最沉重与最容易陷入虚幻的生与死的问题。本森由一扇教堂的大门开始阐述：也许，那就是通往死亡之门，它在阴影中静默等待，等待我们的到来。

死亡之门是不祥的，令人望而却步的。但是迈过门槛之后，也许只是一个凉爽、静谧之所。教堂的躯壳是人们精神的休憩之所，华丽却也脆弱，经年之后便会倒塌，化为尘土。

这是对生与死以及宗教的一种洞悉，哲人的心灵隐约可见的豁达。

本森的视野里，万物生生有灵。在第十二章“农场见闻”中，牛羊温驯平和，猪猡多疑谨慎，还有家禽中那只年老的雄火鸡，以及有个性的公鸡母鸡们。鲜活灵动的描写让人们同本森一起升起了敬畏，万物有灵，众生平等，人类真不该莫名其妙地自傲。

在第十三章“了不起的艺术家”中，更多的是对艺术之人或特质的体会与深度剖析，特别是提到在艺术领域取得成就的女性寥寥无几的原因，让我不由得热泪盈眶。“即使她们有再强的艺术感知力和理解力，也不会让艺术高于生活，因为她们太在乎身边人的幸福，只有在帮助他们活得更幸福，她们才会感到深深的满足。”身为女性，我太能感受到本森对女性的体会或者说是敬意。抛却一切，我依然可以因此而对本森表达感激。

最钦佩本森的，还在于他所有诠释这一切，包括对痛苦，甚至对邪恶的那透彻而又诗意的表达。

我突然注意起目录的排序，看似毫无规律，但认真读完，就会发觉，这是本森探索心灵的道路，曲径通幽，深深浅浅，却是一个朝圣的方向，百折不回。是让一个在生活中千锤百炼的灵魂重新轻盈，一颗千疮百孔的心重又感受到生活深处，我们所追寻的那种雅致的情怀。哪怕经由了“邪恶之谜”“重生之中”以及“死亡之后”，都会源于永恒的意志而复归“生命金线”。

生命金线是本森写作此书的目的。这条线能真正地引领那些已在山洞中徘徊许久，弄得灰头土脸的人们，走出漆黑的小道。

人生艰辛，心中欲望万重。当长长的路走得疲惫时，我们会觉得这个世界太多的黑暗。孤寂的旅程孤单的灵魂，需要高贵和唯美之物、清醒而平静的情绪。

本森是个睿智而心底温柔的人，或许他自己也有过这样的心路历程，因此才有这样用美好的感受洞悉一切，启迪疲惫心灵的一本书。为在迷茫、困惑、喧嚣生活中迷失自我的人们指引方向，让人们懂得：原来，在忙碌的生活之外，还有诗和远方；从而抽出身来，放慢脚步，找到生活的本质和真谛，使生活上升至新的精神层面，达到一种极致的朴素和精细，学会对生活的虔诚和感恩。

浮躁的社会里，我们缺少这样安静地写心、写给安静的一本书。

写到这里，突然醒悟：其实，我开始的想法并没有错。只有一个人的心灵舒缓了、诗意了，生活才能真正的雅致，你说对吗？

《父与子：信仰与偏见》，对极权的挑战

蒙素不相识的独立出版人、执行主编孔宁老师相赠，收到满满一箱精致的新书，激起我满满的感动。由是，读书的态度就隆重了几分，心底以为，不如此就辜负了赠书人的好意。

首先选择埃德曼·戈斯的《父与子：信仰与偏见》，这是因为对这本书早已小有闻名。这是埃德曼·戈斯（1849—1928）的自传，也是英国文学史上第一部现代派传记。而英国文学，是我除苏联文学外，较早接触到的也是非常喜欢的外国文学。从莎士比亚的《罗密欧与朱丽叶》到夏洛蒂·勃朗特的《简·爱》；从笛福的《鲁滨孙漂流记》到狄更斯的《大卫·科波菲尔》。曾经的阅读愉悦，历经岁月的磨洗，依旧清晰。

然而，我不得不说，读这本书，可以说是近年来读得最认真也最痛苦的一本。

戈斯在这部自传中一反隐晦的维多利亚时代传记风，文风不能不说明晰流畅，特别是对人物的心理刻画，对环境的描摹都十分生动，说文采斐然一点也不为过。整本书围绕宗教，写出了父子之间既相互依恋，又渐升排斥的信仰之争。建构了一个以狂热的清教徒的父爱来教

育控制儿子的时而温情，时而严厉，更多的是偏执、狭隘、固执的极富立体感的父亲形象。这不只是颠覆了维多利亚时代父权至上的伦理观，甚至整个人类社会的人伦观念都受到一种挑战。而埃德曼·戈斯在讲述自己摆脱父权和宗教压迫走向自由与独立的经历的同时，塑造了一个与父权观念背道而驰，挑战父权和严父而“叛逆成长”的青春期成长的形象。

没有空洞的说教，没有机械的记录。整本书通过一系列思想冲突，一桩桩事件场景的生动描述，一个个人物富有特点的刻画，将温暖与挚爱、虚荣与空幻、严厉与残酷无法分解地融合在一起，让读者沉迷其中而情难自抑。

作者的父母出身于富裕的中产阶级家庭，由于家族逐渐衰落，成为清贫却又自视清高的知识分子。一个是在海洋生物研究上造诣颇深的动物学家，出版过自然史方面的书；一个是起初喜欢宗教诗歌创作，出版过宗教诗集，后来转为专写宗教启迪作品的作家。二人都是狂热虔诚的清教徒，他们几乎所有的业余时间都在皓首穷经般地研读《圣经》。

母亲产后六周，父亲为母亲举行隆重的安产仪式。牧师“把圣水洒给我们的孩子，他会成为主的孩子”。从此，幼小的戈斯就笼罩在宗教的魔力之下。之后的生活中，所有的一切都遵循着教义，烙刻着宗教的痕迹。清教徒的家庭生活，《圣经》被父母奉为圭臬，一切完全听从上帝意志的指引，“他们生活在自己思想的囹圄中，为自己建造的围墙所禁锢”。而作者幼小的心灵，“被栽种在一块岩脊之上，它从花岗岩般坚硬的山上劈凿而出，一面悬于夜晚与迷蒙的世界奥秘之间”。

戈斯的叛逆心理，随着父母的严格管控，愈加强烈。狗“夺”羊腿事件、“搜书”事件、偏爱士兵娃娃、晚祷中祈祷得到彩色大陀螺……一直到戈斯6岁生日那天，悍然违背了教规。父亲在严厉的训诫后，又按照献祭的方式，用手杖惩罚了戈斯。而此刻的他已经对父亲的神学思想产生了质疑，也对父亲的宗教管制不再信任。

戈斯7岁那年，原本身体健康的母亲，突然检查出得了绝症。为了生存和为母亲治病，父母无奈分居了。之后的3个多月时间，戈斯在父亲为他和母亲租住的一间阴暗的房子里，他是母亲唯一的陪伴，无助目睹母亲的痛苦和挣扎，承受着一个幼童不该承受的精神压力。母亲弥留之际，让父亲将“我”推到她面前焦虑地向父亲重复：“带着我们的羊羔和我一起来吧！”母亲以我的“奉献”将大力神施予的重负，加在一个柔弱少年的肩膀，使得戈斯难以承受。

母亲离世后的一段时间，应该是戈斯心灵突破禁锢的时期。在克里夫顿家庭中，已经8岁半的戈斯出生以来第一次接触到有年轻人的生活环境，表哥表姐们让他感受到了健康且富有活力的家庭生活，让他回到了真正的童年。戈斯的自我意识在不断觉醒，他开始痛恨充满宗教信仰的社会。也是这一时期，“有时，当薄暮降临到书房、无法清晰地观察显微镜时，他就默默地招呼我过去，用胳膊紧紧地搂住我……”父亲对亡妻的思念和对怀中儿子的怜爱，让戈斯感到亲情的存在。

这个时期，戈斯虽然没有儿童玩伴，但夏夜里，他却可以常拉着父亲的手出去散步，有时还在火旁惬意长谈。他用儿童惊异的目光探寻世界，感受生活的快乐。此时的父亲在读者眼中生动起来。

在德文郡的海边生活，是戈斯童年生活真正变化的开始。他获得了一些童年的快乐，感受到了什么叫父爱如山。每天入夜上床后，父亲便会跪在他身旁，祈求上帝保护戈斯抵抗黑夜中的恶魔，以此来抚慰他因受惊吓而脆弱的心理。而“一个清新的伙伴出现在我身旁”，“这个伙伴就是大海”。“我有着强烈的欲望，想要在海面上一路走下来，然后平躺在海面上，脸朝大海，探视它的深处。”这是作者觉醒意识的成长。

这一时期父亲事业受挫，但由于戈斯的陪伴，父亲发现了海岩新种属“微粒”。

1859年，戈斯走入了寄宿学校，他终于获得了与同龄男孩交往的机会。而寄宿学校校长威尔克小姐，是戈斯无限信任和依赖的人。戈斯的朋友圈开始扩大。也是在此时，父亲认为应该让戈斯获得上帝赐予的重生和再造。他想尽办法，终于按照成人标准吸收戈斯为教友。戈斯受洗后，父亲“好像去掉了一块心病”，人变得也随和了许多。

可是，父亲只允许戈斯看一些描写大海的书，却跳过那些有故事情节的章节。直到布莱特文小姐成了戈斯的继母后，他才过上了正常儿童的快乐生活。作者以感恩的心情，详细描写继母鼓励他与其他孩子建立友谊，在充满激情的夏天里，陪他快乐地爬山、游泳、划船、散步和聊天。这和父亲总是不忘随时提醒儿子，必须跟他讲“耶稣之血”形成了鲜明的对比。可以说，继母是戈斯人生旅途上第一盏明灯。在这闪耀着人性光辉的慈爱光芒中，戈斯冲破了宗教信仰的禁锢，与宗教彻底决裂，终于领悟了人生真谛：“我若将自己的一生一直寄托给上帝即可降临的期望之中，直到今天，我也许还在做着黄粱美梦。”

一个崭新的戈斯，毫无顾忌、义无返顾地离经叛道，走向自由的青年时代。父亲以及宗教的影子，在他日渐高远的目光中，越来越远、越来越小。

如此生动而又深刻的文字，我为什么一次次产生痛苦？那是因为我常常从戈斯的身上看到很多熟悉的影子，我的学生，甚至我的孩子，从而使自己抽离于书籍，堕入现实。

戈斯的年代，父亲作为权威的象征，理所当然地成为儿女们服从的必然条件。而在那个时代里敢于反抗与挑战父权的行为必然会遭到严惩。

而如今我们的教育在某些方面，依然是作为强势的实体对视着学生。

我们作为父母、作为教师，要求孩子过我们自己认为最应该的生活。在我们看来，未来的生活必须由此刻心无旁骛的苦读来搭建。我们的教育综合了家庭和社会的权威，高高在上、自以为是地控制着孩子的成长。为了达到成人眼中成功的目标，不惜扼杀儿童那自然而又自由的天性。这依然是两种气质、两类内心，甚至两种思想的斗争。

戈斯自我意识的觉醒起于何时？是父母各自忙于自己的事业，又用忙碌后所有剩余时间来教育他、控制他。这和我们如今的家庭生活何其像也。书中有一段提到，戈斯不能自由地出去玩耍，他想让父母带他出去走走，于是他用图钉钉自己，以达到他的目的。父母认为他是个精神失常的孩子，而不去真正地观察与分析他到底为了什么，是什么根源导致他有这样的举动。我们现在很多的家长，不是也常常因为自己忙，因为孩子的学习、考试，而把孩子禁锢在教室——从学校的延长班到社会的培训班，再到晚上家里的陪读。我们完全无视孩子渴望心灵自由舒展的愿望，而只狭隘与幻想地意淫在未来的出人头地上。

“但最近，尤其是过去的一年，你向罪恶滑落的速度太明显了。现在，我必须恳求你停下来，过一会儿再读信。再次求助于上帝的恩典，按照它去衡量我马上要说的话，否则会惹起天怒。”这是本书最后，父亲写给青年戈斯的一封信。我隐约看到了父亲的无力，也看到了时下我们很多家长面对青春期叛逆孩子的无奈。

不是孩子不爱父母。

戈斯对父亲是充满敬爱的。但他的对抗是源于人性的自然本能，是一个活生生的生命个体所拥有的无上权利，他有权塑造自己独立的精神世界。

《父与子:信仰与偏见》，不是对信仰的偏见，也不是对亲情的偏见，它是对任何极权偏见的挑战——无论是父权还是宗教。

《斯陀夫人传》，可以借鉴的成长经验

读这本书是源于另一本书。

你或许也曾和我一样，不太清楚斯陀夫人是谁。但你一定也和我一样，读过或者知道《汤姆叔叔的小屋》。

《汤姆叔叔的小屋》是19世纪最畅销的小说，据说仅次于最畅销的《圣经》。它被认为是刺激19世纪50年代废奴主义兴起的一大原因，为美国废奴运动赢得了200万名同情者和支持者。1862年，林肯总统在白宫接见斯陀夫人，评价她的书时，在扉页上题词为"写了一本书，酿成一场大战的小妇人"。

《汤姆叔叔的小屋》的作者就是斯陀夫人。《斯陀夫人传》则是她生前授权她的儿子、传记作家查尔斯·爱德华·斯陀撰写的传记，是目前公认的权威版本。

查尔斯·爱德华是美国著名的作家和教育家。他人生的大部分时间跟母亲同住一处，对母亲十分了解。在斯陀夫人的晚年及去世后整理母亲的信件和作品全集中，他做出了巨大的贡献。在这本书里，他通过书信、日记的形式全面展现了斯陀夫人的人生、作品、婚姻状况和她所生活的那个时代。书中从第一章童年时期开始着笔，到第二十一章的晚年生活结束，对斯陀夫人的生活背景、大学生涯、信仰、婚姻状况、她在欧洲旅行的见闻以及晚年光景等进行了详细的阐述。一个有信仰、有爱、有坚定立场的女性生动地出现在我们的眼里，并渐渐高大。

在斯陀夫人人生中，最早记住的事情，是母亲的去世。当时，她只有4岁，但这件事始终是她整个童年时期最柔软、最悲伤也是最神圣的记忆。

斯陀夫人的母亲是一位有着坚强性格、为人安静，具有博爱精神的人。“每个人都能从她身上感受到安慰与平静。”在斯陀夫人珍贵的记忆中，我们可以清晰地感受到，一个母亲的品格会给子女带来多大的影响。某种程度上，母亲是孩子性格的塑造者，这样说一点也不为过。

斯陀夫人在她6岁的时候，迎来了继母。“从来没有像她这样的继母给人留下这么美好的印象。”“她是那种有着高尚品格，但却比较严格的人，始终追求着完美的生活，同时还有着强烈的自然与道德理想。”我想，继母的美好形象，很大程度上来自斯陀夫人那纯净美好的心灵。美好的眼睛里见到的都是美好。看到这儿，不由得想起生活中常见的一些问题家庭，很多父母在家庭矛盾发生时，总想把孩子作为筹码，甚至想把孩子培养成同党，共同对付对方。殊不知，当你给孩子心底灌注了仇恨时，很可能也让孩子失去了未来生活中快乐的能力。

在回忆她的童年学习生活时，斯陀夫人首先讲述了自己父亲的图书馆，并且生动地描述了自己在图书馆内的许多经历。

“当我进入父亲的图书馆里，我会感觉到家庭里的一切噪声都消失了。对我来说，这个房间似乎特别安静，有一种避难所的感觉。房间的墙壁都是从地板一直上升到天花板的，每个书架上都摆放着许多书籍，这些书籍仿佛在向我问好。”

“书架的旁边就是我父亲的那把扶手椅。在父亲的案桌前，他始终放着克鲁登所著的《用语索引》以及《圣经》。我喜欢来到这里，在某个安静的角落里舒适地坐着，然后阅读自己喜欢的书籍。当我安静地坐下，认真观察着父亲在案桌前写作，就会有一种受到保护的感觉。我也会翻看他的书籍，不时用认真低沉的声音与他说话。我隐约地感觉到，父亲所写的一些文章是神圣且神秘的，这完全超越了我这个小孩子所能理解的范围。我小心翼翼不去向父亲提问或是与他说话，不想打扰他的工作。”

读到这里，思绪远逸。我的阅读常常是这样，书中的内容和现实生活常常产生碰撞。这一段关于阅读的记载，让我们看到了斯陀夫人成长的知识积淀，来自家庭环境无声的熏陶。这是她所有成就最根本的基础了。而我们的身旁，有很多人渴望孩子读书成才，却没有给孩子一个榜样、一个氛围。

就这样认真却常常游离地读下去。二十一章文字，超出一半是斯陀夫人的日记和信件，极具资料性和真实性。我们可以翔实地探索感受到她的生活足迹，思想的成长与升华。

斯陀夫人的热诚、博爱，对生活的细微感知，不仅成就了自己，也成就感动了身边的人。正如美国著名作家马克·吐温说道：“有幸跟斯陀夫人成为邻居，并陪伴她走到人生的终点。她是我写作上的启蒙者，更是我生活中的好朋友。她的作品引领了废奴文学的兴起，更唤醒了社会平权意识。好在这些都被其子查尔斯·爱德华·斯陀先生详细地记录下来，为后人留下这部权威的传记。这是一部宝贵的精神财富。”

合上书，不由得发出感慨：这本书有太多的精彩值得我们去读、去深思。

纯洁是一种力量

这是一本很美丽的书籍。

这是拿起它最初的直觉:欧洲田园风情油画的封面,美丽的少男少女,让你的心一下子就复归了宁静。

《初性之美》是美国奥里斯·斯威特·马登博士写给青少年的正确性爱观。

国人熟知马登博士。他是美国“成功学之父”,他的许多励志书籍人们耳熟能详,特别是林语堂、胡适等大家都曾向青年人推荐过他的作品。

于是,倒一杯咖啡,开始阳光下的午读。

然而,我的阅读一次次被游离的思绪打断,一次次沉入沉重的思索。

正如序言所说:长久以来,我们在性教育方面避而不谈的做法,无异于犯罪!社会竟然让这个极为重要的话题在缄默中听之任之,让数以百万的青少年面临由忽视而导致的各种危险,简直不可理解!用正确的观念引导、用科学的方法教育已经成为青少年性教育问题中的首要大事,也关系到青少年一生的幸福。

我们应该如何教育孩子，让他们拥有健康的性观念？

我们该如何防止自己的孩子在性方面误入歧途或受到玷污？

我们该如何预先给自己的孩子敲响警钟，并用知识武装他们，以便让孩子健康成长，永葆青春的活力？

马登博士认为“性教育”是青少年青春期不该回避的教育问题，责任方就是父母和社会。无论是在行为、道德、思想层面，还是在家庭、社会层面，一百年前的马登博士，通过十七章大量的案例，对性教育问题的产生以及影响，甚至矫正处理的方法，都进行了很好的分析和解答。

而引起我思索的则是，一百年前美国社会出现的这些问题，如今我们正面临着。比如，好奇的儿童无法从视他们如生命的父母那里了解到自己的生理本质，而是从下流的笑话、低俗的书籍、黄色的影像作品中触探，渐至被不良人群引诱，甚至在青少年阶段陷入不道德的性活动中，从而误了终生。再比如，被忙碌于生计的父母，特别是母亲疏忽的孩子们，面对着繁华喧嚣的都市中各种的诱惑而成为环境的牺牲品。“失去母亲的关爱，尤其是有智慧、有教养的母亲的关爱，是导致孩子变坏的一个重要因素。”

美国前总统罗斯福曾说过：“如果我们不能将孩子们从小培养好，这不仅是他们自己的不幸，更意味着整个民族前途的危亡。”

如何面对孩子的成长，如何让孩子面对日渐萌发的性意识，引导孩子阳光地对待，是全社会每一位父母、每一个成年人的重任。

马登博士说：“数以百万的父母不惜一切代价想让自己的子女获得幸福，可他们在这个重中之重的问题上竟然犯下了‘沉默之罪’。”

于是，他在这本书中，详细介绍了父母该如何帮助孩子度过生命的青春荒漠；父亲应该做些什么，母亲又该如何去做；怎样与男孩沟通，又该如何关怀女儿;怎样让孩子拥有自律自省的能力,从而远离不良的污染;又是怎样在性教育过程中保护孩子的想象力与创造力……

两性之爱是人生中最美的花。而天真无邪的孩子们最初的青春萌动,是最初的人性之美。我们理应让孩子们为自己一生的情感生活,画下最纯、最美的第一笔。我想,马登博士的《初性之美》大概就是这个含义了。

纯洁是最初的力量,我们不能犯下沉默之罪;要让孩子明白,开满罂粟的道路很危险,美丽的心灵、坦荡的胸襟才能让我们尽享光明与温暖;要让孩子知道,很多换来一时快乐的事是危险的,是会让我们品尝生活的苦果……这,是这部书教给我们的。

让我欣慰的是,我看到了这本书,这本书是可以推荐给我的朋友、孩子、学生们的。因为这书中大量的案例和方法,还有理性的思辨,会让人们通晓明了灵魂的高尚与纯洁是生命的本质,也是人生价值的体现,更是我们幸福一生的护身符。

《初性之美》是青少年性教育的经典作品,是一部极美丽的书。

一本别开生面的建筑彩绘笔记

父亲是有名的八级精细木匠，儿时的记忆里充满了锯末刨花的清香，还有那一个个精致的小小木模型。于是，连带着喜欢上了传统的建筑。被称为凝固的音乐的它们，无一不是砖木瓦的绝佳搭配。所以，当看到这本《藏在木头里的灵魂》时，一下子就被吸引住了。

这是一本以图画为主的书籍，正如封面上所注：中国建筑彩绘笔记。整本书分为上下册，共包含188幅绘画。上册主要是建筑常用工具、砖瓦墙、照壁、亭子、桥和塔。下册是大型整体建筑结构和住宅内部摆设、台等。这些大量的彩色图画形象地展示出中国建筑的美妙。而且每张图下，都有简明扼要的说明文字。特别是这些图画着色都具中国画的质感，结构却有着西方画作的透视感，所以特别的写真。原来，这一本描绘介绍中国建筑的画谱手稿，完成于18世纪，作者是姓名、履历已不可考的法国传教士。

可以看出，这位传教士和你我一样，不是建筑师。也许正因为如此，这本书没有成为枯燥的建筑画册。更加有价值的是，在不多的文字里，包含了当时中国社会各方面的信息。你能感觉到作者在试图描述的现象和解释的内容是多角度的,会从照屏的变化中体现官员体质与形制规定,在室内的细节里看出社会地位与交往礼仪的分寸,甚至能猜测出统治阶层的信仰和理想。

18世纪,富庶广阔的中国是欧洲人想象中的文明世界与神秘古国。路途艰难遥迢,难以互通信息。可以想象,这位三百年前的传教士,来到中国,用法国人的思维角度去观察、分析、欣赏中国的一切。然后用图册与文字向他的同胞们介绍这神奇的一切。如今我们又将凭借这本图册,穿越时光,通过这位异族人的独特视角回望曾经的我们,从而体会时间与空间的奇妙变化。

这些年行走过很多地方,看过不少建筑。从典雅的皖南徽派建筑到规模宏大的福建土楼;从傣家的吊脚楼到泰国的王宫;从雍容的金陵民国建筑到娟秀的大理白族民居……每每驻足欣赏时,都真实感受到每一种建筑何止是凝固的音乐,它们甚至可以说是记录历史的诗篇,在不停流逝的历史长河之畔,用自己静静伫立的身姿述说着曾经发生和正在发生的一切。只是,很多时候,湮没在岁月中的那些建筑,我们已无法想象了。

所以,这本体会深刻人文情怀与历史感情、体现中华传统文化的魅力的《藏在木头里的灵魂》才如此打动人吧。

想起案头书中有一本李渔的《闲情偶寄》,里面记载了艺术和生活中的各种现象,并阐发了自己的主张,内容极为丰富。我也非常喜欢关于建筑部分的种种介绍,此刻和这本《藏在木头里的灵魂》两相对照来读,真是各有其妙。

游记民国，追踪曾经的美好

近几年，常常收到文友或出版社的赠书，但是《江海揽胜》是我读得最细，也是读得最爱惜的一本，因为这是一本值得收藏的书。

江苏自古经济繁荣，文化昌盛。不唯人文荟萃，名胜古迹众多，更兼辖江临海，扼淮控湖，自然明山秀水。从古至今都是文人墨客以及士绅民众游览的佳处，因此也留下了浩如烟海的游记文章。

《江海揽胜》一书，就是从数不胜数的民国游记中，精选了34篇具有代表性的文章辑录而成。文章的作者多是耳熟能详的名家大师：张梅庵、朱自清、黄炎培、石评梅、周作人、叶圣陶，等等。

这些游记文字，追随着作者们在江苏境内的游踪，真实反映了在百年前，吴楚大地那独有的风光情致以及民风民俗。

1912年，中华民国临时政府在南京成立。进入民国以后，江苏的近代化进程远远领先于国内其他地区，这一切更赋予江苏强大的吸引力，使之不仅成为当时旅游的热点，甚至各种公务科学考察，会议修学活动也极为频繁，文化名人的脚步也在这片大地上穿梭着。同样，他们眼中心里的吴楚大地，也留在了那一支支生花妙笔之端。

游记原本侧重于抒写自然山水，但这一时期，以社会世情、经济发展、文化风俗为描写对象的游记文学也异峰突起。

本书的34篇按其地理方位，分成四辑："金陵风物""苏锡印象""江山旧梦""徐淮散策"，由当时的经济文化中心的南京，渐次辐射开来，栩栩如生地描摹了彼时的自然与社会。

民国时期，白话文已经成熟，一改古文之佶屈聱牙。这些文章多是文字通晓畅达，采用传统的借景抒情，寓情于景、情景相生的写法。不仅写山水，更是写情思，明哲理，使得这些游记富有了社会意义。民国时期，国家、民族乃至个人命途多舛，这些名家的笔下也多有涉及，细细读来，常常令人掩卷而思古念今。

金陵风物是第一辑，以张梅庵的《金陵一周记》为开篇。有最令人熟知的朱自清的《南京》；有以历史遗痕为题材的石评梅的《金陵的古迹》；也有以单一风景为主的《元武湖游记》。虽然描写的范围都在南京城，甚至有的是同一处，但由于描写手法和视角，以及文风的不同，这些景物在各人笔下千姿百态。就拿玄武湖来说，朱自清说"这里的水是白的，又有波澜，俨然长江大河的气势"，而在钟敬文的笔下，玄武湖又是"波光片片，洲渚杂出。稍远。见诸山围列苍碧晴岚，扑赴心眼"。

我非常喜欢芮麟的《常游小记》。这篇游记一反冗长，而是用短章的形式，逐一写出在常州游览的感受。最短的是"红梅阁"，三段四句话，写出了阁子的特点。语言隽秀，有景有感，且朗朗上口。"高楼数楹，茅亭一角，掩映于千树万卉间，别饶幽趣！小立茅亭，任四面清风，徐徐吹来，翘首云天，竟有仙意！"

此书不仅以大家名笔的文字取胜，更兼精选了民国期间59张与文本有关的图片，与文章相得益彰，直观地反映了那时那地的江淮风貌，读之有身临其境之感。

岁月流逝，时代变迁，山川河流也悄悄改变了容颜。山川河流之变，其实折射了历史的进程。我们在今天的生活中，总想回望过去，追踪曾经的美好。如今这本《江海揽胜》就可以给我们的渴望插上翅膀，我们可以透过这些文字，回顾那些已经湮没在历史风云中的景物，感悟人与社会、自然共生共荣、相依相存的宿命。

《四世同堂》，复现历史的全景图

老舍先生的《四世同堂》是中国现代文学史上最重要的长篇小说之一，也是老舍先生一生文学创作的最高成就。我曾通宵达旦捧读，所有的情节谙熟于心，每一个人物都栩栩如生。

即便如此，收到这套完整版的《四世同堂》，我还是一头钻了进去，再次沉浸在中华历史上那屈辱的一段，我看着看着，透过历史的尘烟，那些熟悉的身影又一个个向我走来。

《四世同堂》以北平城内小羊圈胡同中祁家四世同堂的生活为主线，钱家、冠家以及其他居民为辅线，描写了抗战期间处于沦陷区的北平人民的悲惨遭遇和艰苦抗争，刻画了当时北平社会各阶层众多普通人的形象。反抗与顺从、国家与个人，种种艰难的选择纷繁地交织在一起，形成复杂的矛盾纠葛，从而深刻地展示了普通人在大时代历史进程中所走过的艰难曲折的道路。

由于同名电视剧，《四世同堂》的故事情节人们耳熟能详：

小羊圈胡同里祁老人渴望圆满地度过 80 大寿。日本兵突然打进城，胡同里的生活开始动荡不安，各种性格品德在灾难的考验下，渐趋不同：钱家满门忠烈；冠家投靠日本人；祁家老三在大哥瑞宣的帮助下出城抗日，老二瑞丰则见风使舵出卖了良心，瑞宣自己在尽忠尽孝中矛盾彷徨。随着战争的进程，日本人开始疯狂倾轧，北平断煤断粮。祁老人本想委曲求全保住四世同堂，儿子天佑的惨死却击毁了他的幻想……很多人因吃共和面而染病死去，日本人在街上抓住得病的人就活埋。连冠晓荷、瑞丰、大赤包等等汉奸们也在失势后死在日本人手中，北平俨然成了鬼城。瑞全受命回北平进行地下工作，杀死了前女友——特务招弟。因为共和面的摧残小妞子死在了祖母的怀里，在祁家的悲恸中，人们被告知日本投降了……

许多年来，叙写抗日战争的作品不少，但多是写抗日战场，无论前线还是敌后。而老舍先生落笔于沦陷区的普通民众，描摹铁蹄之下亡国奴的悲惨生活，淋漓尽致而又真实地反映人性的种种改变与凸显，尽显其复杂性。

优秀的文学作品从来不是刻板地给人物贴标签、戴帽子，而是让人物活起来自己说话。在老舍先生的笔下，每一个人物都是有血有肉，他细腻全面写出了人物的一切，由内心而至外貌，甚至一颦一笑。作品中的每一个人都在战争和民族危亡前做出了自己的选择，甚至一奶同胞的兄弟也走上了不同的道路。

优秀的文学作品也从来不会被时光淘汰。因为它不仅真实而艺术化地记载了一段历史，也有一种魔力让人们从中找到现实生活甚至是自己影子的折射——战争的悲剧也好，自然的灾难也罢，总能让人脱去伪装的外衣，尽显真实的本性。

小羊圈胡同的人们在日本侵略下生活的全景展示，以及他们的生死命运和个人选择，不仅映射了沦陷中的北平，也写出了整个国家的国人们从日本侵略者兵临城下时的惶惑不安,到在铁蹄下忍辱偷生,最终逐渐觉醒、奋起反抗的全过程。

大浪淘沙始得金。那些如冠晓荷、大赤包之流的败类虽长袖善舞,赢得了个人私利,却依然落得死无葬身之地的凄惨结果。这是背弃了民族大义受到的必然惩戒。这些丑恶不仅无伤中华民族的正气,反而更衬托出钱老人、瑞宣、瑞全,甚至是白巡长、金三爷这些善良勇敢,更为坚定的人们,在国难当头,由守家在地、安居乐业的小市民,成长为为民族担忧、为国家担当的忠勇战士。

放下手里的书,来到走廊,从四楼向外眺望,薄薄的雾霭中,在远山逶迤的背景下,近处秋树赤橙黄绿。金陵的秋天,格外美丽。我望着这座安静、祥和的古城,想起书中所记载的那一座古城。这一南一北的两座古城,本是这中华大地上的两颗耀眼的宝珠,却在那个悲惨的年代,遍布尘埃,满目疮痍。而那些生活在古城中的人们,在那八年漫长的艰难岁月中,却以不屈的精神书写了中华民族不屈的姿态。

我眼中的泪渐渐清散,依稀看到一个个傲岸的身影缓缓走过……

血与火中的故纸温情

那天午饭后，编辑老师约我写篇书评，并把书名传给了我:《抗战家书:我们先辈的抗战记忆》。下课后来到学校对面的图书馆，找到了这本书，就埋了进去。我不知道我看了有多久。待我忍着满眼的泪水，起身时，那阔大的玻璃窗写满了夕阳的美丽。暮色中，山坡上那些黄色的野花在微风中欢笑。楼下马路宽阔而通达，两旁的人行道树高大而葱郁。校门口，孩子们拉着大人的手蹦蹦跳跳，他们的身影是那么的安闲。

忍了很久的泪喷薄而出。这样的安宁美好，怎么让人想象出70年前，整个中华大地，都在魔鬼们狰狞的魔爪和铁蹄之下呻吟……

那场拼了八年的血战，有多少同胞兄弟血染华夏，无法计数。

时光流转，人们在平安的幸福中，开始渐渐遗忘，遗忘了那些曾经的伤痛，连同那些厮杀的身影。

就是我手中这本书中，这些沾染了鲜血的家书，有多少人知道？又有多少人记得呢？

《抗战家书:我们先辈的抗战记忆》由中国人民抗日战争纪念馆和

中国人民大学博物馆联合编写，收录了左权、吉鸿昌、张自忠、谢晋元等抗战先辈及普通将士近100封家书及其背后的故事，鲜活生动地展现了中国人民长达14年的抗战心灵史。

这些家书，最早的写于“九一八”事变发生不久，最晚的写于抗战刚刚结束，涵盖14年中国抗战的全过程。有热血男儿从沙场写给亲人的绝笔，也有严父慈母对子女的叮咛；有同胞兄弟之间的默默心语，也有恋人之间的款款深情；有战场的硝烟炮火，也有乱世的颠沛流离……国破家亡，民心凝聚，全民抗争，精神屹立，最终取得胜利。

封封读来，缠绵之语写尽柔肠千尺，悲壮之声不掩豪气干云天。为国尽忠，舍家舍命。他们不仅献出自己的生命，甚至连家人也未能幸免。

我们中华民族，从来孝悌传家。但国难当前，父子兄弟慷慨就义的比比皆是，就像书中的这些烈士们。

“此间一切如常，唯生活则较前艰难多了，部队如不生产则简直不能维持。我也种了四五十棵洋姜，还有二十棵西红柿，长得还不坏。今年没有种花，也很少打球。每日除照常工作外，休息时玩玩扑克与斗牛。志林很爱玩牌，晚饭后经常找我去打扑克，他的身体很好，工作也不坏。

“想来太北长得更高了，懂得很多事了，她在保育院情形如何？你是否能经常去看她？来信时希多报道太北的一切。在闲游与独坐中，有时总仿佛有你及北北与我在一块玩着、谈着，特别是北北非常调皮，一时在地下，一时爬到妈妈怀里，又由妈妈怀里转到爸爸怀里来，闹个不休，真是快乐。可惜三个人分在三起，假如在一块的话，真痛快极了。”

“志兰！亲爱的：别时容易见时难，分离二十一个月了，何日相聚？念、念、念、念！”

左权，抗日战争中八路军牺牲的职务最高的指挥员。他把生命过早地献给了中国人民的解放事业，所幸他为后人留下了一摞鲜活生动的家书，才使我们永远记住这位情感细腻的威风男儿。

“看最近之情况，敌人或要再来碰一下钉子，只要敌来犯，兄即到河东与弟等共同去牺牲。国家到了如此地步，除我等为其死，毫无其他办法。更相信只要我等能本此决心，我们的国家及我五千年历史之民族，决不致亡于区区三岛倭奴之手。为国家民族死之决心，海不清，石不烂，决不半点改变，愿与诸弟共勉之。”

“因为战区全面战事之关系，及本身之责任，均须过河与敌一拼，现已决定于今晚往襄河东岸进发。到河东后，如能与38D、179D（38师和179师）取得联络，即率诸两部与马师不顾一切向北进之敌死拼。设若与179D、38D取不上联络，即带马之三个团，奔着我们最终之目标往北迈进。无论作好作坏，一定求良心得到安慰，以后公私均得请我弟负责。由现在起，以后或暂别，或永离，不得而知，专此布达。”

张自忠，抗日战争中牺牲的职务最高的中国将领，也是第二次世界大战反法西斯阵营五十余国中战死的军衔最高的将领。从抗战一开始他就有“报国必死”的决心，每上战场，都打得英勇悲壮，而且每次战前都要写下一封信，回来的时候再把信撕掉。枣宜会战前夕，他留下了两封信，一封信是致将士们，另一封信是致他的副将。

那场恶战，他左臂中弹仍坚持指挥作战。浴血奋战，直至身负七处重伤，壮烈殉国。这两封信就成为张将军的绝笔。但是，他却没给家里留下只言片语。

司马迁在《报任安书》中说：“人固有一死，或重于泰山，或轻于鸿毛。”从此，泰山鸿毛之论作为一种生死观成为中华民族的千古遗训，有气节的人都会作出自己的正确选择。70年前,谢晋元率部坚守四行仓库,与敌血战四昼夜,抒写了一曲民族抗战的壮歌。

“弟十年来饱尝忧患,一般社会人情事[世]故,影响于个人人生观,认识极为清楚。泰山鸿毛之训,早已了然于胸,故常处境危难,心神亦觉泰焉,望勿以弟个人之安危为念。”

谢晋元是黄埔军校毕业生。他的名字很多人都不知道,但没有人不知道“八一三”。而他就是“八一三”淞沪会战中的四行仓库保卫战的指挥者,时任国民革命军第88师524团中校副团长。

谢晋元是极有操守的军人,从家书中可见一斑。“泰山鸿毛之训,早已了然于胸”,他用行动实践了自己的诺言。10月26日,谢晋元奉命率部坚守苏州河北岸的四行仓库,掩护部队后撤。谢部孤军浴血奋战了四昼夜,击退日军数十次进攻,给敌人以重创。四行仓库巍然屹立,国旗高高飘扬。孤军的事迹为人传颂,被称为“八百壮士”(实际人数为四百余人)。后接蒋介石“珍重退入租界,继续为国努力”的手令,方于31日退入公共租界。

部队退入租界后,谢晋元多次拒绝了日军的威胁利诱。1941年4月,他被日伪收买的叛兵刺杀,时年36岁。死后国民政府追赠谢晋元为陆军少将,上海十万民众前往瞻仰遗容。毛泽东高度赞誉“八百壮士”为“民族革命典型”。

流光匆匆,旧人旧物渐渐湮没在时间中,关于那场战争的记忆也变得越来越模糊。这些家书的纸张也已变成了枯黄色,字迹也淡化了许多。然而,纸枯情还在。多年以后,重温这些血迹斑斑的家书,这字里行间蕴含着对亲人的缱绻、对国家的忠贞,依旧深深震撼着我们。慷慨重义、悲壮高歌是这片国土的灵魂。也正是像这近百位抗日英烈这样的豪杰之士，让那些武装到了牙齿的侵略者闻风丧胆。那用鲜血和生命雕琢的民族气节，将沿着血脉，一代代传承，洇染进我们每一个中华儿女的骨子里。

·用真实纯化心灵

人之中年，渐至沉静。书也越读越老，越读越少，手不释卷的也就那么几本。

《随想录选集》就这样成了枕边书。

巴金的书是从少年读起的。一套“家春秋”，陪伴我走过了青春昭华。如今，这部精选集怕是要同我一起走向衰老。我渴望，那该是如巴金一般睿智、清明的心境。

巴金的《随想录选集》一套五册，收录了150篇随笔，字字沉重，篇篇力透纸背。即便合卷，依旧走不出沉思。而这部选集则是精华选粹，共收文九十八篇，依着内容和话题，也分为了五辑，分别为：“文革”批判、反思，现实触怀、社会感言，忆旧谈往、追念故人亲友，文学自述和文坛感怀，国际文化交流，俱都是精华之篇。随手翻阅，你就会进入流逝的那段长长的岁月，感悟到老人坎坷一生中的深深思索。然后，收获无穷的感悟。

厚厚实实的书里，字字句句都是老人家用真话还原的历史。凭着一个亲历者强烈的社会责任感，他着重落笔在“文革”，质朴而直白地坦言自己对历史的反思，对痛失的亲友的追忆，对自我的拷问。以此告诫我们：只有用真情、办真事、说真话，才是最真实的真理。实际上，我们目前的这个社会，假的教训并没有得到人们充分的认识，很多假的东西还在为害人们的生活，损害着民族和国家。老人的担心从来都不是多余。

《愿化泥土》是大家最熟悉的作品。巴老在文中说："我唯一的心愿是：化作泥土，留在人们温暖的脚印里。"我想，这必是因为他所爱的人，都留在了这片土地上了。

在老人最后一个阶段的创作中，最能流露真情的是那些怀念亲故的文章。这些文章常常让我掩卷泪流，特别是对待亡妻的思念，《怀念萧珊》《再忆萧珊》。在这两篇随想录里，通篇看不到一个爱字，也找不到思念一词，但是那些深爱、那些不舍、那些思念，在老人平静的叙述中一波又一波地涌来，令人无法抗拒。当厄运袭来的时候，站在爱人的身前，是最宝贵的关爱；在风霜寒夜，用心的温度抚慰爱人的心灵，是最真挚的慰藉。萧珊是茫茫长夜里丈夫心中的一盏灯火，用生命的燃烧，护卫了丈夫的命与灵。所以，尽管老人回忆的语言是那样的平淡而舒缓，却"词愈缓而情愈切"。我们通过这些平实的词句，刻骨地感受到他对亡妻的无限深情。文尾中，老人把妻子的骨灰留在身边，他说"她是我生命的一部分，她的骨灰里有我的泪和血"。读至此，心在温暖中碎裂。

老人的文字，除了情深动人，更是用毫不容情的深刻，剖析自己、批判自己，这种可贵的自审贯穿了所有的文章。认真捧读，你会透过那些沁满心血的文字，看到深深的忏悔。

在那个动乱年代里，每一个中国人都无数次面对这样的选择：要么站在正直的立场上，游离于当时席卷全国的错误洪流中，被其遗弃或者冲击；或者投身其中，借以保全自己。做到明哲保身，不伤他人已属不易。而处于斗争风口浪尖上的知识分子更是待宰羔羊般，处于危垣之下。无力于抗争而从之,亦难怪之。当浊浪退去,多少人在极力自证清白。而巴金却在《解剖自己》一文中说:在那个时期我不曾登台批判别人,只是因为我没有得到机会,倘使我能够上台亮相,我会看作莫大的幸运。我常常这样想,也常常这样说,万一在“早请示晚汇报”搞得最起劲的时期,我得到了解放和重用,那么我也会做出不少的蠢事,甚至不少的坏事。当时大家都以“紧跟”为荣,我因为没有“效忠”的资格,参加运动不久就被勒令靠边站,才容易保持了个人的清白。

《十年一梦》中,他又对自己十年中的奴性作了一个总结。巴金首先引用了林琴南翻译《十字军英雄记》中的一句话:“奴在身者,其人可怜。奴在心者,其人可鄙。”接着作者认为自己分明做了十年的奴隶,经历了“奴在心者”和“奴在身者”两个阶段。

可敬的巴金老人,坦荡、磊落,毫不掩饰自己在那个特定历史时期最隐秘的心态。我想,这正是我们每个人都敬重他、都重视这部著作的原因,这也当成为我们今后为人做事的根本原则。也只有这样,才能如他老人家一样,暮年时,虽有深憾却无悔。

伴着复杂的心绪,时时翻阅着厚重的枕边书。九十八篇随笔。就像你的父母一样,在和你淡淡地拉着家常,回忆他所经历的那一切。话语时长时短,心情无悲无喜,但你却能把每一句都深深地刻在心里。

缓缓合上这本书,封面上是巴老的面部雕塑:紧闭的双唇,微微低垂的双眸。他似乎正看着我,在审视我们每天的所说、所做。我看得到,那面容写着深深的忧郁,甚至,我突然害怕老人张口相问:今天,你们说真话了吗?

苦心孤诣的教子篇

家教严，有家教，常常是我们对一个人较高规格的褒扬。我们中华民族历来重视家学的渊源、家风的承继，以及家教的成果。这方面，我国著名文学翻译家、文艺评论家以及美术批评家傅雷当为楷模。

《傅雷家书》，摘编了傅雷先生1954年至1966年5月写给长子傅聪的186封书信编纂而成。借用楼适夷先生在代序中的一句话：这不仅是一部“最好的艺术学徒修养读物”，也是一部“充满着父爱的苦心孤诣、呕心沥血的教子篇”。

初读《傅雷家书》是在师范读书时，喜欢音乐的我，源于对享誉世界的钢琴诗人傅聪的仰慕而去，所以直接翻到前言。傅聪给父母弟弟的回信，讲述自己去国万里的学习与生活。一个热爱音乐、执着追求理想，热爱祖国，不断努力奋斗的年轻艺术家的形象跃然纸上。

傅雷夫妇写给儿子的信，我读得很草率。年轻的我无法体会一个父亲对漂泊异国他乡儿子的拳拳牵挂，更多的是从中感受那语言的诗意和对音乐等艺术的诠释。

再读傅雷，已人过中年，受命为一个读书会中年轻父母们做个家教与读书的指导，我选择了这本书。

这再一次的细读，为人之母已久的我，常常被字里行间父亲对儿子的挚爱、期望，以及对国家和世界的高尚情怀所感动。

他和儿子讨论艺术，平等而循循善诱，激发了傅聪对生活和艺术的感想；他说这样的书信往来，可以训练傅聪的文笔，矫正其思想；他想时时刻刻随处给儿子做个警钟，做面忠实的镜子……

186封书信，最长的一封竟然有七千余字。信中的内容，除了生活关心之外，更多的是谈论艺术与人生，灌输一个艺术家应有的高尚情操。

“人一辈子都在高潮—低潮中浮沉。唯有庸碌的人生活才如一潭死水；或者要有极高的修养，方能廓然无累，真正解脱。”“一个人唯有敢于正视现实，正视错误。用理智分析彻底感悟；终不至于被回忆侵蚀。”“自己责备自己而没有行动表现，我是最不赞成的！……只有事实才能证明你的心意，只有行动才能表明你的心迹。”“多思考人生问题，宇宙问题。把个人看得渺小一些。那么自然会减少患得患失之心。结果身心反而会舒坦，工作反而会顺利。”“人寿有限，精力也有限，要从长远着眼，马拉松才会跑得好。”“一个人对人民的服务不一定要站在大会上讲演或是做什么惊天动地的大事业，随时随地地点点滴滴地把自己知道的、想到的告诉人家，无形中就是替国家播种、施肥、垦殖。”……

殷殷嘱咐，都是要儿子知道国家的荣辱、艺术的尊严，能够用严肃的态度对待一切，做一个德艺具备、人格卓越的艺术家。

爱子是人之常情，而超越了天性的疼爱却属不易。傅雷的书信中始终把道德与艺术放在第一位。正是这份深沉的爱建构了这样坚定的性格底色，才使得年少的傅聪稳健而坚强，在异国他乡的日子里，走过颠沛纷繁，始终保持对家国的赤子之心。

2015年的春节团拜会，习总书记引用孟郊的《游子吟》，讲述了家的重要性。他说，不论时代发生多大变化，不论生活格局发生多大变化，我们都要重视家庭建设，注重家庭、注重家教、注重家风。

静心思量，教育好子女，树立良好家风，是每个家长最殷切的心愿。往小里说，这是家庭的希望；往大里说，又何尝不是国家、民族之幸。

《傅雷家书》无处不闪耀着父爱之光。这些书信是家庭的根和生长出来的线，牵着儿子的心，辐射着家的情怀。纸上笔谈的家常话无拘无束，如山间潺潺清溪，如林间轻拂的春风，如碧空中舒卷的白云。纯真而质朴，坦坦然的一片赤诚肝胆。这一本沉甸甸的家书，在浓浓的父爱之上，更有一个哲者对后人高远的鞭策，理应是我们教子的典范。

且以一书清心

天气渐渐炎热，收到这本书，心就闲定了几分。

卡其色的瓦楞纸封面上，居中标签式图案，之上黑底白字：不如喝茶聊天乘凉去，点缀着深天青色的清供小品，衬着淡蓝的腰封。好一派古朴清雅。

《不如喝茶聊天乘凉去》是汪曾祺经典散文集的线装珍藏版，不仅装帧精致，内容也是精彩紧凑，俱是名篇，且编排得独特妥帖，让读者读得自然而入心，非常有收藏价值。

小书不大，特别适合捧读。

“人间草木”，收录了汪老写植物以及与植物相关联的人或事的文章，汪老用朴实的语言，精准的描述，家常的语气，讲述了植物的生长、神貌以及风骨，每一种都有自己的独特。而他从草木论及人和事，都是那么自然生动，却不乏深刻。

“鸟兽鱼虫”，写狗蝇、写蝈蝈、写麻雀、写大雁，从昆虫的复眼，写到琥珀里的黄蜂，从孩子们捉蝉，到北京人的遛鸟，短的只有两句话，却耐人寻味。在写螃蟹时，他说：“螃蟹的样子很凶恶，很奇怪，也很滑稽。

凶恶和滑稽往往近似。”

让人印象深刻的还有《通灵麻雀》一文。闵兆华爱人救护了一只麻雀，且待它像对待孩子，人吃什么它吃什么，发烧也就吃点四环素，一个棉帽子就是它的窝。最奇特的是，鸟每天飞出去玩，只要兆华爱人在窗口喊一声“鸟——”它呼的一声就飞回来了。兆华发了工资，放在大衣口袋里。麻雀会把钞票一张一张叼出来，送到兆华爱人面前。这真是只通灵的麻雀，因为它或许比有些人更知道感恩。

最后一篇是《雁不栖树》，汪曾祺引经据典，诗词文赋信手拈来，写得是纵横潇洒，文采斐然且又不失生活朴质真味。

“时令节气”，夏天的花草，冬天的饮食蔬菜，都在汪曾祺那富有特色的语言中生动起来。一年四季，这片土地上，每一种事物都和时令缠绵交织，独具风韵。最动人的当属“葡萄月令”：一月，下大雪，葡萄静静地睡着；二月春风里葡萄出窖；三月上架；四月浇水；五月喷药打梢掐须……一个月一个月地，葡萄自在生长，开花挂果，长大，着色成熟。“九月的果园像一个生过孩子的少妇，宁静、幸福，而慵懒。”多美的比喻啊！葡萄呢，随着季节又过了一年，下架、入窖，一年的光景，又在雪下的酣眠中过去了。

读汪曾祺的文章，除了触摸到岁月的脉动，还能感受到历史的经络。《烟赋》一文，可算是中国香烟发展史的精妙演绎了。地域上涉及了内蒙古、潮州、吉林、云南，品种上有水烟、旱烟，以及各种卷烟、烟卷。从本土到西方舶来，这香烟的发展和中国近代史的进程是难以分开的。

“行者无疆”收录的则是旅途见闻。天南地北，风土人情，饮食习俗，历史文化，真是各具神采。读得入神时，仿佛汪老成了地方文化大使兼高明的导游，带着读者在祖国各地品味、体会。

写草木、写鸟虫，俱是为了铺展洞明的人事百态。所以本书最后一章为“趣闻逸事”。主要是以汪曾祺在西南联大生活的事与人为主。首篇是写老师沈从文的，叙述不动声色，师生之情却纯粹而深浓。“沈先生家有一盆虎耳草，种在一个椭圆形的小小钧窑盆里。很多人不认识这种草。这就是《边城》里翠翠在梦中采摘的那种草，沈先生喜欢的草。”

读完此书，正是夜深。雨后微凉的初夏夜，一切都是那么的安静祥和。

人生不是用来赶路的，何必急着奔向终点，那又何不适时放慢脚步，慢品生活之美？

的确，汲汲于身外的名利，真不如喝茶聊天乘凉去。

给心灵一个安驻的地方

每次旅行，总会选择一本书相伴。但没有哪本书像这一次的这本，在这特殊的时刻，产生那么大的共鸣与醒悟。

那是当我的车行驶在从云南怒江州贡山的丙中洛到独龙的高山险路上。车道窄窄，左峭壁右悬崖；左边时有落石，右边时有路基塌陷，之下就是万丈深渊。车子随山势左转右弯，心随着颠簸而揪成一团。但是，我们始终满怀信心向前。那是因为这条路上，时时遇到忙碌的修路人。他们在高原炽烈的阳光下，在泥泞坑洼的地面上辛苦劳作，修整路面。对我们来往车辆关照有加，主动帮着清理障碍。对我们的谢意，只报以憨厚的笑容。我望着那黝黑的脸，突然就醒悟了手中书名——“泥步修行”的意蕴。

《泥步修行》是余秋雨教授系统阐释人生修行的归结性著作。和之前《文化苦旅》一类深沉厚重的散文不同，这本书把哲理蕴含在优雅的文辞中，使人读来轻松畅意而渐渐有所体悟。

全书以世人推崇追求的修行为主旨，把修行分为“破惑”“问道”“安顿”三大环节，从生活和修行的各个层面娓娓道来，将“破惑”的经验，

“问道”的方式,“安顿”的境界,传递给每一位读者。

“破惑”部分,仔细分析了人人都会遇到的“灾之惑”“位之惑”“名之惑”“财之惑”“潮之惑”“仇之惑”的引诱和危险。作者逐一回顾自己在破除这每一个“惑”而达到“不惑”的过程中,如何使艰难的修行变得切实可行。作者真实的经验是每一个读者都可以借鉴的。

“问道”部分,作者从佛、道、儒和魏晋思想家的多重智慧中筛选出直接有助于修行的精神助力。使得人人常常认为修行是个体的这一行为融入了千年共修的境界。这一部分,是作者多年来对中国传统文化,特别是宗教文化的当代萃取。

“安顿”部分,则是全部修行的总结。读者在跟随着作者,追踪修行者在经历了重重“破惑”“问道”之后如何来实现心灵最终的安顿,从而使得修行有一个真正圆满的结局。

“岁月确实像一道道厚墙,堵着我的嘴,但我相信真正有力的话语一定能把这些厚墙穿越。我修行大半辈子,破了那么多惑,问了那么多道,理应留下一些成果,否则就对不起那些惑,对不起那些道了。”

诚如余先生所言,这本书的确凝聚了作者的修行智慧,围绕“生存基点”“因空而大”“天地元气”“本为一体”“相信善良”“我在哪里”“日常心态”这七个方面,概括了一个修行者终于上升为一个觉悟者的精神构建。

不过,“是否安顿了,只有自己知道。只要还有一些隐隐约约的异光杂色,就很难安顿;只要还有一些浓浓淡淡的陈霉气息,就很难安顿;只要还有一些边边角角的夹生和夸张,就很难安顿;只要还有一些丝丝缕缕的缠绕和纠结,就很难安顿”。我们在繁芜的世俗生活中,如何能够修行超脱至心灵安顿的境界?其实就是一颗心真实地放下,于生活中踏踏实实地经过，一如我旅途中遇到的那些修桥补路的人们。

“安顿，不能全靠已有经典，而必须由自己出场。一遍又一遍，再叩山门，再访庭苑，反复比勘、选择、重组。最终，寻找到一种最自在、最简约的精神图谱，这就是心灵安驻的地方。”

借一本书，得读书之妙法

清代诗人袁枚说，读书不知味，不如束高阁。

近代著名学者、文学家林语堂也言及：读书须先知味。这味字，是读书的关键。

可见读书知味是极其重要的。一个味字，体现出一本书独有之趣之意，就像花有花香、树有树姿。读书唯有知味，方能得其精髓。而怎样读才能知味？著名作家肖复兴在《读书知味》一书中，用自己六十多年的读书阅历与教育经验，引领读者，特别是青少年读者走进中外名家名作，探寻作品与作家的独特意味，寻找出有效的阅读方法。

整本书分为五章，每章6篇至7篇不等，从章节到篇名都简洁清晰，富有指向性。

第一章，做读书的有心人。这个道理从小父母和老师就在讲，可是扪心自省，做到的人不多。其实不是不愿意做，更多的时候是不知道怎样才是用心，或者说用心可以用哪些方法。“好的文章中，几乎没有不用到联系这一古老的方法的。”“在阅读中，有了联想，会帮助我们提升阅读兴趣……”紧接着肖复兴用秦牧的《社稷坛抒情》为样文，结合有异曲同工之妙的周涛的《大树和我们的生活》、史铁生的《二姥姥》，详细分析作者是如何运用联想，读者又如何理解并借助文本展开联想。之后的这一章中的“读书需要想象”“读书需要思想”……无不如之前一样，结合着名家名篇，具体到某个细节某种写法，如何体会其中的美妙，这不唯对青少年，所有读书不得其味的都将大有裨益。

读书得其法，是为了读书得其趣。在第二章读书的乐趣中，同样采用分析名篇名作的方法，来指导读者获得别样的感受。这些文章十有八九是大家耳熟能详的，可跟着肖复兴的引导，再来细细品味以后，就讶异地发现，原先我们曾数次过目的文字下竟还潜藏着很多东西。唯有这样体会了“细读的妙处”才能“由‘小’见大”把握“文章的节点”，感受“细节的力量”，进而品味“情境的味道”。

目前国学正热，肖复兴在“古诗要从少年读”一篇中，主张不妨让孩子先从读古诗入手。然后由读写结合，指导青少年如何从读古诗中得到写作的启示。肖复兴善用对比的分析，比如他用李白的《寄王昌龄》和《送孟浩然》来分析同样是送别题材，“送别的对象、情景不同，心情不同”，因而写法的不同，进而分析李白的诗是如何做到“体格无一分形似”，从而使得读者不仅读懂了诗，也懂得了如何把相同的题材写出独特的韵味。这样读书所挖掘的乐趣，绝不是看到好玩有趣的情节哈哈一笑，而是读懂之后有所触动、有所回味，“看到了文字背后的细微之处”而会心一笑。

之后三章，“读书读什么”“读书与读‘人’”“我的读书笔记”，肖复兴分别从体会语言，把握人物关系及心理世界，以及6篇名作的读书笔记，给予年轻读者们翔实的读书与思考的方法及建议。

一书读完，收获颇多，迫不及待想推荐给年轻的朋友们。就如肖复兴在前言里提及：纸质阅读的魅力和作用，在于它是一种整体能力的培养，这种能力能伴随人一生的成长，可以丰富人的心灵与精神，并能够挖掘出人生的种种潜能。

希望有更多的青少年读到这本书，并由此踏上自己的自由阅读之路，尽得读书之味。

春花落，入梦新

春色渐老，每日里上下班的路上，看路旁各色树木都红消绿重，心中总是涌起那句诗，以及那本书。

《十万春花如梦里》是著名作家肖复兴的最新作品。这本书文字朴实，情感真挚，我却读得比较艰难。因为那些饱含深情的追述，常常让我掩卷泪流。37篇文章37个人，父亲、生母、继母、姐弟，以及一代文坛大师、艺术大家，每一个都是难忘的相遇相知。所有的情感交织，都浸透了岁月酿积的厚重情感，呈现人性中的真诚、美好、爱和感动，体现出生命的重量。在过去的那些艰苦岁月中，这些亲人、友人用最朴实的方式表达着对作者的关爱，形成作者生命的支撑。此外，肖复兴还在本书中回忆了自己在北大荒的知青岁月，这不仅仅是记录了特殊岁月中珍贵的友谊，也记录了那一代人的青春记忆。艰难见人心，那个年代的真与纯，至今都是人们所心往神之的，读来令人倍感亲切。

书的开篇是“父亲和我”。在肖复兴的印象中，“父亲胆子很小”，后来却得知他曾是一名国民党军需官。作者“小小的心被万箭射穿”。尽管父亲只是一名国民党的税务人员；尽管父亲事事谨慎，但还是受到牵连,被赶出原来宽敞的住房,接受修防空洞的劳动改造。父亲对于子女的“任性”保持缄默。“我”高中时与老红军的女儿小奇产生朦胧的情感,“他不说什么”,只深夜守候在院门后,默默为我开门。“弟弟忍受不了这样压抑的气氛,报名去了青海油田”“我也离开北京,去了北大荒”,看着我们离去,他没有劝阻,也知道无从劝阻。父亲的胆小与无奈与对子女的关切,在一个个看似平淡的场景中让人心酸。

然而作者并没有把艰辛写成凄凉,他落笔在生活中那些不经意的细节和对自己为人子的反省,让人深思中感动。“我只知道,在他的一生中,起码有二十多年是屈辱的,有一些是我添加给他的”“年轻的时候,真的有很多幼稚和自私,表面上说是为了革命,其实心里想着的是自己,甚至可以是和自己没有任何关系、八竿子都打不着的人,却很少想到关心一下身边的父母。”我们又何尝不是呢?可是“生命的轨迹总会神不知鬼不觉地显现在父子的亲情之中,在命运的冥冥之中。那是一种生命的感应,即使你当时迟钝地没有察觉,但那已经像一粒种子悄悄地落入你的生命中,落入你的记忆中,在以后的日子里生根发芽,忽然有一天让你触目惊心而叹为观止”。

读至此,泪落潸然。都说亲情的不可战胜源于血缘,但当你读了第二篇“母亲”,你就会知道,有些相濡以沫的爱来自真诚的善良。

母亲是作者的继母。作者的生母死后,父亲独自回了一趟老家,领回来一个大父亲两岁的农村妇女。从此,继母担负起照顾一家的职责。

她为生病的“我”招魂,她为“我”的“卖书”落泪,她为了“我”读书给人家拆毛线头……“就是亲娘又怎么样呢?”作者的心中,她就是崇高的母亲。

“姐姐”是第四篇。“这个世界上最先让我感觉到至为圣洁而宽厚的爱，而值得好好活下去的，一个是母亲，一个是姐姐。”姐姐大他十二岁，作者和弟弟对大姐的那份依恋，就如对生母一般，那是因为姐姐早已在无形中担负起生母的职责。我的眼里在这一段里潮湿——“就在姐姐临走那天夜里，我隐隐听到一阵微微的哭泣声，睁眼一看，姐姐正伏在床上，为我赶缝一件棉坎肩。那是用她的一件外衣做面、衬衣做里的坎肩。泪花迷住她的眼，她不时要用手背擦擦，不时拆下缝歪的针脚重新抖起沾满棉絮的针线……我不敢惊动她，藏在棉被里不敢动窝，眯着眼悄悄看她缝针、掉泪。一直到她缝完，轻轻地将棉坎肩放在我的枕边，转身要离去的时候，我怎么也忍不住了，一把伸出手紧紧抓住她的胳膊……”

浸透了真实真挚情感的，必然是好文章。这一点，在《十万春花如梦里》里得到验证。无论是亲人、朋友，还是师长，都在作者的笔下，感情至深或至真。虽然在写至亲的入骨之爱的衬托下，写师友的文章淡然了些，但都通过某一点，切入人物的本质性格：诲人不倦、亲切和蔼的叶至善，敏感而坚强的史铁生，历尽沧桑而不改真诚的孙道临……那一个个远去的背影，成为岁月标注最温暖的注脚。

“大千秋色在眉头，看遍玉影珠光，重游瞻都；十万春花如梦里，记得丁歌甲舞，曾醉昆仑。”这是曾挂在老北京广德楼戏台前的一副对联。戏台上唱念做打，不过是人世间悲欢离合的缩影。所以那些过去的人和温情，都如十万春花一般，灿烂后凋零，落入每一个情深情重人的梦中。我想，这就是肖复兴用“十万春花如梦里”为书题的原因吧。

走过池上，寻找内心的秩序

阴雨天，临窗听雨看书。

《池上日记》是蒋勋先生最新的散文集子。

熟悉蒋勋，是由于他的《孤独六讲》，以及后来名噪一时的《说红楼》。而突然让我有亲近之感的，却是这本《池上日记》。

2014年的暑假，我在台湾游走十一天，池上，也是我惊鸿掠影过的地方。

于是，这个安静的周末，我走进这本书，寻找记忆的碰撞。

打开书，扑面而来的是大自然的四季风韵，从春到秋，从大地到天空，蒋勋用一帧帧摄影作品和一段段朴素却不乏诗意的记叙，开启了池上之门。

“人在池上”是作者的自序。第一次看到用28个页码写成的自序。从蒋勋接受台湾好基金会邀请，开始在台东的池上乡担任驻村艺术家开始，款款叙来。他在纵谷找到一间老宿舍，在最简单的生活条件下，开始写作、画画和拍照。一年多的驻村生活，他听春天的雨滴，听星辰的流转，听稻谷发芽叽叽喳喳的对话，听昆虫在不同角落低语，听寒夜里东北季风通过纵谷长廊，掠走所有的温度时，地底深处岩浆流动的声音，冷冽沸腾，使得生命肃静。

这个池上，是属于所有生命的池上。蒋勋记载了一个让人心醉的细节。“为了让稻谷在夜里好好休息，池上许多地方都没有路灯。让稻谷休息、睡眠，像人睡足了觉，才有饱满的身体。”读到这里，我突然忆起，我坐在池上那个小广场上，看远处田陌，那深绿的浓郁，每一株稻穗都饱满得将要崩裂，散逸着清甜的气息。

是的，“声音带我到了池上，气味带我到了池上”。在长河和大山之间，听着千百种自然间的天籁，好像也就慢慢找回了自己身体里很深很深的声音的记忆……那么多渴望，那么多梦想，长长地流过旷野，流过稻田上空，流过星辰，像池上的云，可以很高，也可以很低，低到贴近稻秧，在每一片秧苗上留下一粒一粒晶莹的露水……

蒋勋用细腻而敏锐的、充满美感的语言，与大地、万物、季节流转对话并心有所感；春夏秋冬，晨昏和正午的冷暖痛痒，都在他的身体里，犹如找回儿时的记忆，一点一点，在池上落土生根。

一页书签飘然而落——山水自然，是有心人永远读不完的诗句。页签上有二维码，扫码后，蒋勋柔和的声音扬起，“有时候觉得，风景其实是一种心事”。我的目光凝注着每一小辑扉页上的诗句，听着他细细说着，他与纵谷的缘分，他在纵谷写下的诗。纵谷的大山笃定，纵谷的流云自来自去，纵谷的风声、水声……春日迷蒙、夏日金夕、秋日低回、冬日晃漾，纵谷一年，蒋勋找到心的方向，仿佛天长地久。

窗外雨歇，浅浅的阳光铺满了窗前的花儿。

继续书中之旅。

卷一，山影水田中的池上日记，有池上风景，有池上人家，有池上的饮食。风景有四季,人家有原住民,也有外来者,他们都在这块温厚的土地上找到了心灵的栖居感,踏踏实实地生活。池上的人,尊重时间的长度,很多的食物里都有岁月的味道:腌了十四年的橄榄,十八年的菜脯……时间的昂贵让这些食物本分又好吃。

我忆起坐台铁去池上吃有名的"池上便当"。在车站,小小的纸盒,细长的米粒莹润,一大块卤肉,一个卤蛋。说实话,便当的口感很一般,除了米饭糯香,菜品和我们在台湾吃的那些小店相比,味道差很多,心中有着小小的失望。

翻看到92页。"一个关于便当的故事",写到这几年一到周末,池上游客就多起来,超过三天以上的连假,就游客如潮,淹没了简朴宁静的乡村生活。2016年春节后,蒋勋回到池上,有人说,"光火车站附近的便当一天卖了八千个……"我释然一笑,池上人都知道,我却没有想到,我吃的是卖给观光客的便当。

所以池上也有变化,"不只是池上,所有岛屿还留有人的关心与温度的产业都面临着同样被'淹没'的危机吧"。蒋勋在这里担忧地想。

这些年行走过的那些地方,都如池上,面临着发展的浪潮,如何保留古老而美好的一切是必选题,反射着人们的良心和智慧。

说实话,我见过的池上,和我们大陆的很多乡村一样,并不是人们想象的世外桃源的绝美。这里依旧是真实的生活,只是这种生活还保有我们在为利禄奔波的路途上,遗失的一些让我们怀念的东西。

与池上相伴,看震旦博物馆里的北齐佛像;在公东教堂里,怀念那个善良无私的异族人锡质平神父;也在流浪归来时,写写那些流浪者……我在作者的空间记忆中,穿越于不同城市的空间与时间。

在书籍的最后,卷二"日光四季"中,从2014年11月,一直到2016

年的4月，一帧帧真实的诗意图片配着或诗意或哲理的简短介绍，记录着蒋勋对池上内外生活的感受。间或几首朴实的诗歌，诠释着什么是生活、什么是人生，或者说什么是美好。

蒋勋仿佛就是一个可以掌控生活与时间和自己的人，或者说，在这本《池上日记》中，他是生活美与好的寻觅者和记录者。

心内身外俱安静。这本《池上日记》仿佛有一种魔力，让读者可以透过作者的双眼、心灵，以美好的文字为媒介，重归田园。

也许，我们没有机会像作者这样，到乡村去驻村，但是我们却可以像作者这样，懂得工作只是生活的一部分，无论身在何处，都静下心来认真生活，品味生活中最真、最纯、最质朴的美好。